ダークタワー I

ガンスリンガー

スティーヴン・キング
風間賢二＝訳

角川文庫
20116

この連作に賭《か》けてくれた
エド・ファーマンに

CONTENTS

CHARACTERS

ローランド・デスチェイン……………〈最後のガンスリンガー〉
ブラウン…………………………………………辺境に住む農夫
ウォルター・オディム…………………〈黒衣の男〉
ノート…………………………………………〈黒衣の男〉によって死から甦る男
アリス…………………………………………〈タル〉の町の女バーテンダー
シェブ…………………………………………　〃　ピアノ弾き
ケナリー………………………………………　〃　馬丁
シルヴィア・ピットスン……………　〃　女説教師
ジョン・チェンバーズ(ジェイク)………〈中間駅〉で出会った少年

スティーヴン・デスチェイン……ローランドの父
ゲイブリエル…………………………………　〃　母
デイヴィッド…………………………………　〃　老いたタカ
スーザン・デルガド………………………　〃　初恋の女性
コート…………………………………………　〃　武術の師
カスバート・オールグッド…………　〃　幼馴染みで親友

マーテン………………………………………ギリアド王の相談役にして魔道師

はじめに
十九歳について
（および、いくつかその他のこと）

I

ホビット族が大人気だった。わたしが十九（あなたがこれから読もうとしている物語に重要な意味合いを持って挿入されている数字）の年のことである。あの偉大なウッドストック・ロック・コンサートのあいだ、マックス・ヤスガー農場のぬかるみを重い足取りで進むメリーやピピンがおそらく半ダースはいた。フロドはその二倍、ガンダルフのようなヒッピーは数知れずいた。当時、J・R・R・トールキンの『指輪物語』は熱狂的な人気を博していたのである。と言っても、わたしはウッドストックに参加していない（申し訳ない）。思うに、いちおうは生半可なヒッピーだった。ともあれ、他の筋金入りのヒッピーたち同様に、『指輪物語』を読み、夢中になったひとりだった。〈ダークタワー〉シリーズは、わたしと同世代の男性や女性が創作した長大なファンタジー（数あるうちの二作を例にあげれば、ステファン・ドナルドソンの〈信ぜざる者コブナント〉とテリー・ブルックスの〈シャナラの剣〉）のようにトールキン作品の申し子である。わたしはまだ筆に手を染めなかった。『指輪物語』を一九六六年と六七年に読んだが、わたしはまだ筆に手を染めなかったのである（いささか感動気味の誠意を持って）。だが、わたしは独自のその種の物語を書きたかった。当時執筆を始めていたら、『指輪物語』の二番煎《にばんせん》じにしかならなかったろう。後年の狡賢《ずるがしこ》いニクソン元大統領の好んだセリフではないけれど、「そいつはやばい」。ともあれ、ミスター・トールキンのおかげで、二十世紀が必要としたあらゆる類《たぐい》の妖精《ようせい》や魔法使いが生み出されたのだった。

一九六七年には、自作の物語がどのようなものになるのかまったく見当もつかなかったが、そんなことはかまわなかった。天から降ってくれば、それとわかるさ、と前向きに思っていた。わたしは十九歳の生意気な青二才だったのである。たしかに、ちょいとばかりわが詩の女神とわが傑作（そうなるものと確信していた）の降臨を待ってやるぜ、と思うほどには高慢ちきな若者だった。十九歳は生意気で当然、とわたしには思われる。なにしろまだ、時はひそやかにして不愉快な引き算に着手していない。時は髪を引き抜き、ジャンプショットの能力を引き抜く。有名なカントリー・ソングによれば、しかし真実であることに変わりはないのだが、時はそれ以上のもろもろのことを引き抜いていく。一九六六年と六七年当時のわたしはそんなことは知らなかったし、知っていたとしても、気にしなかっただろう。四十歳なら――かろうじて――想像できるが、五十歳は？　できない。六十歳は？　とんでもない！　六十歳なんて問題外である。十九歳のときには、そのように思えるものだ。気をつけろ、世間のものども、おれは爆薬をふかしてダイナマイトを飲んでんだぜ、無事でいたかったら、道をあけな――スティーヴィーさまのお通りだ。十九歳とは、そんなことを口走る年齢である。

十九歳は身勝手な年齢であり、自分たちの行動にきつい縛りがあることにも気づく。わたしにはかなりの能力があった。それで苦労した。大望を抱いていた。それで苦労した。当時、わたしはタイプライターを所有していた。いつもタバコ一箱をポケットに入れ、笑みを浮かべながら、そのタイプライターをくそきたないアパートからアパートへ持ち運んでいた。中年の日和見主義はまだ遠く、老年の発作は地平線の彼方《かなた》にあった。いまではトラックを販売するのに利用されているボブ・シーガーの歌の主人公のように、わたしはいくらでも力があり、かぎりなく自信に満ちているように感じていた。ポケットの中はからだったが、頭の中は言いたいことでいっぱいで、心は語りたい物語であふれていた。いまでは陳腐に聞こえるが、当時はすばらしいことのように思えた。すごくクールだと感じていた。わたしがなによりもやりたかったのは、読者の砦《とりで》に乗り込み、打ち破り、奪取し、永遠に砦を変形してしまうことだった。それも物語だけを武器にして。自分にはそれができると思っていた。自分はそのために創造されたのだと感じていた。

なんて慢心したやつだと思うだろう？　すごく、それとも少し？　いずれにせよ、謝罪はしない。十九歳だったのだから。髭《ひげ》に灰色は一筋もまざってなかった。当時のわたしには、ジーンズが三本にブーツが一足、そして世界がわが掌中にあり、この先二十年は自分に悪いことは何も起こらないと考えていた。やがて三十九歳ぐらいから、わたしの厄介事は始まった。飲酒、ドラッグ、わたしの歩き方（それだけではないが）を変えてしまった交通事故。そうした問題についてはすでにほかの著作でことこまかに書いたので、ここであらためて述べるつもりはない。それに、そうしたことはあなたがたにも生じていることではないだろうか？　けっきょく、世界は憎たらしい風紀委員《パトロール・ボーイ》を送ってよこし、人の行く手の邪魔をして、だれがボスかを教える。この文章を読んでいるあなたは、まちがいなく各自のボスと出会った（あるいは、出会う）はずだ。わたしは自分のそいつと邂逅《かいこう》したことがある。そして、やつはかならず舞い戻ってくる。わたしの住所を知っているのだから。卑劣なやつ、映画『バッド・ルーテナント／刑事とドラッグとキリスト』、頭のいかれた不倶《ふぐ》戴天《たいてん》の敵、ばかたれ、高慢、野心、騒々しい音楽、そして十九歳のすべて。

　しかしそれでも、十九歳はとてもすてきな年齢だと思う。最高の年かもしれない。

夜通しロックンロールを聞いていられる。だが、音楽がやみ、ビールがつきたとき、思索することだってできる。そして大きな夢を抱くこともできる。どうせ最後には、だれもが卑劣な風紀委員に身のほどを知らされるのだ。ならば夢はどでかいほうがいい。ちまちまとセコク生きてどうする。「つぎのやつをつれてこい！」やつは叫び、召喚台帳を片手に闊歩《かっぽ》する。だから、少しばかり（もしくは、かなり）傲慢《ごうまん》であろうと悪いことではない。まちがいなくあなたがたの母親は、ちがうことを言うだろうが。わたしの母親がそうだった。高慢は地獄へ通じる道なのよ、スティーヴン、と母は言った……そしてわたしは気づいた——ちょうど十九の二倍の年齢のころ——最終的には、どのみちみな倒れるのだ。あるいは、溝に押し込まれるのだ。十九歳のときには、バーに入れば身分証明書の提示を求められ、出て失《う》せろと言われて外に追いやられることになる。ところが、あなたが絵を描いたり、詩を書いたり、物語を語ったりするぶんには、だれも身分証明書の提示をぜったいに求めない。この文章を読んでいるあなたがたまたまとても若ければ、年上の人や良心的だと思われている人にわたしが言ってることとなにかちがうことを言わせないように。おまえはパリに行ったことがない。そう、けっしてパンプロナで雄牛と闘ったこともない。三年前までは腋毛《わきげ》も生えていなかった雑魚《ざこ》だ——だけど、それがどうした？　背伸びしてことにあたらないと、成長してから困るのではないか？　だれがなんと言おうと型にはまった考えなんて気にするな、というのがわたしの意見だ。まあ、すわって、一服しろや。

II

小説家はふたつのタイプにわかれる。この分類には一九七〇年に作家として巣立ったばかりのわたし自身も含まれる。作品の文学性、ないしは〝まじめな〟側面によりこだわる作家は考えられるかぎりの主題を検討する。それもつぎのような問いにもとづいて。この手の物語を書くということは、わたしにどのような意味があるのか？　大衆向けの読み物に含まれる運命（〈カ〉と言いたければ、どうぞお好きに）の作家はまるでちがう問いをみずからに発する。この手の物語を書くということは、他人にどのような意味があるのか？　〝まじめな〟作家は自己に対する答えと鍵《かぎ》を探し求める。〝通俗〟作家は読者を探し求める。いずれの作家もひとしく自己中心的である。これまで数多くの作家との知己を得た経験から言っているのだから、ぜったいにまちがいない。

とにかく、わたしは十九歳のときでさえ、偉大な指輪を始末するために奮闘努力するフロドの物語は後者に属すると認識していた。『指輪物語』は冒険もので、どことなく北欧神話的な世界を背景とした、基本的に英国の巡礼団に関する話である。

わたしは探索というアイデアが気に入った——それどころか、夢中になった——が、トールキンの創造した不屈の農民のキャラクターたち（かれらがきらいなわけではない）や昼でもなお暗い森におおわれたスカンジナヴィア風の世界設定には関心がなかった。その方向で創作しようとしていたら、すべてだいなしになっていただろう。

かくてわたしは待機した。一九七〇年には二十二歳になっており、髭に最初の灰色のものが姿を現しはじめたが（ポール・モールを日に二箱半吸っていたのが、おそらくそれと関係があるのだろう）、二十二歳のときでさえ、待つ余裕はある。二十二歳のときには、まだ時はこちらの味方だ。そのときでさえ、おなじみの性悪な風紀委員は近所をうろついていろいろ詮索《せんさく》しているが。

やがて、閑古鳥の鳴いている映画館（気になる人のために名前を記しておけば、メイン州バンゴアの〈ビジュー〉）で、セルジオ・レオーネ監督の映画を観た。タイトルは『夕陽のガンマン』。映画が始まって半分も経過しないうちに、わたしは悟った。自分の書きたい小説がトールキン感覚の探索と魔法を語りつつも、レオーネ監督的なほとんどあほらしいほど壮大な西部劇の世界背景を有することを。もし、あなたがこのトンデモ西部劇をテレビで観たことがあれば、わたしの言っていることが理解できないだろう——お願いだから、信じてほしい。映画館のスクリーン上に、まっとうなパナヴィジョン・レンズで映写されると、『夕陽のガンマン』は

『ベン・ハー』にも匹敵する叙事詩的な大作映画なのだ。クリント・イーストウッドが十八フィートほどの長身となって画面に登場する。両頬に生えているこわい無精髭はおおよそ若木のように見える。リー・ヴァン・クリフの落ち窪《くぼ》んだ頬の溝は渓谷のように深く、それぞれの底には〈希薄〉（〈ダークタワー〉第Ⅳ巻『魔道師と水晶球』参照）がありそうだ。背景の砂漠は少なくとも海王星の軌道と同じぐらい遥《はる》か遠くまで広がっている。そして銃身はオランダ・トンネルと同じぐらいバカでかく見える。

舞台背景もさることながらさらに心惹《こころひ》かれたのは、その叙事詩的感覚であり、黙示録的な規模だった。レオーネ監督がアメリカの地理に関してトンチンカンだった（キャラクターのひとりによれば、シカゴはアリゾナ州フェニックス周辺のどこかにある）ということが『夕陽のガンマン』に壮大な惑乱感を付与している。わたしは熱狂して——若者だけが奮い起こすことのできる感情だ、とわたしは思う——ただの長い物語ではなく、史上最長の大衆小説を書きたいと思った。それに関しては成功しなかったが、かなりの強打をかっとばした気分である。実際のところ、〈ダークタワー〉はⅠ巻からⅦ巻を通してひとつの話になっている。最初の四巻はペーパーバックで総ページ数二千を超える。つづく三巻はタイプ原稿で総枚数二千五百に達する。いや、ここで量が質となにやら関係があるなんてことをほのめかそうとしているのではない。自分は叙事詩的な大作を書きたいと思い、いくぶんかは、それに成功したと述べているだけである。なぜそのようなことをしたいと思ったのかとたずねられても、答えることはできない。アメリカ人として育ったということがいくらかは理由になるかもしれない。世界一高い建物を建築し、世界一深い穴を掘り、世界一長い作品を書く。動機を問われたときに頭をかいて困惑するのもまた、アメリカ人であるということがいくぶん理由になっているように思う。そして最終的には、尻《しり》すぼみ的にこう口にするのが関の山である。そのときはいい考えだと思ったんだ。

Ⅲ

もうひとつ十九歳であることについて、あなたの喜びそうな話をしておこう。わたしたちの多くがどういうわけか二進《にっち》も三進《さっち》も行かなくなる場合とは（肉体的にではないとしても、精神的にかつ情緒的に）、思うに、老化現象に気づいたときである。年齢はふらりと立ち寄る。ある日、あなたは鏡の中の自分を心底当惑して見つめる。いったいこの顔の皺《しわ》はどうしたんだ？　あなたは思う。このまぬけな太鼓腹はどっからきたんだ？　ちくしょう、おれはほんの十九歳なのに！　これはとても独創的な考えとは言えない。だからと言って、そうした話を聞いたときの驚きが減少するわけではない。

時は髭に灰色のものをつけくわえ、ジャンプショットの能力を低下させる。そのあいだにも、あなたはこう考えている――愚かにも――時はまだ自分の味方だと。あなたの論理的な側面ではよく理解しているのだが、気持ちが信じようとしない。もし幸運であれば、時期尚早《しょうそう》ながら風紀委員があなたを召喚して、面白半分にさんざん痛めつけたあとで一服の気付け薬をくれるだろう。二十世紀末どん尻にわたしの身に起こったことは、おおよそそういうことである。風紀委員はプリマス小型トラックの姿を借りて、町内の道端の溝にわたしを突き倒した。

その事故からおよそ三年後、わたしは、『回想のビュイック8』のサイン会をミシガン州ディアボーンのボーダーズ・ストアーでおこなった。列に並んでいたある男が自分の番になったとき、あんたがまだ生きていて、ほんとうに、ほんとうにうれしい、と言った(わたしはそうした言葉をたくさんいただいたおかげで、「なんでくたばっちまわなかったんだ?」という憎まれ口を聞き流すことができた)。

「あんたが車にはねられたって聞いたとき、おれはこの親友といっしょにいたんだ」その男は言った。「で、おれたちは首をふりはじめて、こう言ったね。〝〈塔〉が消えちまう。傾いていく、倒れるぞ、ああ、くそっ、これでもうキングはぜったいに〈塔〉を完成できないんだ〟ってね」

すでにそれと似たようなことはわたしの念頭にも浮かんでいた――数多くの読者

の集合的想像力の中に〈ダークタワー〉を構築するということは、人々がその作品を読みたいと望むかぎりはそれを安全に保っておく責任が自分にはあるのかもしれないといった厄介な問題である。人々が〈ダークタワー〉を読みたいと思ってくれるのはわずか五年のことかもしれない。ひょっとすると、五百年かもしれない。幻想物語は、出来のよい作品も悪い作品も（おそらく今日でさえ、ジェイムズ・マルコム・ライマーの『吸血鬼ヴァーニー』やマシュー・グレゴリー・ルイスの『マンク』を読んでいる人がいる）、賞味期間が長いようだ。〈塔〉を保全するローランドの方法は、〈塔〉を支えている〈ビーム〉の脅威となるものを取り除くことである。事故のあと、わたしは悟った。ガンスリンガーの物語をおわらせることで、〈塔〉を守るべきだと。

〈ダークタワー〉シリーズの最初の四巻の執筆と出版のはざまの長い休止状態のとき、わたしは、〝首根っこを洗って待ってろよ、いま行くからな〟的な脅迫状まがいの手紙を五万と受け取った。一九九八年（まだ自分は基本的に十九歳だと勘違いをしたまま労働に励んでいたとき）に、八十二歳のおばあちゃんから、「おまえをわずらわせるつもりはないけれど、ちかごろものすごく調子が悪くてね！」という手紙をもらった。おばあちゃんによれば、たぶん余命わずかに一年（「最高でも十四カ月、癌に身体じゅうむしばまれてるのさ」）で、その期間内にわたしがローランドの物語を完成させるとは期待していないけど、おばあちゃんを喜ばせると思って、せめてどのような結末になるのかを教えてくれないものかどうかを知りたいとのことだった。胸が締めつけられたのは（といっても、それでふたたび続きを書きはじめる気にはならなかったが）、つぎのような約束の一文だった。「あの世に行っても黙っているから」それから一年後――たぶん、わたしを病院送りにした事故のあと――に、わたしのアシスタントのひとり、マーシャ・ディフィリッポが手紙を持ってきた。差出人はテキサスかフロリダの死刑囚の男で、内容はおばあちゃんが知りたがったことと基本的に同じだった。すなわち、物語はこの先どうなるんだ？（秘密は墓場まで持っていくというかれの約束の言葉は、わたしをゾッとさせた）

　できることなら、わたしはかれらふたりの要求――ローランドのこれからの冒頭譚《たん》の要約――に応《こた》えてやりたかった。だが、ああ悲しいかな、無理な相談だった。ガンスリンガーとかれの仲間たちに関する出来事がどうなるのかまったく見当もついていなかったのだ。それを知るためには、実際に書いてみなければならない。かつて概要を書きとめたものがあったが、いつのまにかなくしてしまった（たぶん、どのみちたいしたものではなかったのだ）。いまでは二、三の覚書しかない（〝十七《チューシット》、十八《チーシット》、十九《チャーシット》、なにか――なにか――籠《かご》〟とこの文章を書いているデスクに落書きしてある）。けっきょく、わたしは二〇〇一年の七月にふたたび執筆を開始した。そのときまでには、自分はもはや十九歳ではなく、病にもかかるし怪我もする肉体の持ち主だとわかっていた。自分は六十、ひょっとすると七十までは生きるだろうということもわかっていた。そして、性悪の風紀委員が最後通牒《つうちょう》を持ってやってこないうちに、〈ダークタワー〉を脱稿したいと思った。その大作を『カンタベリー物語』や『エドウィン・ドルードの謎』といっしょに未完の部類に入れられたくなかったのだ。

その結果が——良し悪しは別として——ここにある。これを読んでいるあなたが第I巻から取りかかろうとしていようと、あるいはV巻目を手ぐすねひいて待っていようと、常に変わらぬ読者であるあなたの目のまえに。好むと好まざるとにかかわらず、ローランドの物語は完結した。楽しんでいただけるものと期待している。わたしには、またとない楽しいひとときだった。

スティーヴン・キング

二〇〇三年一月二十五日

前書き

作家の書く自作にまつわる話のおおかたはたわごとである(原注1)。それが理由で、『西欧文化人の偉大なる序文百選』とか『アメリカ人最愛の前書き集』といったタイトルの書物が世間に出回っているのを目にしたことがないのである。といったことは、もちろん、わたしなりの意見だが、これまでに少なくとも五十の序文や前書き——小説作法についての一冊本は言うまでもなく——を書いてきたのだから、そうした判断をくだす権利はあると思う。しかし、これからわたしの述べることはまじめなこととして受け取っていただきたい。この前書きは、実際にわたしが語っておくに値することがあって執筆したきわめてまれな場合のひとつなのだから。

数年前、わたしは自作『ザ・スタンド』の増補改訂版を刊行して、ファンたちに熱狂の嵐を引き起こした。当然、その出版に関しては神経をとがらせた。『ザ・スタンド』は、常にわたしの読者の最高のお気に入り作品だからである(『ザ・スタンド』ファンのうちでとりわけ熱狂的な人に言わせれば、わたしが一九八〇年以降も作家として生き残っているのは、その前の年に世界をいちじるしく悲惨で不毛な地にしたからである)。

キング・ファンの想像力の中で、『ザ・スタンド』に匹敵する物語があるとしたら、おそらくそれはローランド・デスチェインとかれの〈暗黒の塔〉探索にまつわる話だろう。そしていま——なんとまあ——わたしはまたもや同じことをくりかえしてしまった。

ただし、実質的には同じではない。そのことを知ってもらいたい。また、わたしが本書にしたこと、およびその理由もあわせて承知しておいてほしい。読者にはたいせつなことではないかもしれないが、わたしにはとても重要なことなのだ。かくてこの前書きは、キングの〝前書きたわごと説〟の例外ということになる（と期待する）。

まず、『ザ・スタンド』は編集上の理由ではなく販売上の問題（製本上の限界もあったが、そのことに関してはふれたくもない）によって原稿段階で大幅に内容を削除されたことを思い出していただきたい。だが八〇年代後半には、削除された原稿を改訂してもとの形に戻した。そのさい、物語全体にも修正を施している。そのほとんどはエイズの異常発生に関する知識である。その伝染病は、『ザ・スタンド』の初版から八年ないし九年後に無削除改訂版が刊行されるまでのあいだに開花した（こうした言いまわしが妥当としてだが）。その結果、無削除改訂版『ザ・スタンド』は、最初の版よりおよそ十万語も長い作品となった。

『ガンスリンガー』の場合、そもそもオリジナルの版は短かったが、この新版にはたんに三十五ページぶん、もしくは九千語が付け加えられているにすぎない。『ガンスリンガー』をすでに読んだことがあれば、つまるところ、本書に見いだせるまったく新しい場面はふたつかみっつしかない。〈ダークタワー〉純正主義者（びっくりするほどの人数だ――ネットのサイトを検索すれば一目瞭然《いちもくりようぜん》）は、もちろん、もう一度読みたいと思うだろうし、かれらの多くが好奇心と苛立《いらだ》ちのいりまざった気分でそうするだろう。その気持ちは痛いほどよくわかる。しかし、こう言わせてもらおう。わたしには、ローランドとかれの〈カ・テット〉（原注2）にまだ一度も出会ったことのない読者のほうが純正主義者たちよりもたいせつなのだと。

熱烈なファンがいるにもかかわらず、わたしの読者にさえ、〈ダークタワー〉の物語は『ザ・スタンド』とくらべてはるかに知られていない。ときおり朗読会のとき、わたしの作品を一冊かそれ以上読んだことがあるかどうかを参加者たちに挙手で答えてもらう。参加者は手間隙《てまひま》かけてわざわざやってきたので――ときにはそのためにベビーシッターを雇ったり、車のガソリンを満タンにしたりと余分な出費をしいられる――ほとんどの人が手をあげても、わたしは驚かない。そこで〈ダークタワー〉の物語を一冊かそれ以上読んだことのある人はそのまま挙手をしていてくださいと言う。すると、会場にいる人の少なくとも半数の手がかならずおろされる。結論は目に見えている。わたしは、一九七〇年から二〇〇三年にかけて膨大な時間を費やして〈ダークタワー〉シリーズを執筆してきたものの、それらを読んでいる人は比較的に少数であるということだ。それでも読んでいる人はシリーズに夢中になっており、わたし自身もかなり熱を入れて創作している――であるからして、いずれにせよ、わたしはローランドを物語なかばで放り出されたキャラクターたちの姥捨山《うばすてやま》的な施設へ肩を落として立ち去らせるわけにはいかなかった（チョーサーの語るカンタベリーへの途上の巡礼者たち、あるいはチャールズ・ディケンズの未完の遺作『エドウィン・ドルードの謎』に登場する人々のことを想起してほしい）。

思うに、わたしはずっと確信していた（といっても心の裏側のどこかでの話なのだが、それというのも、自分が意識してそのことを考えている状態を思い出すことができないからだ）。完成させる時期というものがあって、あらかじめ定められたときがくれば、歌う電報を神がわたしによこしてくれるだろうと。「ディードル・ダム、ディードル・ダワー／仕事にかかれ、スティーヴン／〈ダークタワー〉を完成させろ」といったぐあいに。そしてある意味では、そのようなことが実際に起こった。しかし、ふたたび作品にとりかかれと知らせてくれたのは歌う電報ではなく、プリマス小型トラックとの接触遭遇だったが。その日わたしに激突した車がもう少し大きかったら、あるいはもうちょっとまともにぶつかっていたら、弔花ご辞退いたします事故になっていて、キング家では葬儀に参列した人々からお悔やみの言葉をいただいて頭をさげていたことだろう。そしてローランドの探索行は永遠に未完のままだったろう。少なくともわたしの筆によっては。

いずれにせよ、二〇〇一年には——そのときまでに、わたしはふたたび従来の自分を取り戻しはじめていた——ローランドの物語に決着をつける潮時だと思った。他の仕事をすべて脇にうっちゃって、残りの三巻に着手した。いつものように、わたしはその物語の創作を、続編を待ち望んでいる読者のためというより自分自身のためにおこなった。

この文章を書いている二〇〇三年冬の時点では、まだ最後の二巻を推敲《すいこう》していないが、物語それ自体は昨年の夏に完成した。そして、第V巻『カーラの狼』と第VI巻『スザンナの歌』との編集作業の合間に、最初の巻に戻って最終的な全体の見直しの時期がきたと思った。なぜか？　シリーズ七巻はそれぞれ別個の話ではけっしてなく、『ダークタワー』というタイトルのひとつの長大な物語の一部であり、また、始まりは終わりと共鳴しているからである。

改訂に対するわたしの姿勢は数年来たいして変わっていない。ひとつの作品を創作しながら同時に改訂していくという作家がいることは承知しているが、わたしの取り組み方は突然始めて、できるだけ早く進め、語りの刃《やいば》をふるいつづけて、その切っ先ができるかぎりなまらないように保ちつつ、作家にとってもっとも狡猾《こうかつ》な敵、つまり疑惑という大敵を出しぬくようにつとめる。振り返ることは、あまりにも多くの疑問を刺激させる。わたしのキャラクターにはどのぐらい真実味があるだろうか？　わたしの物語はどのぐらいおもしろいだろうか？　実際のところ、これはどのぐらいイケてるのだろうか？　だれか気に入ってくれるだろうか？　かくいう自分自身はどうだろう？

第一稿が仕上がると、わたしはそれを一切合財そのままにして、熟すまで脇に追いやっておく。ある期間を置いて——半年、一年、二年、歳月は問題ではない——冷静な（しかしまだ愛情に満ちている）目でその作品に立ち戻り、改訂作業を始める。〈ダークタワー〉シリーズの各巻は個別の話として改訂されたものの、シリーズ最終巻『暗黒の塔』を完成させて初めて作品の全体像が見えた。

最初の巻を顧みると、いまあなたが手にしているこの本だが、みっつの明白な真実がおのずと姿を現していることがわかる。まず、『ガンスリンガー』は青二才の若造によって創作され、青二才の若造の本が有するあらゆる問題を抱えていた。つぎに、その作品には数多くの誤りとフライングミスが含まれていた。それは続巻と照らし合わせるととりわけ明白である（原注3）。最後に、『ガンスリンガー』は続巻とは語り口が異なっていた——ありていに言って、いささか読みづらい。それに関しては何度も謝罪し、第II巻『運命の三人』で物語本来の声と出会えるだろうから、それまでは辛抱してほしいと読者にお願いしている。

『ガンスリンガー』のある箇所で、ローランドは見知らぬ宿の部屋で壁に架けられている絵をまっすぐに直している男にたとえられている。わたし自身がその種の男なのだ。あるていどは、書き直しとはけっきょくそういうことである。ようするに、傾いている絵をまっすぐにし、床を掃除し、便器をごしごしするということだ。今回の改訂の最中に、わたしはかなりの家事労働をこなした。そして、完成したけれど最後の磨きあげと調整がまだ必要だと感じられる作品をどうにかしたいと作家ならだれしも思っていることをする機会を得た。つまり、作品を改善したのである。ひとたびまちがいがはっきりしたら、潜在的な読者――そして自分自身――に対してそのことを認め、戻って事をきちんと正さなければならない。それが今回の改訂でわたしが試みたことである。そのさい、常によぶんに手を加えないように注意を払ったし、またいたずらに変更することはシリーズ後半の三巻に隠されている秘密を暴露することになると思った。場合によっては三十余年の長きにわたって辛抱強く保ってきた秘密を。

この前書きをおえるまえに、本書をこわいもの知らずの勢いで書いた若者について述べておきたい。その若者はあまりにも数多くのライティング・セミナーに身をさらした。おかげで、そうした一群のセミナーが普及させている理念に過分に慣れ親しんで成長してきた。すなわち、自己の楽しみのためではなく、他人のために創作するということ。言語は物語より重要だということ。明晰《めいせき》さや単純さより曖昧《あいまい》さが優先されるが、それが濃密な純文学精神の通常の兆候であること。というわけで、ローランドの初お目見えの舞台にこれみよがしの気取り（不必要な副詞が五万とあるように思えることは言うまでもない）が見られるのは当然のことなのだ。わたしは、そうした数多くの虚飾をできるだけ取り除いたが、その点にかんしては、削除して後悔した語はひとつもない。他の箇所――とりわけ、きわめて魅惑的な物語展開のおかげでライティング・セミナーの創作理念を忘れさせてくれる場面――では、どの作家も必要とする通常の見直しの域を別として、文章はほとんど昔のまま生かされている。他の著作で指摘したことがあるように、書くは人の常、編集は神の業であるから。

いずれにせよ、轡《くつわ》をかませたり、話の語り口を実際に変更したりする気はなかった。あやまりはあるものの、これはこれで特別の魅力がある、とわたしには思われる。完全に書き直すということは、一九七〇年の晩春から初夏にかけて最初にガンスリンガーのことを書いた人物を否認することになるだろうし、わたしはそんなことはしたくなかった。

わたしがほんとうにやりたかったのは――できれば、シリーズ最終巻が発表されるまえに――〈ダークタワー〉の物語を初めて手にする読者（そして記憶をあらたにしたいと思っている昔からの読者）に障害物のない出だしとローランドの物語世界へいささかすんなりと入れる入り口を提供することだった。また、続巻で語られる出来事をより効果的に予兆する一冊としても読者に差し出したかった。そんな仕上がりになっていることを望む。もしあなたが、ローランドとかれの仲間たちが旅する不思議な世界をこれまで一度も訪れたことのない読者のひとりなら、本書で語られている驚異を堪能《たんのう》することを期待している。なによりも、わたしは不思議な話を語りたかったのだから。もし、あなたが、たとえ少しでも、〈ダークタワー〉の呪文《じゅもん》にかかったのなら、わたしは自分の目的を、一九七〇年に着手して二〇〇三年におおむね完成させた仕事を果たしおえたのだと実感できる。とはいえ、そのような時の長さなど瑣末《さまつ》なことだ、とローランドが最初に指摘するだろう。〈暗黒の塔〉探索に乗り出せば、時間などまったく取るにたりないことだからである。

二〇〇三年二月六日

(原注1) 前書きの戯言要因に関するきちんとした論議については、拙著『書くことについて』(田村義進訳/小学館文庫/『小説作法』を改題)を参照。

(原注2) 運命によって結ばれた人々。

(原注3) 誤りのひとつの例がおそらくすべてを語ってくれるだろう。『ガンスリンガー』の以前の版では、ファースンは町の名前である。ところが続巻では、どういうわけか人名になっている。謀反者ジョン・ファースンである。かれは、ローランドが少年時代を過ごす都市国家ギリアドの崩壊を画策する。

……石、草の葉、知られざる扉。草の葉、石、扉。とりわけ、忘れられた顔。

生まれたままの姿でひとり寂しく、われらは流浪の身となった。胎内にありし頃、われらは母の顔を知らず。母親の肉体の牢獄《ろうごく》から、われらはこの地の筆舌につくしがたき牢獄へやってきた。

われらのだれが同胞を知っていただろう？　われらのだれが父の心を覗《のぞ》き見ただろう？　われらのだれが永久の獄舎から釈放されただろう？　われらのだれが永久の異邦人の境遇と孤独から解放されただろう？

……ああ、悲嘆にくれる風に乗って、彷徨《さまよ》う幽霊が戻ってきた。

トマス・ウルフ『天使よ、故郷を見よ』より

19

RESUMPTION
再開

ガンスリンガー

第一章　ガンスリンガー

I

黒衣の男は砂漠の彼方《かなた》へ逃げ去り、そのあとをガンスリンガーが追っていた。
ふたりが追跡劇をくりひろげている舞台こそ、まさに砂漠の極致。無限に広がる空と競いあうかのように四方八方に広がっている。目を開けていられないほど真白く、もちろん一滴の水もない。見えるものといえば、地平線上に稜線《りょうせん》を描いている山脈のぼんやりとかすんだ姿、および甘美な夢と悪夢、そして死をもたらす悪魔草《デヴィル・グラス》のみ。ときおり見かける墓石が道しるべ。アルカリ性の固い表土をなんとか切り拓《ひら》いて造った昔日の坑道は、かつて街道として使用されていた。駅馬車や荷馬車が往来していたのである。それも今は昔、世界は変転した。うつろと化していた。

ガンスリンガーは、つかのまのめまいに襲われつづけていた。船首で揺られているような感覚のおかげで世界がうすっぺらなものに思え、事物をすかし見ることができるような気分にさせられた。めまいがおさまると、ガンスリンガーはこれまでどおり、世界の薄皮の上を移動しはじめた。ガンスリンガーはあせるでもなく、気長にゆっくりとでもなく、なんの感慨も覚えずに着実に距離をかせいでいた。腰に吊《つ》るされている革袋はふくらみすぎたソーセージのよう。水でほとんど満杯の状態だ。ガンスリンガーは長年にわたって〈ケフ〉の修業を積んできた。いまでは第五の階梯《かいてい》ぐらいに達している。聖人〈マニ〉のひとりであるならば、渇きを覚えなかっただろう。かれはおのれの脱水状態を客観的に、私情をまじえないところで観察することができた。ひび割れた唇や五臓《ごぞう》六腑《ろっぷ》に水をあたえるのは、自己の見識がそうすべきだと認めた場合にかぎられる。かれは〈マニ〉ではなかったし、ジーザスという名の男の信徒でもなかった。自分のことを聖なるものとはけっして思っていない。たんなる流浪の身である。言葉をかえれば、そして自分でも確信を持って言えるのは、のどが渇いているということ。だからといって、とりたてて水を飲まずにはいられないというわけでもない。漠然とだが、こうしたことすべてが心地よかった。この土地がそう要求しているからだ。ここは乾きの土地。そしてガンスリンガーは、これまでの長い人生において、常に環境に適合することで生きながらえてきたのである。

　革の水袋の下には二丁拳銃《けんじゅう》がさげられている。ガンスリンガーの手にしっくりとなじむようにしつらえられた代物である。その二丁拳銃を父から譲り受けたさい、それぞれの銃には板金が施されていた。ガンスリンガーの父は体重が軽く、それほど長身ではなかったのだ。二対のガンベルトが臍《へそ》のあたりで交差しており、ホルスターには、砂漠の情け容赦ない灼熱《しゃくねつ》の太陽でさえひび割れをいれることのできないほど念入りに油が引いてある。銃把はみごとな木目の黄色く変色した白檀《びゃくだん》。ホルスターは、生皮《ローハイド》の細紐《ほそひも》で太腿《ふともも》にゆるやかに結わえつけられているために、足を踏み出すたびに少し揺れる。そのようにホルスターが振り子運動をくりかえすので、ジーンズのその箇所は変色し、生地が薄くなり、ニカッと笑っているように見える。かつてガンベルトの周囲にぐるりと並んで装着された真鍮《しんちゅう》の薬莢《やっきょう》が日光反射信号機と化し、太陽の光を受けてきらめいていたこともあった。だが、いまや薬莢は残り少なく、ガンベルトの革はかすかにきしんだ音を立てている。

　着ているシャツは、風雨にさらされ埃《ほこり》にまみれて何色とも見わけがたい。そのシャツを広くはだけた胸元には、鳩目に通された生皮《ローハイド》の飾り紐がだらしなくたれさがっている。帽子は紛失した。同様に、かつては携帯していた角笛もなくした。何年も前のことだ。その角笛は臨終まぎわの友人の手からころがり落ちたものだった。双方を失った痛みは大きい。

　ガンスリンガーはなだらかな砂丘の頂に登った（といっても、そこに砂はない。砂漠は硬土層で、闇が降りるころあいに吹く荒々しい風でさえ、磨き粉ていどのいらだたしい土埃を巻き上げるだけである）。そして、風下に小さな焚《た》き火を踏み消した跡を目にした。その場所ならどこよりも早く陽が沈む。こうしたとるにたりないしるしがガンスリンガーにはうれしい。黒衣の男も人間である可能性をあらためて物語っているからだ。あばたのできた肌荒れのひどい顔に唇がニタリとゆがめられた。その薄笑いはおぞましく、痛々しい。ガンスリンガーはしゃがみこんだ。

かれの追い求める男はもちろん、悪魔草《デヴィル・グラス》を燃やしていた。このあたりで火のつくものといえば、それしかない。悪魔草《デヴィル・グラス》は脂を含んでいて、あまり炎を上げずにゆっくりと燃える。辺境の住人によれば、その炎の中にさえ悪魔が息づいているという。したがってかれらは、悪魔草《デヴィル・グラス》を燃やしても炎は見つめない。悪魔は火を見つめる者を魅了し、招き寄せ、しまいには炎の中に引きずりこんでしまうからだ。愚かにも炎を見つめてしまえば、すでに引きずりこまれた犠牲者と出会うことになる。

燃えつきた悪魔草《デヴィル・グラス》は、象形文字を思わせるいまやおなじみの模様を描いて縦横に重なっていたが、ガンスリンガーの手が触れると、くずれて何の意味もない灰の山と化した。あとには黒こげのベーコンが残っているばかり。それをガンスリンガーは口にふくみ、考えにふけった。いつもこんなぐあいだった。黒衣の男を追跡して砂漠を横断すること二カ月。果てしのない、叫びだしたくなるほど単調で煉獄《れんごく》のような荒地にあって、黒衣の男の残した焚き火の跡に見られる人畜無害の象形文字以外の手がかりをいまだに発見していない。空き缶や空き瓶、あるいは水袋さえ見つけていない(ガンスリンガー自身は、すでに水袋を四つ、蛇のぬけ殻のように捨て去った)。糞《くそ》も見あたらなかった。用をしたあと、黒衣の男は埋めているのにちがいない。

おそらく焚き火の跡は、一度に一文字ずつ綴《つづ》られた伝言なのだ。たとえば、「なれなれしく近寄るなよ、相棒」とか「終焉《しゅうえん》は近し」とか。あるいは、「捕まえてみな」と言っているのかもしれない。だが、つまるところ、何を告げていようがどうでもいい。伝言などに興味はない。もちろん、焚き火の跡が伝言だとしての話だが。かんじんなことは、この焚き火の跡がこれまで同様に、すでに冷えきっているという一点にある。それでも、見失っていないことはたしかだ。追い上げていることはわかっているのだが、どうしてそう思うのかはわからない。たぶん、一種の臭いだろう。いずれにせよ、どうでもいい。何か変化があるまで追い続けるのみ。そして、何も変わらなかったとしても、やはり追い続けるだろう。神がかくあれかしと望まれるならば、水はあるだろう、と昔日の人は述べた。神が望めば、水はあるのだ。たとえ、この砂漠でも。ガンスリンガーは手についた灰を打ち払いながら立ち上がった。

焚き火のほかに痕跡《こんせき》はない。硬土層にかすかな足跡が残されていたとしても、すでに剃刀《かみそり》のように鋭い風が消し去っていることは言うまでもない。人間の糞、投げ捨てられたゴミ、そうしたものが埋められた形跡はどこにも見あたらない。その手のものは何もない。あるのは、南東へと走る太古の街道沿いに残されて冷たくなった焚き火、それとガンスリンガー自身の頭の中にある厳密な距離計だけだ。もちろん、後者のそれは距離計以上の機能を有している。ガンスリンガーが南東へ向かっているのは、たんなる方向感覚以上のもののなせるわざであり、磁力以上に強い力が働いていたからである。

ガンスリンガーはすわると、革袋から少しだけ水を飲むことにして、その日早くから覚えている一時的なめまいについて考えた。この世界から浮遊していくような感覚。いったいこれにはどういう意味があるのだろう。なぜ、このめまいが自分にあの角笛と旧友の最期のことを思わせるのか、双方ともにジェリコの丘で失ってひさしいというのに？　まだ二丁の拳銃は持っている——父の銃だ——そして、それらはたしかに角笛よりたいせつだ……あるいは友人よりも。

そうじゃないか？

その問いは妙に厄介だった。が、それには答えがないからというより、答えが明白であるからのように思える。したがって、ガンスリンガーは問いを無視し、できるかぎり答えを出すのをあとまわしにしていた。かれは砂漠をじっくり見わたしてから太陽を見あげた。それはいまや天空のはるか四半分の位置へ滑り落ちていくところだった。だが、こまったことに、その方角が正確には西だと言えない。かれは立ち上がると、ガンベルトから擦り切れた手袋を取り出してはめ、焚き火をおこすために悪魔草《デヴィル・グラス》を引きぬきはじめた。そして集めた草を黒衣の男の残していった灰の上に置いた。なんという皮肉な状況だろう。のどの渇きにも似て、苦々しいが快感を覚える。

ガンスリンガーは、すぐには火打ち道具を取り出さなかった。腰をおろした大地に日中の熱がわずかな温《ぬく》もりへ減少してしまい、日の名残が単調な地平線を嘲《あざけ》るようなオレンジ色に染めるまで待った。二丁の拳銃を膝《ひざ》の上にのせてすわり、南東をじっと観察した。山脈のほうをながめながら、あらたな焚き火の細い煙のひと筋が立ち昇るのを期待していたわけではないし、オレンジ色の炎の閃《ひらめ》きを目にするとも思わなかった。だが、とにかく辛抱強く目をこらした。観察しつづけること自体にほろ苦い満足感があるからだ。目をこらしていなければ見ることはないぞ、アホたれ。コートならば、そう言うだろう。神さまがくれためんたまを開けとけ、いいな？

しかし、何も見つからなかった。追いつめてはいるのだが、見方によってはそう言えるだけのことだった。日暮れ時にひと筋の煙を目にするほどでもなく、また、焚き火のオレンジ色のまたたきを目撃するほど接近しているわけではない。

ガンスリンガーは火打ち石の火花を乾いた切れぎれの草に点じながら、昔の効験あらたかだが意味のない言葉をつぶやいた。「闇は火花となって飛んでいけ、わたしの種馬はどこにいる？　横になって休んでもいい？　ここにいてもいい？　野宿に火のお恵みを」なんて奇妙なことだろう。子ども時代の言動のなかには、道端に落馬して置き去りにされるものがあるかと思えば、そのいっぽうでしっかりと締め具にとめられて人生行路を歩み、時を経るにしたがって持ち運ぶには重たくなるほどに成長していくものがある。

ガンスリンガーは風上に横たわり、幻覚を誘う煙が荒地に吹き寄せられるままにした。風は、ときおり悪魔草《デヴィル・グラス》の煤塵《ばいじん》を巻き上げるものの、たゆまず一定方向に吹きわたっていた。

頭上では、星々がまたたきひとつしないで同様にたゆみなく輝いている。幾百万の太陽とそれをめぐる世界。それらが目もくらむほどの満天の星座を形作り、さまざまな原初の色相をおびて冷たい炎を放っている。ガンスリンガーが見あげていると、スミレ色の天空に漆黒の墨がまんべんなく流されていった。流星が〈いにしえの母〉の下をみごとな弧を描いて瞬時に走りぬけ、パッとまたたいて消えた。悪魔草《デヴィル・グラス》がゆっくりと燃え、炎が周囲に奇怪な影を投げかけた。燃え殻はあらたな形を取りはじめた――象形文字ではなく単純な十字模様なのだが、あきらかにまったく意味のない形ではないだけになんとなく空恐ろしい。ガンスリンガーは、摘みとった悪魔草《デヴィル・グラス》をなにか形作るように置きはしなかった。ただ燃えるように積んだだけだ。焚き火は物事の白黒を、善悪を語った。また、見知らぬ宿の部屋にかけられている傾いた絵画をまっすぐになおす男のことを物語った。炎はとぎれることなくゆっくりと燃え、その光り輝く中心では亡霊が踊っていた。だが、ガンスリンガーはそれを目にしなかった。寝ているあいだに、炎のふたつの形態、造形美と権謀術数がひとつに溶け合ったのである。風がうなった。腹《はら》に癌を孕んだ魔女だ。ときおり、つむじまがりな吹き降ろしの風が煙を巻き上げて吹きかけてくる。おかげでガンスリンガーはそのいくばくかを吸いこんでしまった。牡蠣《かき》の体内のちょっとした異物が真珠を形成するように、その煙は夢を形作った。しばしガンスリンガーは眠りながら、性悪な風のせいでうめき声をもらした。星々はそんなことには無関心だ。戦にも磔刑《たっけい》にも復活にも興味を示さなかったように。目覚めていたら、そうしたこともまたガンスリンガーを喜ばせただろう。

II

ガンスリンガーはラバの手綱を引いて、山麓《さんろく》の最後の丘陵地帯を下ってきた。ラバの目はすでに生気を失い、暑さに腫《は》れ上がっている。町をあとにしてから三週間。以降、いまは使用されていない馬車道をひたすらたどり、辺境の住人のあばら家の集落をときおり目にするばかりだった。そうした集落は、ひとり暮らしの住人で構成されていた。ほとんどが狂人か腐敗病患者である。ガンスリンガーは狂人たちと気が合った。ある狂人からはステンレス製のシルバコンパスを手わたされた。ジーザスという男にあたえてほしいというのだ。ガンスリンガーはそれを丁重にあずかった。ジーザスと呼ばれる男を見かけたならば、そのコンパスを届けるつもりだ。しかし、そんなことはあるまい。とはいえ、何があっても不思議ではないご時世だ。かつてガンスリンガーはタヒーン——頭がカラスの人間——を目撃したことがあったが、声をかけると、その混成生物は逃げ去った。そのさい、おそらく言語と思われるカー、カーといった鳴き声を放った。それは悪態であったかもしれない。

最後にあばら家を見かけてから五日が経過していた。もう人の住む場所を目にすることもあるまいと思いはじめていたが、浸食された最後の丘陵の頂に立つと、いまやおなじみのひしゃげたような粗末な草葺《くさぶ》き屋根が見えた。

　住人は、目の覚めるほどの赤毛を腰まで伸ばした驚くほど若い男で、収穫にならないやせこけたトウモロコシを畑から懸命に取り除いていた。ラバが苦しげにあえいだ。すると、若い男が顔をあげ、きらりと光る青い目を一瞬ガンスリンガーにすえた。男は丸腰だった。ガンスリンガーの見たところ、棒切れひとつ持っていない。若い男はよそ者に対する挨拶《あいさつ》として両手をあげた。ふたたび腰をかがめて背中を丸めると、みすぼらしい小屋の隣の畝に向かい、悪魔草《デヴィル・グラス》や出来の悪いトウモロコシを引きぬいて背中越しに放り投げた。さえぎるもののなにひとつない砂漠から直接吹きこんでくる風が男の長い赤毛をはためきなびかせた。

　ガンスリンガーは、ゆっくりと丘を下った。手綱を引くラバの背にのせた革の水袋の中身がバシャ、バシャと音を立てた。ガンスリンガーは、実り少ないひどいトウモロコシ畑の端で立ち止まり、水袋をぐいとあおいで中身を口に含み、乾燥した土壌にブッと吐いた。

「おまえの農作物に実りを」

「あんた自身にも実りを」

　あばら家の住人は答えて立ち上がった。背骨がボキボキ鳴った。そして怖気《おじけ》づくこともなく、ガンスリンガーをまじまじと見つめた。男の顔は髭《ひげ》と髪に隠れてほとんど見えなかったが、肌に腐敗病の徴候はない。目はいささか異様な色をおびているが、狂っているわけではなさそうだ。

「長き昼と楽しき夜を、見知らぬお人」

「おまえには、それにもましてよき日々を」

「そりゃあないね」と答えて、土地の男はそっけない笑い声を放った。「おれんちにはモロコシと豆しかない。モロコシはタダでくれてやるが、豆はかわりになんかもらわんとな。たまにしか持って来てもらえないから。しかも、遠いところを苦労して運んで来ても早々に帰っちまう」男は申し訳ていどに笑った。「悪霊がこわいんだとよ。それと鳥人間も」

「見かけた。鳥人間を。やつは逃げた」

「ああ、道に迷ったのさ。あいつ、アルグル・シエントと呼ばれている場所を探しているんだ。ときたま、あいつは、その場所を〈青き安息の地〉、あるいは〈天国〉と呼ぶこともある。どっちだったか思い出せないけどな。汝《なんじ》、聞きおよびしことありや？」

ガンスリンガーはかぶりをふった。

「まあね……あいつは嚙《か》みつきゃしないし、人のいる場所に住みつきもしない。だから、こちとらの知ったこっちゃねえ。汝、生者、もしくは死者なりしか？」

「生者だ」とガンスリンガー。「おまえ、〈マニ〉のような話し方をするな」

「しばらくいっしょにいたからさ。だけど、おれにはなんのたしにもならなかった。あいつら仲間うちでいちゃつきすぎだし、いつだって、世界の裂け目を探しまわってる」

それはほんとうのことだ。ガンスリンガーは思い起こした。聖人〈マニ〉たちは偉大なる旅人であることを。

ふたりは無言のまま見つめ合った。やがて若い男が片手を差し出して言った。

「おれ、ブラウン」

ガンスリンガーはその手を握り、自らも名のった。そのとき、いじけたカラスが低い草葺き屋根の上で鳴いた。男はそちらに顎《あご》をしゃくって言った。

「あいつは、ゾルタン」

その名を耳にすると、カラスはふたたび鳴き声をあげてブラウンのところへ飛んでくると、男の頭に舞い降り、手入れのされていない伸び放題の髪にしっかりと鉤爪《かぎづめ》をからませて止まった。

「バカタレ」ゾルタンは楽しそうに鳴いた。「おまえ、バカタレ、おまえのウマもバカタレ」

ガンスリンガーは愉快そうにうなずいた。

「芋、豆、音の種」カラスは調子に乗って唱えた。「芋食ってブー、豆食ってピー」

「おまえが教えるのか？」

「こいつの覚える気があるのはこれだけだと思うよ。いちど主の祈りを教えようとしたんだ」一瞬、ブラウンの視線はあばら家の向こう側、砂だらけの不毛な硬土層へとさまよった。「まあ、どのみちここは主の祈りが聞き届けられるような土地じゃないよな。あんたはガンスリンガーだ。そうだろ？」

「いかにも」

ガンスリンガーはしゃがみこんで手巻きタバコの材料を取り出した。するとゾルタンがブラウンの頭から飛び立ち、羽ばたきながらガンスリンガーの肩に舞い降りた。

「あんたの族《やから》はとだえたと思ってた」

「ならば思いちがいをしていたことになる、だろ？」

「汝、〈内世界《イン・ワールド》〉から来たりしか？」

「だいぶ昔にな」ガンスリンガーは認めた。

「あそこには何か残ってるのか？」

ガンスリンガーは問いかけに答えなかった。しかもかれの表情は、それ以上そのことは話題にしないほうが身のためだぞと語っていた。

「あんた、もうひとりのガンスリンガーを追ってるね」

「ああ」と答えて、それにつづく当然の質問をした。「やつがここを通過してどのぐらいたつ？」

ブラウンは肩をすくめた。

「わからん。このあたりじゃあ、時間は奇妙なぐあいになってるからな。距離と方角もそうだ。二週間以上前だよ。二カ月はたっていない。あんたの言ってる男が通り過ぎてから、豆売り男が二度やってきたからね。六週間といったところかな。あてにはなんないけど」

「豆食ってピー」ゾルタンが言った。

「やつは泊まったのか？」ガンスリンガーはたずねた。

ブラウンはうなずいた。

「夕食をとったよ。あんたもそうする気だろ。そして世間話をした」

ガンスリンガーが立ち上がると、カラスはギャーギャー鳴きながら屋根に戻った。ガンスリンガーは身震いするほど異様な興奮を覚えた。

「やつはどんなことを話した？」

ブラウンは眉《まゆ》をしかめた。

「べつにたいして。天気の話とか、おれがいつここに来たとか、女房を亡くしたときのこととかだな。女房は〈マニ〉の信徒だったのかときかれたんで、そうだと答えた。だって、すでに答えを知っているような感じだったからね。ほとんどおれが話をしてたね。めったにあることじゃないけど」と言って、ひと息ついた。聞こえるのは烈風だけだ。

「あいつ、魔道師なんだろ？」

「名うてのな」

ブラウンはゆっくりとうなずいた。

「やっぱりね。あいつ、袖《そで》からウサギを取り出したっけ。内臓がすっかりぬき取られていて、あとは鍋《なべ》に入れるだけの状態のやつを。あんたは？」「ただの人間だ」

「魔道師かって？」ガンスリンガーは声をあげて笑った。

「なら、あいつを捕まえるのはむりだ」

「捕まえてみせる」

ふたりは見つめ合った。埃《ほこり》っぽく乾いた大地に立つブラウン。かたや砂漠へと下る岩棚になっている硬土層に立つガンスリンガー。突然、双方に深い情がわきあがった。ガンスリンガーは自分の火打ち石に手をのばした。

「ほらよ」ブラウンが硫黄マッチを取り出し、汚れている爪でこすった。ガンスリンガーはタバコの先を炎に近づけて吸いつけた。

「すまないな」

「あんた、水袋をいっぱいにしたいだろ」ブラウンは踵《きびす》を返しながら言った。「湧き水が裏の軒下にある。おれは晩飯のしたくをするよ」

ガンスリンガーはトウモロコシの畝を慎重にまたぎこして、あばら家の裏手にまわった。湧き水は手掘り井戸の底にあった。もろい土がくずれ落ちないように、まわりを石で囲ってある。かなりガタのきている梯子《はしご》を降りながら、ガンスリンガーは、この井戸内部の石をどこかよそから引っ張って運びこみ、組み上げるだけでも優に二年は要しただろうと思った。水は澄んでいるが、よどんでいた。おかげで、革の水袋をいっぱいにするのにえらく時間がかかった。ふたつめの袋を満たしていると、ゾルタンが飛んで来て井戸の縁にとまった。

「おまえ、バカタレ、おまえのウマもバカタレ」ゾルタンが忠告してくれた。

ガンスリンガーは見上げて驚いた。井戸はおよそ五メートルの深みがあるではないか。その気になれば、ブラウンは石を落としてこちらの頭をくだき、なにもかも盗むことなどたやすい。狂人や腐敗病をかこつ者なら、そんなことはしないだろう。だが、ブラウンはどちらでもない。とはいえ、ガンスリンガーはかれのことを気に入っていた。だから、邪推は脇に追いやり、神の思《おぼ》し召しであるこの水をくみつづけた。神の意図すること、すべて〈カ〉のなせるわざ。おれの力のおよぶことではない。

みすぼらしい小屋のドアをぬけ、階段を下ると（小屋はあばら家特有の半地下構造になっていて、これは夜の冷気を取り入れて逃がさないようにするためである）、ブラウンが堅木の粗末なヘラでトウモロコシの穂をかすかな残り火にくべていた。こげ茶色の毛布の両端に、ところどころ欠けている皿が一枚ずつ置かれている。豆を煮る水は火の上に吊《つ》るされている鍋の中で沸騰しはじめたところだった。

「水の代金も払おう」

ブラウンは顔をあげなかった。

「水は神の贈り物、汝も知っておろう。豆はパッパ・ドクが運んでくる」

ガンスリンガーはクックッと笑うと、粗末な壁にもたれてすわり、腕組みをして目を閉じた。ほどなくすると、トウモロコシの焼ける香ばしい匂いが漂ってきて、ブラウンが紙袋をひっくり返してインゲン豆を鍋に投じるのが聞こえた。ときおり屋根でカッ、カッ、カッという音がする。ゾルタンが落ち着きなく歩きまわっているのだ。ガンスリンガーは疲れていた。最後に通過した村タルで遭遇した恐怖からここにいたるまで、日に十六時間、ときには十八時間も距離をかせいだ。しかも、この十二日間は自分の足だけで進んだ。ラバは体力の限界にきており、かろうじて惰性で生きているようなものだった。かつてガンスリンガーは、ラバを飼っているシーミーという名の少年と顔見知りだったことがある。いまやそのシーミーもいない。いまではみんないなくなってしまった。残るはふたりだけ。ガンスリンガーと黒衣の男だ。噂では、この地の向こうに緑豊かな土地があるらしい。その名は、〈中間世界《ミッド・ワールド》〉。だが、そんなことは信じがたい。ここより外にある緑の地、そんなものは子どもだましのおとぎ話だ。

カッ、カッ、カッ。

二週間、もしくは六週間前、とブラウンは言っていた。日数などどうでもいい。タルにはカレンダーがあった。そして、村人たちは黒衣の男のことを覚えていた。やつは村を通り過ぎがてら、老人を治療したからだ。その年寄りは、雑草の毒にあたって死にかけていたらしい。老人といっても、まだ年は三十五だったが。ブラウンの言うことが正しければ、以上のことから、自分は黒衣の男にかなり追いついている。だが、行く手には砂漠が横たわっている。これからの道程は灼熱《しゃくねつ》の地獄だ。

カッ、カッ、カッ……。

おまえの翼を貸してくれ、カラスよ。そうしてくれれば、おれは翼を広げ、上昇気流に乗って飛んでいく。

ガンスリンガーは眠りに落ちた。

Ⅲ

一時間後、ブラウンに起こされた。暗かった。明かりといえば、灰に埋もれ鈍い赤みを帯びた色を放っている残り火だけだ。

「あんたのラバ、死んだよ。ご愁傷さま。晩飯はできてる」

「どんなふうに？」

ブラウンは肩をすくめた。

「モロコシは焼いて、豆は煮たのさ。ほかにあるか？　あんた、料理にうるさいの？」

「いや、ラバの死に様のことだ」

「ただ、横になって、それでお陀仏《だぶつ》だ。老衰みたいな感じだった」と言ってから、すまなそうにつけくわえた。「ゾルタンが目玉を食っちまったよ」

「ああ」ガンスリンガーは別に驚かなかった。「かまわん」

テーブル代わりの毛布に向き合ってすわると、ガンスリンガーはブラウンに今一度驚かされた。この男、簡単な食膳《しょくぜん》の祈りを捧《ささ》げたのだ。恵みの雨と健康と精霊の繁栄を祈願して。

「死後の世界を信じているのか？」

ガンスリンガーは焼きモロコシを自分の皿に三本取ったブラウンにたずねた。

ブラウンはうなずいて言った。

「いまのこの生活がそうなんじゃないか」

Ⅳ

豆は弾丸のように固く、トウモロコシは歯ごたえがあった。外では風が大地すれすれの軒のまわりを嗅《か》ぎまわり、哀れっぽい泣き声をあげている。ガンスリンガーはガツガツ貪《むさぼ》り食い、水をコップに四杯飲んだ。食事なかばに、ドアが機銃掃射のように連打された。ブラウンが立ち上がって、ゾルタンを中に入れた。カラスは室内を飛んで横切ると、不機嫌そうに隅にうずくまった。

「音の種」ゾルタンはつぶやいた。

「あいつを食おうと思ったことは？」ガンスリンガーがたずねた。

あばら家の主《あるじ》は声をあげて笑った。

には固すぎる」

「物言う動物は歯にこたえる。カラス、ビリー・バンブラー、それに人間。みな、食う
食後、ガンスリンガーは自分のタバコを差し出した。ブラウンはよろこんで受け取った。

さて、そろそろだな。ガンスリンガーは覚悟した。質問を浴びせられるぞ。

ところが、ブラウンはなにひとつたずねないで、何年も前にガーランの地で収穫されたタバコを吹かし、消えかかった熾《お》き火をながめている。すでに小屋の中は、それとわかるほど冷えていた。

「我らを誘惑から守りたまえ」

だしぬけに、ゾルタンが終末を予言するかのように言った。

ガンスリンガーはぎょっとした。まるで弾丸に貫かれたかのように。不意に、すべては幻影なのだと確信した。黒衣の男が呪文《じゅもん》をかけ、腹立たしいほど難解に、象徴的になにかを告げようとしているのだ。

「タルを知っているか？」突然、ガンスリンガーはきいた。

ブラウンはうなずいた。

「そこを通ってここに来た。一度、モロコシを売りに行って、一杯ひっかけたことがある。その年は雨が降ったっけ。十五分ぐらいだな。地面が口を開けて、ごくっと飲んじまった感じだった。一時間もしたら、それまでどおりに真っ白に乾いてた。でも、あの

トウモロコシ――あれにはたまげたね。見ているまにぐんぐん成長したんだ。ところが、そんなのは序の口で、聞こえるんだよ。雨のおかげで口ができたみたいだった。聞いていて気持ちのいいもんじゃなかったね。大地から吐息をついたりうなったりしながら出てくるみたいでよ」そこで一息ついてから先をつづけた。「けっきょく、ありあまるほどの大収穫さ。それで売りさばいた。パッパ・ドクがかわりに売ってやるって言ったけど、どうせやつはもうけをごまかす。だから、自分ででかけたんだ」

「町はきらいか？」

「ああ」

「おれは、あそこであやうく殺されかけた」

「ほんとうか？」

「断言する。タルでおれは、神がかりになった人間をひとり殺した。ところが、その神はほんとうの神ではなく、袖《そで》からウサギを出す男だった。黒衣の男だ」

「あんた、一杯食わされたのか」

「歯に衣着《きぬ》せぬもの言い、うれしいぞ」

ふたりは闇を通して対峙《たいじ》した。一瞬、決闘のときのような空気が流れた。

さて、質問攻めとなるか。

だが、ブラウンはあいかわらずなにも問いただそうとはしない。タバコは指を火傷《やけど》しそうなほど短くなってくすぶっている。しかし、ガンスリンガーが、もう一本勧めるっもりでタバコの入った袋をたたくと、ブラウンはかぶりをふった。

ゾルタンが落ち着かなげに動き、なにかしゃべりたそうなそぶりを見せたが、けっきょく黙っていた。

「事情を語ろうか？」ガンスリンガーがきいた。「ふだん、おれはあまりしゃべらないのだが……」

「ときにはしゃべることで楽になる。聞いてやるよ」

ガンスリンガーは話の端緒を探したが見つからなかった。そこで、「用たしにいってくる」と言った。

ブラウンはうなずいた。

「モロコシ畑でやってくれ」

「心得た」

ガンスリンガーは階段を上がり、暗闇の中へ出た。頭上には星々がきらめき、風が音を立てて吹き荒れている。小便は波打ちながら弧を描いて乾ききったトウモロコシ畑に放たれた。黒衣の男がおれをここまで引き寄せたのだ。ブラウンが黒衣の男だという可能性もなきにしもあらず。ひょっとすると……。

ガンスリンガーは、そうした愚にもつかぬ、いたずらに自分を混乱させるだけの疑念を締めだした。ゆいいつの不測の事態は自分が発狂するということ。これに備える技ばかりは修得していない。ガンスリンガーは小屋の中に戻った。

「どうだ、おれが生身の人間か魔法の産物か判断をくだしたか？」ブラウンは愉快そうにたずねた。

ガンスリンガーは驚き、狭い踊り場に立ち止まった。それからゆっくりと降りて、すわった。

「実際、そんな考えが念頭をよぎった。そうなのか？」

「魔法に生み出されたとしたら、そうとは自分ではわからないさ」

心安らぐ答えではなかったが、ガンスリンガーは聞き流すことにした。

「タルの話のとちゅうだったな」

「あの町、にぎわってるか？」

「ほろんだ。おれが手をくだした」

つづけてガンスリンガーは、こう言おうかと思った。今度はおまえを手にかけてやろうか。それというのも、ただ単に片目を開けながら眠りたくないからだ。だが、おれもそこまで腐った人間になってしまったのか？　だとしたら、もはや追跡をするまでもあるまい。自分が追っている者と同じような人間になってしまったのなら。

ガンスリンガーの考えを察したのか、ブラウンが言った。

「あんたからはなにももらいたくない。おれは、あんたが立ち去ったあとも、無事にここにいたいだけだ。命乞《いのちご》いはしない。だからといって、もうこれ以上生きていたくないということじゃないけどな」

ガンスリンガーは目を閉じた。思念がめまぐるしくかけめぐる。

「おまえはなにものだ?」ガンスリンガーは声をくぐもらせて言った。

「ただの人間だ。あんたに危害をくわえる気のない人間。そして、あんたが話のつづきをする気があるなら、まだ聞く耳を持ってる人間さ」

これにはガンスリンガーはなんとも答えなかった。

「こちらから水を向けないと、話をしづらいようだね。なら、そうしてやるよ。さあ、タルのことを話してくれ」

ガンスリンガーは驚いた。今度は、言葉が見つかったのだ。出だしはつまずきがちだったが、しだいにいささか一本調子ながら語りの体をなしていった。妙なことに、われながら興奮していた。そして夜更けまで語りつづけた。ブラウンはまったく口をはさまなかった。カラスも黙っていた。

V

ガンスリンガーは、ラバをプライスタウンで買った。そいつは、タルまでは元気だった。陽は一時間前に沈んだが、空に映える町の明かりに導かれて、ガンスリンガーは旅をつづけた。しだいに、ホンキートンク・ピアノが奏でる『ヘイ・ジュード』の旋律が異様なほどはっきりと聞こえてきた。道幅はいくつもの脇道を統合しながら広くなっていった。そこかしこにある頭上のスパークライトは、みな切れてひさしかった。

　森はいまや後方に遠ざかり、風景は一本調子の平坦《へいたん》な草原地帯にとってかわった。果てしなくつづく荒廃した平野は良質の牧草と低木に席をゆずった。薄気味の悪い見捨てられた地所は、昔日の面影をわずかに残しているだけの人気《ひとけ》のない屋敷に守られていた。そうした大きな邸宅では、まちがいなく悪鬼たちが徘徊《はいかい》している。掘っ立て小屋もあったが、すでに住人は他の住処《すみか》を求めて去ってしまったか、もしくは立ちのかされてしまっている。点在するあばら家には近親結婚の一家が暮らしていて、夜には細々とした火を灯《とも》し、昼には不機嫌そうに黙々と野を耕している。トウモロコシが主な作物だが、豆やヤマゴボウの収穫もある。ときには、やせこけた牛が樹皮のむけたハンノキのあいだからガンスリンガーをぼんやりと見つめていることがあった。四度、大型四輪馬車と出会った。二台はガンスリンガーの来た方角へ、二台はかれの向かっている方角へと通りすぎていった。背後からやってきて、ガンスリンガーとラバを追い越していった四輪馬車にはほとんど乗客はいなかったが、逆に、北の森へ戻るそれは満員状態だった。ときには、荷馬車の泥よけに足を乗せた農夫が銃を携帯している男と目を合わせないようにびくびくしながら通りすぎることもあった。

　荒れた醜悪な土地だった。プライスタウンを出てから二度、雨が降ったが、いずれもおしめりていどだった。良質の牧草でさえ黄ばんでしおれかけている。通過するだけの土地だ。黒衣の男の姿はどこにもなかった。おそらく、四輪馬車に乗ったのだろう。

道が曲がっていた。そこを通りすぎたところで、ガンスリンガーはラバに止まるように舌打ちし、タルを見おろした。その町は鉢のように丸くくぼんだ底に鎮座しており、安っぽい台座にすえられた見かけだおしの宝石のようだった。いくつもの明かりが灯っていたが、とりわけ音楽の聞こえてくるあたりに集中している。四つの通りが見え、そのうち三つの交わるところが四輪馬車道だ。その広い馬車道が町の本通りだった。たぶん、カフェはあるだろう。実際にはどうだかあやしいが、あるものと思いたい。ガンスリンガーは、ふたたびラバに舌打ちした。今度は歩きださせるためだった。

いまや道沿いに民家が多く見られるようになったが、そのほとんどは見捨てられた空き家だった。小さな墓地を通りすぎた。伸び放題の悪魔草《デヴィル・グラス》に埋もれるようにして、カビの生えた厚板の墓標が傾いていた。そこからさらに百五十メートルほど行くと、くたびれた道標があり、こう記されていた。

〈タル〉

ペンキがほとんどはがれ落ちていて、判読不可能一歩手前の状態だ。さらに進むと、もうひとつ道標があったが、今度はまったく読めなかった。

町に入ると、少々酔いのまわったおどけた歌声が聞こえてきた。『ヘイ・ジュード』の最後に何度もくりかえされるコーラスの箇所だ。どうにも陰にこもった歌声だった。まるで、腐った木のうろに吹きこんだ風の音のようだ。ホンキートンク・ピアノの単調なたたくような音がなければ、黒衣の男が見捨てられた町に住まわせるために亡霊を呼び起こしたのではないかと、本気で考えてしまうところだ。ふとそんなことを思い、ガンスリンガーは微笑んだ。

通りに人が出ていたが、多くはなかった。黒のスラックスにおなじ色のハイネックのシャツを着た三人の婦人が向かい側の板張りの歩道を通り過ぎたが、興味を示してガンスリンガーを見ることはなかった。彼女たちの顔は、ほとんど見えない身体の上を漂っている、目をつけた青白いボールのようだ。麦藁《むぎわら》帽子を目深にかぶった老人が、営業を廃止して板の打ち付けられている雑貨商の店先の階段にすわって、ガンスリンガーを見つめていた。ガリガリにやせている仕立屋は、店先を通りすぎていくガンスリンガーをじっくり観察するために、そろそろ店を閉めようかという時刻にやってきた客の相手をやめた。そしてもっとはっきり見てやろうと、店のウィンドウにランプをかかげた。ガンスリンガーはそれに気づいて会釈をした。仕立屋もその客も不動のままだった。ガンスリンガーは、自分の腰に低く吊《つ》り下げられているホルスターにふたりの視線《ジリ》が釘付《くぎづ》けになっているのを感じた。十三歳ぐらいの少年とその妹、あるいは情婦と思われる少女がひとつ先の通りを横断したが、一瞬、足を止めたようにも思える。かれらの歩みがかすかな土煙をあげた。街灯のおおかたは機能していたが、電灯ではなかった。アイシングラスが凝固した油煙で曇っていたからだ。なかには割られている街灯もある。貸し馬屋が一軒あったが、おそらく街道を往来する四輪馬車を営業の糧として、なんとかやりくりしているのだろう。ドアを開け放った納屋のそばで、三人の少年が地面に描かれた円のまわりに黙ってしゃがみこみ、トウモロコシの皮で巻いたタバコを吹かしながら、ビー玉遊びをしていた。少年たちの影が納屋の中へと長く伸びている。少年のひとりは、帽子の帯からサソリの尾を突き出させていた。もうひとりは、左目が視力を失うほど異様にふくれあがっていて、眼孔から飛び出ていた。

ガンスリンガーはラバの手綱を引いて少年たちのわきを通りすぎ、薄暗い納屋の奥を覗《のぞ》きこんだ。ランプがひとつ灯っている。影が跳びあがった。作業着姿のひょろりとした老人が大きなうなり声をたてながらピッチフォークをふるって、束ねていない牧草を干し草棚に積んでいた。

「おい！」ガンスリンガーが声をかけた。

フォークの動きがとちゅうで止まった。馬丁は不審そうな表情でふりかえった。

「なんだ？」

「おれはラバを連れている」

「そりゃあ、よかったな」

ガンスリンガーは、ぼってりとして、でこぼこのある粗製金貨を薄暗い納屋に投げ入れた。金貨は古くなった囲い板にはねかえって音を立てると、床に落ちてキラリと光った。

馬丁は進み出ると、腰をかがめて金貨を拾い上げ、ガンスリンガーをいぶかしそうに見つめた。視線をガンベルトに落とし、馬丁はむっつりとした表情でうなずいた。

「どのぐらいあずけておきたいんだ？」

「一晩か二晩。もっと長くなるかもしれん」

「釣銭はないぞ」

「よこせとはいってない」

「どうせ汚れた金だろ」馬丁はぼそっと言った。

「なんと言った？」

「べつに」馬丁は手綱をつかんで、ラバを納屋に入れた。

「ブラシをかけてやってくれ！」ガンスリンガーは馬丁の背中に向かって声をはりあげた。「そいつをもらいうけにきたとき、臭わないようにな、しっかり聞いておけ！」

老人はふりかえらなかった。ガンスリンガーはビー玉遊びの円を囲んでしゃがんでいる少年たちに近寄った。三人は大人のやりとりの一部始終をバカにした好奇心から見物していた。

「長き昼と楽しき夜を」ガンスリンガーは気さくに話しかけた。

返事はなかった。

「おまえたち、この町の子どもだろ？」

答えはない。ただし、帽子のサソリの尾が動いたのを別にすれば。それはうなずいたしるしのように見えた。

少年たちのひとりが、ひしゃげたトウモロコシの皮で巻いたタバコを離すと、緑色のビー玉をつかんで地面に描かれた円の中に投げつけた。ビー玉はカエルに命中して、そいつを円の外にはじき飛ばした。少年はビー玉を拾い、もう一度投げつけようと身がまえた。

「この町にカフェはあるか？」ガンスリンガーはきいた。

三人の中で一番幼い少年が顔を上げた。口の端に大きなヘルペスができていたが、両目の大きさは同じで、このゴミ溜《た》めでは長くは持ちそうもない無垢《むく》な輝きに満ちていた。その少年は感銘と畏怖《いふ》とにあふれた驚嘆の念を抱いてガンスリンガーを見つめた。

「シェブのとこでバーガーを食えるよ」

「あの安酒場か？」

「うん」少年はうなずいた。

他のふたりの少年の目が剣呑《けんのん》な憎悪の色を帯びた。幼い少年は親切心で口をきいたばっかりに、たぶんあとで仲間にこっぴどくとっちめられることになるのだろう。

ガンスリンガーは自分の帽子の縁に触れて言った。

「感謝する。この町にも話のできる聡明《そうめい》な人間がいることがわかってうれしい」

ガンスリンガーは板張りの歩道をあがってシェブの店に向かった。そのとき背後で、少年のひとりが変声期を迎えていない声で悪態をつくのがはっきりと聞こえた。

「この変態野郎、おまえ、いつからネエちゃんと一発やってんだ、チャーリー？　変態野郎め!」

　そして殴る音と泣き叫ぶ声がした。

　シェブの店先にはケロシン・ランプが三つ灯《とも》されていた。コウモリの翼に似た自在扉の両脇にひとつずつ、そして扉の上にひとつといったぐあいに。『ヘイ・ジュード』のコーラスはだんだん先細りとなって消えてしまい、ピアノは古いバラードを奏でていた。ざわめき声がちぎれた糸のように店の外へもれている。ガンスリンガーは一瞬、自在扉の前で立ち止まって店内を覗いた。おがくずを敷き固めた床に脚のかしいだテーブルが並び、その脇にはそれぞれ痰壺《たんつぼ》が置かれている。木挽《こびき》台に厚板を置いたバー。その背後に曇った鏡があり、ピアノ弾きが映っている。男は、その職業にはつきものの猫背だ。ピアノは前の響板がはずされている。おかげで、木製のハンマーがピョンピョン飛び跳ねる機械仕掛けの妙を見ることができる。バーテンダーは麦藁色の髪の女で、薄汚れた青いドレスを着ている。一方の肩紐《かたひも》が安全ピンでとめられていた。店内の奥には町の住民が六人ほどいて、酒を飲みながら、気のないようすでカード・ゲームの〈ウォッチ・ミー〉をしている。ほかにも六人の客がピアノのまわりに漫然と集まっている。そしてバーには四、五人。また、まったく櫛《くし》の入れられていない白髪頭の老人が入り口近くのテーブルで酔いつぶれていた。ガンスリンガーは店内に入った。

　いっせいにふり返った客たちの視線がガンスリンガーとその銃につきささった。事態に気づいていないピアノ弾きの演奏をのぞけば、物音ひとつしない。やがて女のバーテンダーがカウンターを拭《ふ》きはじめると、店内にざわめきが戻った。

「ウォッチ・ミー」奥で賭《か》けに興じているひとりが言って、テーブルに置かれているハートの札三枚に自分の持ち札のスペード四枚を投じて勝負に出た。ハートを開けていた男が悪態をついて賭け金を押しやった。そしてあらためて札が配られた。

ガンスリンガーはバーテンダーの女に近づいて言った。

「肉はあるか？」

「もちろん」女はガンスリンガーの目を見て答えた。この女、娘のころは可愛らしかったかもしれない。だが、当時とちがって、世界は変転している。いまでは女の顔はふくれた塊と化し、しかも額には生々しい傷痕《しょうこん》が稲妻状に走っている。厚化粧で隠しているつもりなのだろうが、それがかえって傷跡をきわだたせている。「安全なビーフ。純血種。でも、値がはるわよ」

純血種だと、嘘つけ。ガンスリンガーは思った。どうせ冷凍室にあるのは、三つ目か六本足《ディ・サイ》、あるいはそのどちらをもそなえた代物だ——おおかたそんなところだろう、貴婦人《レイ》殿。

「バーガーを三つとビールを一杯、おねがいしたい」

ふたたび店内の雰囲気がかすかに変わった。ハンバーガーを三つ。のどがごくりと鳴り、唇にあふれ出るよだれを舌がなめとる音がした。ハンバーガーを三つ。この土地のやつらは人がハンバーガーを一度に三つも食うところを見たことがないのだろう。

「じゃあ、五ダッラーになるね。ダッラーってわかる？」

「ドルか？」

女はうなずいた。ならば、ドルのことをダッラーと発音しているのだろう。ともあれ、これもまたガンスリンガーの推測だったが。

「ビールこみでか？」ガンスリンガーはかすかに笑みを浮かべながらたずねた。「あるいは、別料金？」

女は微笑み返さなかった。

「こみだよ。まず、あんたの金を拝ませてほしいね」

ガンスリンガーはカウンターに金貨を置いた。店内にいる全員の目がそれに集まった。

カウンターのうしろにある鏡の左手に炭火の料理用レンジが据えてあった。女は、そのコンロの背後の小部屋に引っこみ、紙にのせた肉を持って戻ってきた。そして肉を三つのパテにして、鉄板にのせた。立ちのぼる香ばしい匂いがまた強烈だ。ガンスリンガーは平然として立っている。ただし、ピアノ弾きがテンポを狂わせ、賭けトランプがときおり、カウンターにいる他の客が横目でちらちら見ていることに感づいていた。

ふと鏡を見ると、自分の背後に男が迫っている。男の頭は、ほとんど禿《は》げあがっている。そして両手は、拳銃《けんじゅう》のホルスターのように腰に吊《つ》った大きな狩猟用ナイフの柄にかかっていた。

「引っこんでろ」ガンスリンガーがぴしゃりと言った。「身のためだ、相棒」

男は立ち止まった。無意識のうちに上唇がめくれあがる。まるで牙《きば》を剝《む》く犬のようだ。空気が張りつめ、針の落ちる音も聞こえそうなほどの静寂が支配した。やがて男は自分のテーブルに戻った。ふたたび店内がにぎやかになった。

ビールが縁のかけた大ジョッキで運ばれてきた。

「金貨なんか出されても釣り銭はないよ」女が喧嘩《けんか》腰《ごし》に言った。

「はなから期待していない」

女は憤慨したようすでうなずいた。自分の得になるにもかかわらず、金持ちであることを見せびらかされて激怒しているようだ。だが、女はしっかり金貨を受け取ると、少ししてから、まだまわりが赤い生焼けの肉を薄汚れた皿にのせて持ってきた。

「塩はあるか？」

女はカウンターの下から塩の小壺《こつぼ》を取り出した。ガンスリンガーは指で塩の塊をつまみとってすりつぶさなければならなかった。

「パンは？」

「ないよ」

ガンスリンガーは相手が嘘をついているのは承知していたが、その理由もわかっていたので追及しなかった。禿頭《はげあたま》の男が目を血走らせてこちらをにらみながら、ひび割れて傷だらけのテーブルの上で両手を開いたり握ったりしている。しかも、肉の匂いを嗅《か》ごうとして、鼻孔も規則正しくピクピク広がったり狭まったりしている。まあ、少なくとも、匂いはタダだ。

ガンスリンガーはものすごい勢いで肉を食べはじめた。味わっているふうではない。たんに肉を切り分け、刺して口に運んでいるだけだ。自分の食べている牛の原産の品種は努めて考えないようにした。純血種、と女は言った。ああ、そうだろうとも！　そして豚は、〈行商人の月〉の明かりを浴びながら、コマラを踊るのだろうよ。

あらかた肉を食べ終え、ビールのお代わりを頼んで紙タバコを巻こうとしたとき、肩に手が置かれた。

店内がふたたび静まりかえっていることに、不意に気づいた。そして、あたりに緊張感が漂っているのを感じた。ふり返ると、さきほど店に入ってきたとき扉の近くで眠っていた男の顔とまともに目が合った。おぞましい顔だ。吐く息には悪魔草《デヴィル・グラス》の毒気たっぷりの悪臭がふくまれている。両目は呪われていた。こちらを凝視してぎらついているが、見れども見えない者の目だ。その目は、無意識の腐臭を放つ沼の底から立ち昇り、解き放たれる夢、抑制のきかない不毛な夢地獄に向けられていた。

カウンターの背後にいた女がそっとうめき声をもらした。

男のひび割れた唇がゆがんでめくれあがり、緑色に苔《こけ》むした歯がむきだしになった。ガンスリンガーは思った。こいつ、悪魔草《デヴィル・グラス》を吸っているのではない。食ってる。ほんとうに咀嚼《そしやく》しているのだ。

そしてすぐさま思った。こいつは死者だ。一年前には死んでいるのにちがいない。

つづいてとっさに思った。黒衣の男のしわざだ。

ふたりはまじまじと見つめ合った。ガンスリンガーと狂気の縁にたたずむ男。その男が口を開いた。ガンスリンガーはわが耳を疑った。そいつはガンスリンガーの生地ギリアドの高貴な言葉ハイ・スピーチ語で話しかけてきたのだ。

「金貨をお恵みくだされぬか、ガンスリンガー殿。一枚なりと？　お願い申す」

ハイ・スピーチ語。一瞬、ガンスリンガーはそれを聞き取ることをこばんだ。ハイ・スピーチ語は過去のもの——おお、神よ！——何百年も、何千年も前の遺物だ。もはやそんな話し方をする種族はこの世にいない。ガンスリンガーが生存する最後のひとりなのだ。他の者たちは……。

言葉を失ったガンスリンガーは、自分の胸ポケットに手を入れて金貨を一枚取り出した。ひび割れてかさぶたに覆われている壊疽《えそ》にかかった手が伸びてきて金貨をつかみ、愛《いと》しげにさすり、ケロシン・ランプの油ぎった光にかざした。金貨は高貴な文明の輝きを放った。金色の、しかし、黒ずんだ赤みを帯びた血の色を。

「ああ……」言葉にならない歓喜の声が発せられた。年老いた男はふらつきながらガンスリンガーに背中を向けると、金貨を目の前に掲げ持ち、ためつすがめつひっくり返してはきらめかせながら、自分のテーブルへ戻りだした。

店内は急速に人気《ひとけ》がなくなり、コウモリの翼のような自在扉が狂ったように閉じたり開いたりしている。ピアノ弾きも鍵盤の蓋《ふた》を勢いよく閉じると、珍妙な足どりであたふ

た と他の客たちのあとを追って外に出ていった。

「シェブ！」バーテンダーの女はピアノ弾きの背中に呼びかけた。その声には恐れと叱《しっ》責《せき》とが奇妙にも同居していた。「シェブ、戻ってきなさいよ！　まったくもう！」

シェブという名を以前聞いたことがあるのでは？　ガンスリンガーは思った。そうとも、聞いたことがある。だが、いまそのことを考えたり、記憶をさかのぼったりしている余裕はない。

いっぽう年老いた男は、自分の席に戻っていた。そして金貨を傷だらけのテーブルの上でくるくる回し、生ける屍《しかばね》の目がその動きを心ここにあらずといったようすで追っている。二度、三度と金貨を独楽《こま》のように回しているうちに、瞼《まぶた》が閉じていった。四度目には、金貨の回転が止まるよりさきに、老人の頭はテーブルの上に寝床を定めた。

「ほらごらん」女は怒気を含んだ声でそっと言った。「あんた、客を追っ払っちまった。気がすんだかい？」

「戻ってくるさ」

「今夜はもう来ないね」

「何者だ？」ガンスリンガーは雑草食いのほうを顎《あご》でしゃくった。

「とっとと失《う》せな、ガンスリンガー殿」

「知る必要があるのだ」ガンスリンガーはぐっとこらえて言った。「やつは——」

「あいつ、あんたに変な話し方をしたね。あんな言葉づかいするのはじめてだよ」

「おれは、ある男を探している。おまえが知ってるかもしれない」

女はガンスリンガーを見つめた。その目からは怒りが消え去り、かわりになにやら物思いにふけっているのが感じられる。やがて、ガンスリンガーがすでに何度も見たことのある欲情の濡《ぬ》れた輝きが女の目にあらわれた。いまにも倒れそうな建物が、考えこんでぼそりと不満をもらしたかのようにきしんだ。遠くで、犬がけたたましく吠《ほ》えた。ガンスリンガーは待った。女は相手が気づいていることを見て取った。すると欲情の輝きは絶望に、はけ口のない愚かな生理的欲求にとってかわられた。

「値段はわかってるわよね。わたし、身体《からだ》がうずいてるの、いつもは自分で処理できるんだけど、いまはダメ」

ガンスリンガーは女をじっと見つめた。暗がりでなら額の傷は見えないだろう。身体は砂漠の熱風や烈風でさえたるませることができなかったほどやせている。それにこの女、かつては愛くるしかったと思われる。美人でさえあったかもしれない。いまは、そんなことはどうでもいい。この女の不毛な子宮の闇に蛆虫《うじむし》がわいていようとかまわない。すべてはすでに〈カ〉の書に記されていること。神の手によって。

女は両手で顔を覆った。砂漠のように乾いた心にも、まだいくらか液体が残っているようだ——しぼれば泣くことができるらしい。

「見ないで！　そんないやな目つきで見ないで！」

「すまん。そんなつもりではなかった」

「嘘ばっかし！」女は声を張り上げた。

「店を閉め、明かりを消せ」

女は両手を顔にあてたまま泣いている。ガンスリンガーは、女が顔を隠していてくれるのがありがたかった。傷のせいではない。女のそんなしぐさが彼女の可憐《かれん》な乙女の頃を想起させたからだ。たとえ、いまは純潔でないとしても。ドレスの肩紐《かたひも》を留めている安全ピンがランプの明かりにきらめいた。

「あの男は何か盗みを働くか？　そうであるなら、外に追い出すが」

「いいえ」女はささやいた。「ノートは盗んだりしないわ」

「ならば、明かりを消せ」

女はガンスリンガーのうしろにまわるまで顔から両手を放さなかった。そして、ランプの芯《しん》をしぼって息を吹きかけながら、灯火をひとつずつ消していった。闇の中で、女はガンスリンガーの手を取った。その手は温かかった。ガンスリンガーは二階へと導かれた。そこにはふたりの行為をさらけだすような明かりはなかった。

VI

ガンスリンガーは暗闇の中で紙タバコを巻き、火を吸いつけて女にわたした。部屋は女の身にまとっている香水の匂いがしていた。新鮮なライラックの香り、なにがなし哀愁を誘う。だが、砂漠の匂いがそれをうわまわる強さでたちこめていた。自分は行く手に横たわっている砂漠を恐れている、とガンスリンガーは思った。

「あの人、ノートって言うの」女は言った。その声にはあいかわらず険がある。「名字はないわ。死んでるのよ」

ガンスリンガーは黙ってそのあとの言葉を待った。

「あの人、神さまに触れられたの」

「おれは、神にお目にかかったことがない」

「わたしの記憶にあるかぎりでは、ずっとこの土地にいるわよ――ノートのこと、神さまじゃないわよ」女はとがった笑い声を闇に放った。「ノートはいっとき、糞尿《ふんにょう》運搬業をしていた。それが酒を飲みはじめ、悪魔草《デヴィル・グラス》を嗅《か》ぐようになり、やがてそれを吸うようになったの。そのうちに子どもたちがノートのあとをくっついて歩き回り、飼い犬をけしかけるようになった。あの人、悪臭のする黄緑色に染まった古いズボンをはいてたのよ。あんた、どういうことかわかる?」

「ああ」

「そしてノートは、あの草を食べるようになった。しまいには、そこらへんにすわってるだけで、草以外は何も口にしなくなったの。自分では王さまのつもりだったんでしょうよ。さしずめ、子どもたちは自分の取り巻き道化師で、犬は王子といったところね」

「ああ」

「で、この店のまん前で死んだの。板張りの道をドシンドシンと重い足音をさせてやってきた――あの人が履いていたブーツは、昔の列車の操車場で拾った土木作業員用の底べりのしそうもない分厚いやつだったのね――例によって、うしろには子どもたちと犬がつきまとってた。針金のハンガーをくしゃくしゃにまとめてよりあわせたみたいにやせ細っていた。目には地獄の業火しか見えなかったけど、顔はにやけてた。〈収穫期〉の祭りのときに、子どもがカボチャやダイコンに彫る顔みたいに薄気味悪くニヤリとしているの。身体じゅうから埃《ほこり》と腐敗と悪魔草《デヴィル・グラス》の臭いがした。その草が口の端から緑色の血みたいにだらりと垂れてたわ。わたしの店にシェブのピアノを聞きにきたんだと思った。で、店先で立ち止まると、首を傾げたの。あの人の姿が見えたんだけど、四輪馬車がやって来る音でも聞いているのかと思った。馬車が来る予定なんてぜんぜんなかったけど。すると突然、吐いたの。ものすごくドス黒い血だった。吐いてるあいだじゅうもニヤニヤ笑ってるのよ。しかも、下水管から汚水が排出されるみたいな勢いだった。その臭いときたら、まさに鼻が曲がるってやつよ。で、両腕を上げたと思ったら、いきなりぶっ倒れて、それっきり。ニヤニヤ笑いながら、自分の血ヘドに顔を突っ込んで死んじまった」

「すてきな話だ」

「あら、そう、どういたしまして。この土地もすてきよ」

女はガンスリンガーのかたわらで震えていた。風はあいかわらず悲しげに吹きすさび、どこか遠くでドアが勢いよく閉まった。夢の中で聞くような音だった。壁の中をネズミが走った。ガンスリンガーは意識の片隅で思った。おそらく、この町でネズミが餌にありつける場所はここしかないと。かれは片手を女の腹に置いた。すると相手は驚いて身体をこわばらせたが、すぐに力をぬいてくつろいだ。

「黒衣の男」

「どうしても知りたいの？　あんた、あたしを抱いて勝手にイッて、そのまま眠りこけるってわけにはいかないのね」

「どうしても知りたい」

「わかったわよ。話すわ」

女はガンスリンガーの手を両手で握って語りだした。

Ⅶ

黒衣の男はノートが死んだ日の午後遅くやって来た。烈風がぼろぼろの表土を引きはがし、砂塵《さじん》を巻き上げながら、根こそぎ引きぬいたトウモロコシを吹っ飛ばしてきりきり舞いさせていた。ジュバル・ケナリーは馬小屋に南京錠《ナンキンじょう》をかけ、他の商人たちは店の窓に鎧戸《よろいど》をおろして板張りをした。空は古びたチーズのような黄色に染まった。遅くまで砂漠の上空にとどまっていた雲は、そこでなにやら恐ろしいものを目撃したかのように、あわててすっ飛んでいった。

ガンスリンガーの追っている獲物は、よれよれの帆をかけ、ぐらぐら揺れているポンコツの荷馬車に乗ってやって来た。顔には愛想のよい笑みを浮かべていた。人々は黒衣の男が町にやって来るのを見守っていた。年老いたケナリーは酒のボトルを片手に窓辺に横たわりながら、もういっぽうの手で次女の左胸をまさぐっていた。黒衣の男が店の戸をたたいても居留守を決めこむつもりだった。

しかし、黒衣の男は鹿毛《かげ》の馬の歩みを遅くすることもなく通り過ぎた。車輪は風が熱心につかみかかっていた土埃《つちぼこり》を巻き上げた。男は牧師か修道僧のように見えた。砂埃《すなぼこり》まみれの黒い法服を着ていたからだ。ゆったりとした頭巾《ずきん》が頭を覆って容貌《ようぼう》を隠していたが、身の毛のよだつ薄笑いだけは見えた。黒衣が風に波打ちはためいていた。その法服の裾《すそ》から、爪先《つまさき》が四角くて留め金の付いたいかめしいブーツがのぞいていた。

黒衣の男はシェブの酒場の前で馬をつないだ。馬は頭を垂れて、地面にうなるようにいないないた。男は帆をかぶせた荷台のうしろにまわり、垂れ蓋《ぶた》のひとつをほどいた。そして、風雨にさらされて色あせたサドルバッグを取り出して肩に投げかけると、コウモリの翼のような自在扉をくぐって店内に入った。

アリスはその男を物珍しそうに観察していたが、店内のほかの者はだれひとりとして気づいていなかった。すでに土地の常連客たちは酔っ払っていたのだ。シェブはメソジスト派の讃美歌《さんびか》をラグタイム奏法で弾いていた。そして、砂嵐を避けて早々に酒場にしけこみ、ついでにノートの通夜に集まったのらくら者たちは、ドラ声を張り上げて歌っていた。シェブは、かれもまた、ほとんど意識を失いかねないほど泥酔しており、自分がいまだに生きつづけていることに有頂天になって興奮し、めったやたらに速いテンポで演奏し、その指は機織機《はたおりき》のように鍵盤《けんばん》上をせわしなく往来していた。

金切り声と絶叫に満ちた客たちの歌声は、風の吹きすさぶ音を上まわることはさらさらなかったが、ときには風に挑戦するかのように耳をろうした。店の片隅では、ザッカリーがエイミー・フェルドンのスカートを頭の上にまくりあげ、その両膝《りょうひざ》に〈収穫期〉の護符を描いていた。その様子をほかの女たちがとりまいて見ている。みな熱があるかのように頬を赤く染めていた。しかしながら、自在扉を通して入ってくる鈍い夕日の色が彼女たちの紅潮ぶりを嘲笑《あざわら》っていた。

ノートは店の中央に二台並べて置かれたテーブルの上に横たえられていた。かれの土木作業員用のブーツが何かを意味するかのようにVの字を形作っている。口はだらしなくにやけたままだ。しかし、両目はだれかが閉じたらしい。その上に魔除《まよ》けの硬貨がわりに金属の小片が置かれていた。両手は胸のところで組ませられ、悪魔草《デヴィル・グラス》を握らされていた。遺体は毒を放っているような臭いがした。

黒衣の男は頭巾をうしろにはねて取り、バーに向かって来た。アリスは、自己の内部に隠れているおなじみの欲求のいりまざった戦慄《せんりつ》を感じながら男を観察した。黒衣の男は宗教的な装身具はなにひとつ身につけていなかった。とはいえ、それでなにかがわかるというものでもない。

「ウィスキーだ」男は言った。その声は耳に心地よかった。「上等のやつをもらいたい」

アリスはカウンターの下に手を伸ばし、スターのボトルを取り出した。地元の密造酒を高級品といつわって出すこともできたが、そんなことはしなかった。アリスがグラスに注ぐのを黒衣の男は見守っていた。異様な光を放っている大きな目だった。店内が暗すぎて、瞳《ひとみ》の色ははっきりしない。アリスはますます欲情した。店内の飲めや歌えの喧《けん》騒《そう》は一向におとろえない。去勢馬さながらの役立たずなシェブは、キリスト教の兵士たちに関する曲を弾き、だれかが口説き落としてアーント・ミルに歌わせていた。彼女の調子はずれの耳障りな歌声は、子牛の頭に打ちおろされるなまくらな斧《おの》よろしく店内のざわめきを切断した。

「おい、アリス！」

アリスは、よそ者の沈黙と判然としない瞳の色に憤慨し、同時に股間《こかん》の抑えがたい疼《うず》きにいらだちながら給仕に向かった。自分の欲情が恐ろしかった。こいつときたら、気まぐれで手にあまる。しかも変化の兆しかもしれなかった。老年期の始まりの合図かもしれない――タルの町では、たいていそいつは冬の日没のように短くてせつない。

アリスはビールを注いでまわり、ミニ樽《だる》が空《から》になったので、あらたなミニ樽を開けた。

どんなに忙しくても、シェフに給仕させるより自分でやったほうがましだ。頼めば、かれはよろこんで言われたことをする。忠実な犬のように。指を切り落とせと命じられても、店内のあらゆるものにビールをぶっかけてまわれと言われても、そうするだろう。よそ者の視線が給仕をしてまわるアリスのあとを追っていた。それを彼女は身体で感じ取ることができた。

「繁盛しているな」

アリスが戻ってくると、黒衣の男が言った。ウィスキーに口をつけていなかった。ただ、グラスを両の手のひらにはさんで転がし、温めていた。

「通夜なの」

「遺体には気づいていた」

「みんな飲んだくれさ」アリスはいきなり憎々しげに言った。「ろくでなしばっかし」

「興奮しているのだ。死体を前にして。自分たちは生きていると実感できるからな」

「あの人、生きているとき、みんなにバカにされてたのよ。死んでまでコケにされるなんて、まちがってる。これじゃあ……」アリスは口をつぐんだ。客たちのあまりにひどい態度に言葉が見つからなかったのだ。

「やつは雑草食いか？」

「そうよ！　草を食べただけなのよ。ほかにあの人がどんな悪いことをしたっていうの？」

アリスの口調は非難めいていたが、黒衣の男は視線をそらさなかった。おかげで、彼女は真っ赤になった。

「ごめんなさい。あんた、聖職者なの？　このドンチャン騒ぎ、気分を害したでしょうね」

「わたしは聖職者ではないし、気分を害してもいない」黒衣の男はウィスキーを一気にあおったが、眉《まゆ》ひとつしかめない。「もう一杯もらおう。いや、あと二杯はもらうぞ。駆けつけ三杯というからな、お隣の世界では」

アリスは相手がなんのことを言っているのかわからなかったが、たずねるのがこわかった。

「まず、あんたの硬貨の色を拝まないとね、申し訳ないけど」

「あやまることはない」

黒衣の男はいびつな銀貨をカウンターに置いた。片方の縁が厚くて、もういっぽうの縁が薄い。アリスは、のちにふたたび他のよそ者に言うことになるセリフをこのとき口にした。

「釣り銭はないよ」

黒衣の男はかぶりをふって聞き流し、アリスがウィスキーのお代わりを注ぐのをぼんやり見つめていた。

「あんた、通りがかっただけなの？」

答えがなかなか返ってこないので、もう一度同じことをきこうとすると、黒衣の男はいらだたしげにかぶりをふった。

「どうでもよい瑣末《さまつ》なことをきくな。通夜の席なんだろ」

アリスはたじろいだ。そして傷つき、驚いた。この男、聖職者ではないと嘘をついて、わたしを試したんじゃないの？

「おまえ、やつを憎からず思っていたな」黒衣の男はさらりと言ってのけた。「ちがうか？」

「だれのこと？　ノート？」アリスは、困惑を隠すためにけたたましい笑い声をあげた。「ちょっと、あんたさあ――」

「おまえは情にもろく、少しこわがりだ。そして、故人は草を食いながら、地獄の裏門の見張り番をしていてくれた。ところが、いまはそこに遺体となって横たわっており、地獄の裏門は閉ざされてしまった。もう、自分が地獄から逃げ出そうにも、門は開いてはいないというわけだ、そうだろ？」

「あんたなんなのよ、もう酔ったの？」

「ミスチャー・ノート、おっ死《ち》んだ」黒衣の男は、茶化すように言葉をちょいとゆがめながら節をつけて言った。「人はみな死ぬ。おまえだろうとほかのだれであろうとも」

「出てってよ」アリスは身震いするほどの嫌悪感を覚えたが、下半身のほてりは一向に鎮まらなかった。

「いいではないか」黒衣の男は静かな口調で言った。「たいしたことではない。待て、そうむきになりなさんな」

黒衣の男の瞳は青色だった。アリスは不意に気が楽になったのを感じた。まるで麻薬を一服したかのような気分だ。

「人はみな死ぬ。わかるな？」

アリスが黙ってうなずくと、黒衣の男は呵々《かか》大笑した――屈託のないおおらかで力強い笑い声に、客たちがふり返った。黒衣の男は向き直ってみなに対峙《たいじ》した。おかげで、にわかに店内の関心の的となった。アーント・ミルは、耳障りな高音を張り上げたところで声を失い、のどをつまらせた。シェブは不協和音を奏で、指の動きを止めた。常連客たちは不安な面持ちで黒衣の男を見つめた。酒場の外壁に砂塵《さじん》の当たる音が聞こえるほど店内は静まり返った。

静寂が長く続いた。アリスは息をつまらせ、視線を落とした。すると、カウンターの下で自分の両手が下腹部を圧迫しているのが目に入った。客はみな黒衣の男を見つめ、男は客たちを凝視している。とそのとき、ふたたび黒衣の男は大笑いした。力強く朗々とした高笑いだった。だが、その呵々大笑に声を合わせて笑おうとする者はいなかった。

「驚異をお目にかけてしんぜよう！」

黒衣の男は土地の者たちに大声を張り上げた。しかし、みなはただ男を見つめるばかり。さながら、親の言葉に従って奇術を見に連れてこられた子どもたちのよう。ただし、年を食いすぎて、そんなものを真に受けることができなくなった子どもたちだ。

黒衣の男が跳ぶように進み出たので、アーント・ミルはあとずさりした。男は獰猛《どうもう》な薄笑いを浮かべると、彼女の出っ張った腹をピシャリとたたいた。彼女は思わず甲高い悲鳴をひと声あげた。黒衣の男は頭をのけぞらして言った。

「よくなっただろ？」

アーント・ミルはふたたび悲鳴をあげると、急にすすり泣きだし、闇雲に自在扉をぬけて外へ飛び出した。他の客たちは、彼女が去っていくのを黙って見送った。嵐が接近していた。白い円形パノラマのような空に黒雲が黒雲を呼び、うねるようにして流れていく。ピアノの近くにいる男は手にしているビールを飲むことも忘れて、うめくような、弱々しく泣くような声を発した。

黒衣の男はノートのかたわらに立ち、ニタリと笑いながら見おろした。風がうなったり、金切り声をあげたり、いずれにしても単調な音をたてて吹きつのった。何か大きなものが建物を揺るがすほどの勢いで外壁にぶつかり跳ね返った。バーにいた客のひとりがカウンターから身体《からだ》を引きはがすと、よろよろとぶざまな足どりで、どこかもっと静かな場所へ逃げだした。空に雷が轟《とどろ》きわたった。どこかの神が咳《せき》をしたような音だった。

「よかろう！」黒衣の男はニヤリとした。「では、始めるか！」

黒衣の男はノートの顔に狙い定めて唾《つば》を吐きかけた。唾はノートの額に命中し、真珠のきらめきを発しながら、やせこけた鼻梁《びりょう》へと伝い落ちた。

カウンターの下では、股間をまさぐるアリスの両手がせわしなく動いていた。

シェフが背中を丸め、狂ったように声をたてて笑った。そして咳をして、粘り気のある大きな痰《たん》の塊をノートにペッと吐きかけた。黒衣の男はシェフを大声でほめそやし、背中をたたいてやった。シェフはニヤリと笑い、一本だけの金歯を光らせた。

何人かの客が逃げだした。残った者はノートを遠巻きに囲んで集まった。ノートの顔からニワトリの皮膚の垂れ下がったのどを思わせる首、そして胸にかけて、吐きかけられた唾でぬらぬらと輝いている――この乾いた土地では、それが唾であろうと液体はとても貴重だ。なにか合図があったかのように、不意に唾の雨がやんだ。苦しそうに喘《あえ》ぐ息づかいが聞こえた。

黒衣の男が突然、跳躍した。そして死体の真上でエビゾリになって、くるりとなめらかな弧を描いて飛び越えた。まるで水面に跳ねる魚のように見事だった。両手をついて着地をすると、すぐさま反転し、ニヤリと笑いながら立ち上がり、そのまま二度目の跳躍を行なった。見物人のひとりなど、我を忘れて拍手喝采《かっさい》しはじめたが、ハッと気づくと、恐怖に目をくもらせ、口を押さえてあとずさりし、そのまま一目散に逃げだした。

黒衣の男に飛び越されること三度目、ノートの死体がかすかに痙攣《けいれん》した。

見物人のあいだにうめき声がひろがったが、それきりまたかれらは黙ってしまった。

黒衣の男は頭をのけぞらして大笑いした。浅くて速い呼吸に胸がヒクヒク動いていた。つづいて、ものすごい速さで何度もノートを飛び越えた。さながら、ふたつのコップで水を交互にくりかえし入れ替えるような調子だ。店内で聞こえる音といえば、黒衣の男の乱れた息と激しさをましつつある嵐の脈動だけだった。

　やがて、ノートがのどを締めつけるような音をたてて深く息を吸いこんだ。ついで両手でテーブルをガタガタ揺らし、めったやたらにたたいた。シェブが奇声を発して店を飛び出した。女たちのひとりが両目を見開き、かぶりものを波打たせて、脱兎《だっと》のごとくかれのあとにつづいた。

　黒衣の男は、あらためて一度、二度、三度とノートを飛び越えた。いまや、テーブルに横たわっている死体は小刻みに震え、蠕動《ぜんどう》し、波打ち、のたうちまわった。さながら、基本的には生命が宿っていないのだが、体内にはなにやらとほうもない機械仕掛けが組み込まれている人形のようだった。腐臭と排泄物《はいせつぶつ》の悪臭が毒ガスのように立ち昇った。そのとき、ノートの両目がカッと見開かれた。

　アリスは感覚の麻痺《まひ》した自分の足が勝手にあとずさりするのを感じた。おかげで背中を鏡に打ちつけて震わせ、闇雲な恐慌状態におちいった。そして、去勢牛のように猛烈な勢いで二階へと逃げだした。

「これはおまえのための奇跡なんだぞ」黒衣の男はあえぎながら、アリスの背中に向かって言った。「おまえへの心付けだ。これでおまえも安眠できるだろう。このご時世、取り返しのつかぬものなどない。この死体でさえもだ。ものすごく……くそ……妙なことではあるがな！」と言って、黒衣の男はふたたび声高らかに笑った。

アリスは階段を一気に駆け上がった。黒衣の男の声が背後に遠のいていく。だが、階上の三つの部屋に通じるドアにかんぬきをかけるまで立ち止まらなかった。

それからアリスはドアの内側に背中を丸めてうずくまると、身体を前後に揺すりながらクスクス笑いはじめた。だがその忍び笑いも、やがて泣き声となり、風のむせび泣きと唱和した。そして声をあげて泣いているあいだも、階下《した》で息を吹き返したノートが立てる音に耳をすましていた──それは棺桶《かんおけ》の蓋《ふた》を拳《こぶし》で闇雲にたたくような音だった。甦《よみがえ》ったノートの脳はどんなことを考えるのだろう？　死んでいるあいだになにを見たのだろう？　どのぐらい覚えているのだろう？　話してくれるのだろうか？　階下では墓場の秘密が暴かれようとしているのだろうか？　とりわけ恐ろしい疑問は、自分はほんとうにそんなことを問いただしたいのかということ。

しかし階下では、ノートは意識朦朧《もうろう》の状態で、草を引っこぬきに嵐の中へとさまよい出てしまった。黒衣の男は、いまやバーに残っているただひとりの客だったが、ノートが店から出ていくのを見守り、あいかわらず薄気味の悪い笑みを浮かべていた。

その晩、アリスは片手にランプを、もういっぽうの手には武器になりそうな薪《まき》を持ち、勇気をふるいおこして階下にいった。黒衣の男はいなかった。荷馬車もなにもかも消えていた。だが、ノートは自在扉のそばのテーブルにすわっていた。まるで、生前となにも変わっていないように。草の臭いはしたが、思ったほどひどくはなかった。

ノートはアリスを見上げると、申し訳なさそうに微笑んだ。

「やあ、アリス」

「あら、ノート」

アリスは薪を置いて、ランプに火を灯《とも》しはじめた。しかし、ノートに背中を見せるようなまねはしなかった。

「おれは神に触れられたんだ」ノートはしばらくして言った。「だからもう死なない。あの男がそう言った。約束したんだ」

「よかったわね、ノート」アリスは指が震えて点火用の木を落としてしまったが、拾い上げた。

「草を食うのをやめたいんだ。もう、うまくない。神に触れられた男が草を食うなんてみっともないよ」

「なら、やめたら？」

その怒りを含んだいらだたしい口調に、アリスは我ながら驚いた。自分は、ノートを地獄からの奇跡的な生還者というより普通の男とみなしている。目の前にいるのは、たんにいささか気がふれていて、ばつが悪そうに恥じ入っている悲しげな顔をした男にすぎない。もう、ノートなんか恐れることないわ。

「震えがくるんだよ。すると食いたくなっちまう。やめられないよ。アリス、あんたはいつだっておれにやさしかった……」ノートはしくしく泣きはじめた。「小便だってがまんできなくってもらしちまう。おれはなんなんだろう？　いったい、なんなんだ？」

アリスはノートのいるテーブルに近づいたが、そこで立ちつくした。どうふるまっていいのかわからなかったのだ。

「あの男、おれが草を食わないようにしてくれればよかったんだ」ノートは涙ながらに言った。「おれを生き返らせることができるぐらいなんだから、そんなことできたはずだろうによ。文句を言ってるんじゃない……文句なんか言いたくない……」かれはおびえた様子であたりを見まわして、ささやいた。「そんなことしたら、あの男に殴り殺されちまう」

「冗談なのかもね。あの人、かなりユーモアのセンスがあるみたいだったもの」

ノートは自分のシャツの内側にぶらさげていた袋を取り出し、中からひとつかみの草を出した。思わずアリスは袋をたたき落とすと、おぞけをふるって手を引っこめた。

「やめられないんだよ、アリス、しょうがない」

ノートはぎごちない動作で袋を拾いにいった。押しとどめることもできただろうが、アリスは無駄な努力とあきらめて、ランプに火を灯しに戻った。疲れた。まだ宵の口だというのに。しかし、その晩はだれも店に来なかった。年老いたケナリーをのぞいては。かれは、昼間の出来事を見逃したのだ。ノートが生き返っているのを見ても、とくに驚いたふうでもなかった。おそらく、なにがあったか噂ぐらいは耳にしたのだろう。ケナリーはビールを注文し、シェブはどこにいったのかとたずねながら、アリスの尻《しり》をまさぐった。

あとになって、ノートがやってきて、生きている権利のない手を震わせながら、二つ折りにされた紙を差し出した。

「あの男、あんたにこれを残していったんだ。もう少しで忘れるとこだったよ。わたしそこねたら、あいつは戻ってきて、おれを殺しちまうよ、ぜったいにね」

最近では、紙は貴重品だ。最重要の日用品と言っていい。だが、その紙は手触りがよくなかった。耐えがたいほど気持ちが悪い。表側にたったひと言記されていた。

アリス

「なんでわたしの名前を知ってるの？」

アリスはノートにきいたが、相手はかぶりをふるばかり。

アリスは紙を開いて中身を読んだ。


おまえは、〈死〉について知りたがっている。だから、おれはノートにある言葉を吹きこんでおいた。その言葉とは、〈十九〉だ。おまえがその言葉をノートに向かって口にすれば、やつの記憶が開かれる。そして、向こう側になにがあるのかを語ってくれるだろう。やつは、自分の目にしたものを教えてくれる。

鍵《かぎ》となる言葉は、〈十九〉だ。

そして、禁断の知はおまえを狂気におちいらせるだろう。

だが、遅かれ早かれ、おまえはたずねることになる。

がまんできないだろうから。

では、ごきげんよう！☺

ウォルター・オディム

P・S　鍵となる言葉は、〈十九〉だ。

忘れようとしても、遅かれ早かれ、その言葉はヘドのようにおまえの口から吐き出されるだろう。

〈十九〉だ。


ああ、神さま、くやしいけれど、そのとおりだわ。アリスは思った。なにしろすでに、その言葉が口元で震えている。〈十九〉、わたしは口にしてしまうだろう――ねえ、ノート、聞いて、〈十九〉。すると、〈死〉と黄泉《よみ》の国の秘密が開示されるだろう。

遅かれ早かれ、おまえはたずねることになる。

翌日、町の様子はほとんどいつもどおりだった。ただし、子どもたちはひとりもノートのあとをついてまわらなかった。そのつぎの日になると、もう子どもたちにからかわれだした。転覆しかけた船はたちなおった。つまり、町は平常の暮らしを取り戻したのだ。ノートの復活から一週間後のこと、砂嵐に根こそぎにされたトウモロコシが子どもたちの手で集められ、道の真ん中で燃やされた。炎が一瞬、高く燃え上がると、バーの客のほとんどが表に千鳥足で見物に出た。みな未開人のようだった。炎と氷冠のようにきらめく空との狭間《はざま》に顔が浮かび上がった。アリスは焚《た》き火を囲む町の住民たちを見ながら、現世のこの悲惨な時代を思って、つかのま心が痛んだ。すべてが失われていく。事物は彼方《かなた》へと広がっていってしまった。万物を中心につなぎとめておくもの、統一原理となるものは、もはやなにもない。どこかでなにかがぐらついており、それがたおれるとき、世界は終わるだろう。アリスは海を見たことがなかったが、これからも決して見ることはないだろう。

「わたしに勇気があれば」アリスはつぶやいた。「勇気があれば、気力が、根性があれば……」

ノートは、アリスのひとり言を耳にすると、頭をあげて、地獄仕込みのうつろな微笑みを放った。アリスには強い意志の力はなかった。ただ、酒場と額の傷があるだけだった。それと鍵となる言葉。それはアリスの唇の後ろ側で、いまにも出ようともがいていた。いまノートに声をかけて、異臭などものともせずに引き寄せたら？ そして、あの言葉をかれの耳クソだらけの蠟《ろう》じみた耳につぶやいたら？ ノートの瞳《ひとみ》の色は変貌《へんぼう》するだろう。あいつの瞳——法服を着た男の瞳の色に。それからノートは語ることになる。〈死の国〉で目にしたことを、大地と蛆虫《うじむし》の彼方に横たわっているものを。

わたしは、あの言葉をノートにぜったいに口にしないわ。

しかし、ノートを甦らせ、わたしに書き置きを――いつの日か自分のこめかみにあてることになる装塡《そうてん》された銃のような言葉を――残していった男は、わたしという女を見透かしている。

〈十九〉が秘密を開示するだろう。

〈十九〉こそが秘密だった。

アリスは、その言葉をカウンターの上にこぼれている水たまりに書いた――19――そして、ノートに見られていることに気づいたので、手でかき消した。

炎はたちまち燃えつき、客たちが店内に戻ってきた。アリスはスター・ウィスキーを手酌で飲みはじめ、真夜中までには泥酔して前後不覚となった。

Ⅷ

アリスが語り終えても、なかなかガンスリンガーはなにも言わなかった。話にあきて寝入ってしまったのだろうと思い、彼女はまどろみはじめた。するとガンスリンガーにたずねられた。

「それで終わりか？」

「ええ。それだけよ。もう、夜もだいぶふけたわ」

「うーん」

ガンスリンガーはまた紙タバコを巻いた。

「わたしのベッドにタバコの葉っぱを落とさないでよ」アリス自身驚いたことに、意外ときつい口調になってしまった。

「ああ」ふたたびガンスリンガーは黙りこくった。タバコの先端が赤く明滅する。

「朝になったら町から出て行くのね」アリスはかったるそうに言った。

「そのつもりだ。やつはこの土地でおれに罠《わな》を仕掛けていったようだ。ちょうどおまえにもひとつ残していったようにな」

「ねえ、どう思う？　あの数字はほんとうに――」

「正気でいたければ、ノートにその言葉を口にしないことだな。頭の中から締め出せ。できることなら、十八のつぎは二十だと自分に言い聞かせるんだ。また、三十八の半分は十七だと。ウォルター・オディムと署名した男は、さまざまな人物に変身するが、嘘つきだけにはならない」

「でも――」

「その言葉を言いたい衝動にかられ、それがかなり強烈だった場合は、この寝室に上がってきて布団を頭から引っかぶり、気のすむまで何度も口にすればいい――そうしたければ、叫べ――衝動がおさまるまで」

「衝動がおさまらないときがくるかも」

ガンスリンガーはなにも答えなかった。おそらくそうなるだろうことはわかっていたからだ。罠は恐ろしいほど完璧《かんぺき》だった。自分の母親の裸を覗《のぞ》き見ることを想像したら地獄に落ちるぞ、とだれかに言われた場合（かつてガンスリンガーは、幼少のころ、まさにこれと同じことを言われたことがある）、けっきょく、そうするはめになる。なぜだろう？　母親の裸なんて見たくないからだ。地獄など行きたくないからだ。ナイフを差し出されて、それを握ってみろと言われても、ぜったいにそんなことはしたくないからだ。つまりすべて物事は、したいと思うからではなく、したくないという思いの方向へ進むものなのだ。

遅かれ早かれ、アリスはノートを呼びつけて、あの言葉を口にするだろう。

「行かないで」

「まあ、考えておく」

ガンスリンガーは寝返りをうって背中を向けてしまった。だが、アリスの心はなごんでいた。この人、滞在する、少なくともしばらくは。そう思いながら、彼女はまどろみはじめた。

うとうとしながらアリスは、ノートがガンスリンガーに話しかけた奇妙な言葉のことを思った。この風変わりな新しい愛人の顔に感情らしきものを目にしたのは、あのときだけだ。激しく肉体を重ねあわせているときでさえ、この男は終始無言だった。ただ快楽の極みに昇りつめていくときに息を荒らげ、絶頂に達したときに一、二秒息を殺しただけ。この新しい愛人ときたら、まるで、おとぎ話や神話に登場する架空の危険な生き物かなにかのよう。この人、願いをかなえることができるのかしら？　ええ、できるわ。わたしにもいくつか願いがある。たとえば、この人がしばらくはここに滞在してくれますようにとか。わたしのように額に傷のある幸薄い娼婦《しょうふ》にはすぎた願いだわ。明日《あした》になったら、もうひとつ、あるいは三つめの願いをかなえてもらおう。アリスは眠りに落ちた。

IX

翌朝、アリスは粗挽《あらび》きのトウモロコシを料理した。それをガンスリンガーは黙々と食べた。かれはトウモロコシを口にどんどんつめこんだ。アリスのことなどほとんど見もしない。念頭にもなかった。自分は行かなければならない。こうしているあいだにも黒衣の男は遠くへ去っていく――おそらく、いまごろは、硬土層と小峡谷をぬけて砂漠にさしかかっているだろう。これまでやつはまっすぐ南東へ向かっている。ガンスリンガーはその理由を知っていた。

「地図はあるか？」ガンスリンガーは顔を上げながらきいた。

「この町の？」アリスは声にだして笑った。「地図がいるほど広くないよ」

「いや、ここから南東のだ」

アリスの顔から笑みが消えた。

「砂漠よ。それだけ。あんた、もう少しここにいてくれるんだと思った」

「砂漠の向こう側はどうなってる?」

「知ってるわけないでしょ。だれも行ったことないんだから。わたしがここに来てからこのかた、そんなことだれもしていないわ」アリスはエプロンで手を拭《ふ》くと、鍋《なべ》つかみを取り、金盥《かなだらい》に沸かしていた湯を流しにあけた。熱湯は流しに跳ねて湯気を立てた。「雲がみんなそっちに流れていくわね。まるでなにかに吸い込まれるみたいに――」

ガンスリンガーは立ち上がった。

「どこいくの?」アリスは不安になってうわずった声をあげた。そのことがわれながら腹立たしかった。

「馬小屋だ。なにか知っているものがいるとしたら、あの馬丁だろう」ガンスリンガーは両手をアリスの肩に乗せた。ごつい手だが温かかった。「それと、おれのラバのことも頼んでおく。ここに滞在するとなると、あの馬丁にめんどうをみてもらわないとな。出立するときのために」

でも、いますぐにじゃないわよね。アリスはガンスリンガーを上目づかいで見た。

「ケナリーには気をつけてね。知らなくても、知ってるふりをする人だから」

「ご忠告、ありがとう、アリス」

ガンスリンガーが出て行くと、アリスは流しに向き直りながら、うれし涙が熱くこみあげてくるのを感じた。ありがとうなんて言われるのは何年ぶりのことかしら？　それも気になっている人によ？

X

ケナリーは、ほとんど歯のぬけた不快な好色爺《こうしょくじじい》で、すでに妻をふたり亡くし、娘たちに手こずっていた。まだ大人になりきっていないふたりの娘が砂埃《すなぼこり》のひどい納屋の陰からガンスリンガーを覗いていた。赤ん坊の女の子が土埃《つちぼこり》まみれになって、うれしそうによだれをたらしている。そしてもうひとり、成人の娘がいた。垢《あか》と埃で薄汚いが、ブロンドで官能的だ。その成熟した娘が納屋の横のポンプをきしらせて水をくみながら、好奇の目でガンスリンガーを観察していた。そして目が合うと、両の乳首を指でつまみ、ガンスリンガーにウィンクをしてから、ふたたび水くみにとりかかった。

馬丁のケナリーは、母屋《おもや》と通りのなかばでガンスリンガーを出迎えた。かれの物腰は敵意に満ちた憎悪と卑屈なへつらいとのあいだを行きつ戻りつしていた。

「めんどうみてるよ、心配するこたあねえ」と言って、ガンスリンガーが口を開くより先に、ケナリーは井戸端の娘にやせこけた拳《こぶし》をふり上げて向き直った。「家の中に入ってな、スービー！　ぐずぐずしてんじゃねえ！」

スービーは、ふくれっつらをしてバケツを納屋の横のあばら家へ運びはじめた。

「おれのラバのことか？」

「そうよ、旦那《だんな》。ここんとこラバは見かけねえ。とりわけ、あんたが乗ってきたような血統つきの純血種はね――ちゃんと目がふたつあって脚もまっとうに四本……」と言って、ケナリーの顔の造作がドキッとさせるほどくしゃくしゃになった。よほどの苦痛を不意に感じたのか、もしくは、いまのは冗談だよということをほのめかしている表情かと思われる。ガンスリンガーは後者のほうだと確信した。ただし、かれにはユーモアのセンスはほとんど、あるいはまったくないのだが。

「昔は、ラバなんざ、そこいらにごろごろいて、みんな勝手に草食って育ってたもんさ」ケナリーはつづけた。「ところが、世の中おかしくなりだしちまった。近ごろ目にするものといえば、奇形の牛が数匹と馬車馬と――スービー、張り倒すぞ、とっとと失《う》せな！」

「おれは噛《か》みつきゃせんよ」ガンスリンガーは明朗な口調で言った。

ケナリーは首をすくめるとニヤリと笑った。ガンスリンガーは相手の目に殺意をはっきりと見て取った。とくに恐れはしなかったが、その目の表情は、ひょっとすると有益な注意書きとなりうるかもしれないので、本にしおりをはさむように心にしっかりとめおいた。

「旦那がどうだっていうんじゃないんですよ。いやもう、めっそうもない」ケナリーはしまりのない薄笑いを浮かべた。「あいつは、生まれつきドンくさくってね。性悪なじゃじゃ馬娘だ」と言って、暗い目つきになった。「この世の終わりが近づいてるんですよ、旦那。聖書に書いてあるとおりだ。子どもは親の言うことを聞かねえし、疫病が大流行だ。世界の終末のことを知りたけりゃあ、旦那、女説教師の言うことに耳を傾けることだね」

ガンスリンガーはうなずくと、南東を指さした。

「あそこには何がある?」

ケナリーは歯茎としかたなく残っているわずかな黄色い歯を覗かせて、ふたたびニヤリとした。

「辺境の住人たち。雑草。砂漠。ほかになにがあるかね?」と言って、けたたましい笑い声を上げたが、その目はガンスリンガーの表情を冷ややかに推し量っていた。

「砂漠はどのぐらいある?」

「とてつもなく広いね」ケナリーはまじめな問いに答えるかのように、努めて真摯《しんし》な顔つきで言った。「たぶん千ホイール。ひょっとすると二千かも。はっきりとはわからねえな、旦那。あそこには悪魔草《デヴィル・グラス》以外なんにもねえ。もしかすると妖魔《ようま》がいるかもしれん。それと、砂漠の向こう端には物言う列石の環《わ》があるという噂だ。でも、たぶん嘘だな。先だってこの町を通り過ぎたよそ者が向かったのはそっちの方角だ。ノートの病気を治した男さ」

「病気？　死んでいたと聞いたぞ」

ケナリーはニヤニヤ笑いつづけている。

「そうかい、まあね、かもしれんな。だけど、わしらはりっぱなおとなじゃないか？」

「しかし、妖魔を信じているのだろ？」

ケナリーはむかついたようだった。

「それとこれとでは話がまるでちがう。女説教師が言うことには……」

ケナリーはたわごとをまくしたて、くだを巻いてきた。ガンスリンガーは帽子を取って額の汗をぬぐった。灼熱《しゃくねつ》の太陽がたえまなく照りつけているが、ケナリーはまったく気づいていない。思いのたけをぶちまけているが、ガンスリンガーにはなんのことやらさっぱりわからなかった。馬小屋にできているわずかな影の中で、よちよち歩きの幼女が顔に泥を塗って遊んでいた。

ガンスリンガーはついに忍耐の限界に達し、相手の話なかばでさえぎった。

「砂漠の向こうはどうなっている？」

ケナリーは肩をすくめた。

「なにかあるかも。なにしろ、五十年前には駅馬車がそこを通って走ってたからな。わしのおやじがそう言ってた。おやじに言わせれば、山脈があるし、他の者の話じゃあ、海……緑色の海が広がっていて怪物が棲《す》んでるそうだ。また、ある者によれば、そこは世界の果てなんだと。そこには光しかなくて、それを目にした者は視力を失い、口をあんぐり開けて待ち受けている神さまの顔に食われちまうらしい」

「たわごとだ」ガンスリンガーはきっぱり言った。

「ああ、まったくそのとおり」ケナリーはうれしそうに声を張り上げた。またもや憎悪と畏怖《いふ》とのあいだを往来しながら、ガンスリンガーの機嫌をとろうとへつらっている。

「とにかく、おれのラバの世話を頼んだぞ」

ガンスリンガーはケナリーにあらたに金貨を放った。それをケナリーは宙で受け止めた。まるで犬がボールを受け止めるようだ、とガンスリンガーは思った。

「まかせといてください。少し滞在するんで？」

「そうなるかも。水はある――」

「――神が望めば！　ああ、まったくそのとおり！」ケナリーはつまらなそうに笑った。その目は自分の足元にてめえなんぞ這《は》いつくばってくたばっちまえばいいのにと語っている。「アリスのやつ、その気になると、けっこう可愛いだろ？」馬丁は左の拳で筒を作り、それに右手の中指をせわしなく出し入れしてみせた。

「なにか言ったか？」ガンスリンガーは冷ややかにたずねた。

たちまちケナリーの両目に恐怖の色が現れた。まるで、ふたつの月が地平線に昇ってきたようだった。そして両手を背中にまわした。悪ガキがジャム瓶をさっと隠したかのようだった。

「いや、旦那、なにも。なにか口走ったとしたら、かんべんしてくれ」そのとき、スービーが窓から身を乗り出しているのを目にとめ、馬丁はそちらに急に向き直った。「いますぐひっぱたいてやろうか、この尻軽女《しりがるおんな》！　冗談じゃねえぞ！　よし、そんなら――」

ガンスリンガーは、その場を立ち去った。ケナリーがふり返ってこちらを見ていることに気づいていた。また、自分がふり向けば、相手の顔には嘘偽りのないある感情がにじみ出ているのを目にすることも承知していた。わざわざふり向くまでもあるまい。この暑さだ。馬丁がどんな感情をたぎらせているかわかっている。憎しみだ。よそ者に対する憎悪。あの男から聞きだせる情報はすべて入手した。その結果、たしかなことは、砂漠が広大であること。および、この町にはまだなにかあるということ。手のうちをすべてみせてはいないのだ。

XI

ガンスリンガーがアリスとベッドを共にしていると、シェブがドアを蹴《け》り開けて入ってきた。手にはナイフを持っている。

四日目のことだった。あっというまの四日間だった。ガンスリンガーは食い、眠り、アリスと交わった。彼女がバイオリンを弾けることに気づいたので、ガンスリンガーは自分のために一曲奏でてくれと頼んだ。アリスは夜明けの乳白色の明かりを浴びながら窓辺にすわると、ガンスリンガーに横顔を向けて、たどたどしいながらも演奏した。なかなか筋がいいので練習を積めば、けっこう上達しそうだ。ガンスリンガーはアリスのことを、妙なことに漠然とだが、愛《いと》しく思いはじめた。これこそ黒衣の男が仕掛けていった罠《わな》かもしれない。ときおりガンスリンガーは外出した。頭の中はからっぽだった。

ガンスリンガーは小柄なピアノ弾きがやってくる気配に気づかなかった――反射神経が衰えていた。といってもたいした問題ではなかった。これが別の時と場所であったら度肝をぬかれただろうが。

アリスは全裸で、掛け布団から乳房をあらわにしていた。ふたりは前戯の最中だった。

「おねがい。この前みたいにして、あの感じが好きなの、してよ――」

ドアが破れるようにして開かれ、ピアノ弾きが内股《うちまた》のこっけいな足取りで突進してきた。しかも刃渡り二十センチもある肉切り包丁を握っている。にもかかわらず、アリスは悲鳴を上げなかった。シェブは手足をふりまわしてけたたましい音を立て、不明瞭《ふめいりょう》な言葉を発している。泥沼に沈んで行く男のようだった。口角に泡を吹き出しながら両手で包丁をふりおろした。ガンスリンガーはその手首をつかみ、クイッとひとひねりした。包丁が飛んだ。シェブは甲高い悲鳴を発した。まるで錆《さ》びた網戸が開かれたかのように。ついで両手が操り人形のようにブラブラになった。双方の手首が折られたのだ。風が窓をきしらせた。壁にかかっている、かすかに曇って歪《ゆが》んでいる鏡が室内の不穏な空気を映し出していた。

「アリスはおれの女だ！」シェブはさめざめと泣いた。「はじめからおれのもんだった！　おれの女だ！」

アリスはシェブを見つめると、ベッドから出てシーツで裸身を包んだ。ガンスリンガーは、かつては自分のものだったものがいままさに失われていく現場に立ち会うことになってしまったこの男に、一瞬、憐憫《れんびん》の情を抱いた。こいつはただの小男だ。そのとき不意に、いま一度ガンスリンガーは、以前この男と出会ったことがあると思った。かつておれは、こいつのことを知っていた。

「おまえのためなんだ」シェブはすすり泣いた。「おまえ一筋なんだよ。なによりもたいせつに思ってる、おれのすべてなんだ。おれは――ああ、なんてことだ、まったくもう……」

あとはわけのわからない言葉の発作となって消えていき、しまいには嗚咽《おえつ》が聞こえるばかりとなった。シェブは折れた両方の手首を腹に抱えこむようにして、身体《からだ》を前後に揺すった。

「シーッ、泣かないで。さあ、手を見せてごらん」アリスはシェブのかたわらにひざまずいた。「折れてるわ。シェブ、あんたバカよ。これからどうやって稼ぐつもり？　自分がやわな男だってこと知らなかったの？」

アリスはピアノ弾きを立たせてやった。シェフは両手で顔を隠そうと思ったが、手首が言うことをきかない。だから泣き顔をさらけだすことになった。

「テーブルのところまで歩いてよ。なんとか手当をしてあげるから」

アリスはシェフをテーブルへ導くと、薪《まき》の箱から焚《た》き付け用の細長の薄板を取り出して、折れた手首の添え木がわりとした。シェフは意気地なくシクシク泣いていた。

「メジス」

ガンスリンガーが言うと、小男のピアノ弾きは目を見開いてあたりを見まわした。ガンスリンガーは愛想よくうなずいた。もはやシェフは包丁をふりまわす危険がないからだ。

「メジス」かれはもう一度言った。「〈汚《けが》れなき海〉沿岸の男爵領だ」

「それがどうした?」

「おまえはそこにいたことがある、ちがうか? うんとこさ昔のことだ、その土地の言い方をすれば」

「おれがそこにいたらなんだってんだ? おまえのことなんか記憶にない」

「だが、少女のことは覚えているだろう? スーザンという名の少女を? それと〈収穫期の夜〉のことは?」ガンスリンガーの口調がきつくなる。「大がかりな篝火《かがりび》の現場にいただろうが?」

小男の唇がワナワナと震えた。その唇は唾液《だえき》に覆われている。そして怯《おび》えた目が眼前の恐ろしい事実に気づいていることを物語っていた。ああ、いまおれは、包丁をふりかざしてこの寝室に突入してきたときよりも死の瀬戸際にいる。

「立ち去れ」ガンスリンガーは言った。

シェブの目の色が変わる。真相がわかりはじめたのだ。

「だけど、おまえはほんの若造だった！　三人の少年のうちのひとりだったんだ！　おまえたち若造は領地の貯蔵品目録を作りにやってきた。ところがそこにはあいつらがいて、つまりエルドレッド・ジョナスと〈棺《ひつぎ》の狩人《かりゅうど》〉たち、そして――」

「息のあるうちにとっとと失《う》せることだな」そうガンスリンガーが言うと、シェブはへし折られた両手を抱くようにして出て行った。

アリスはベッドに戻った。

「なんの話？」

「おまえには関係ない」

「あら、そう――で、あたしたち、なにかいいことしてたんじゃなかったっけ？」

「べつに」ガンスリンガーは寝返りをうってアリスに背中を向けた。

アリスはぐっとこらえて言った。

「あんた、あの人とわたしとの関係は気づいていたでしょ。もちつもたれつってやつ。まあ、あの人、たいしたことなかったけど。でも、わたしとしちゃあ、しょうがなかったのよ。ほかにどうすればいいって言うの？」アリスはガンスリンガーの肩に触れた。

「でも、うれしいわ、あんた、とっても強いんだもの」

「もうそうでもない」

「スーザンって、だれなの？」と言って、アリスは自分でその問いに答えた。「昔、あんたが愛した娘ね」

「その話はよせ、アリス」

「今度は、あたしが強くしてあげる——」

「いや、おまえには無理だ」

XII

翌日の晩、アリスは休業した。理由はともあれ、酒場が営業していなければ、タルの町では安息日とみなされる。ガンスリンガーは墓地の横に建っている傾きかけたちっぽけな教会に出かけた。その間、アリスは強い消毒剤でテーブルを拭《ふ》き、石鹸水《せっけんすい》でランプの火屋をきれいにしていた。

紫色がかった奇妙な黄昏《たそがれ》の帳《とばり》が降りていた。内部から明かりがもれている教会は、外からながめると、まるで燃え盛る溶鉱炉のようだった。

「わたしは行かない」アリスはぶっきらぼうに言った。「あの女の説教なんて、腐れ宗教よ。品行方正なご立派な人が行きたけりゃあ勝手にそうすればいいの」

ガンスリンガーは、物陰に立って教会内部を覗《のぞ》いた。礼拝用の長椅子は姿を消していて、会衆は立っていた（ケナリーとその娘たち、町のさびれた織物小間物店の店主キャストナーとそのやせ細った妻の姿があった。ほかにも、酒場の常連の顔が何人か見える。これまでこの土地で見かけたことのない〝品行方正なご立派な〟女性も数人いる。そして、驚いたことにシェブもいた）。一同は調子はずれなアカペラで讃美歌《さんびか》を歌っていた。

ガンスリンガーは説教壇の大女に関心を惹《ひ》かれた。アリスはこう言っていた。

「彼女はひとり暮らしで、めったに人と会わない。でも、地獄の業火をあおりたてるために、日曜日だけは人前に出てくるわ。その女説教師の名前はシルヴィア・ピットスン。イカレポンチよ。信徒に悪影響をあたえてる。でも、かれらにはそれがたまらない魅力なのよ。まあ、どっちもどっちってとこね」

女説教師の容貌《ようぼう》を言葉で語るのはむずかしい。乳房は巨大な土饅頭《どまんじゅう》のよう。太い円柱にも似た首の上には青白い満月のような顔がのっており、まばたきする目は、あまりにも大きく、とてつもなく黒いので、まるで底なしの湖かと思われるほどだ。髪は豊富で艶《つや》やかな茶褐色で高々と結い上げている。その髪を留めているピンは焼き串《ぐし》にでも使えそうなほど長い。服は麻布の袋で仕立てたような代物だった。讃美歌集を掲げ持っている腕は、まさに厚切りの肉。肌はすべすべしていて柔らかそうで、染みひとつなく、なまめかしい。体重は、おそらく百五十キロをくだらないだろう。ガンスリンガーは突然、その女に対して身震いするほど激しい欲情を覚えて顔をそらした。

「川辺に集おう、
美しい、美しい、
川辺に、
神の国に接して流れる、
川辺に集おう」

最後の一節の歌声が宙に消えていくと、会衆は身じろぎ、咳払《せきばら》いをした。女説教師は待った。ざわめきが静まると、彼女は会衆に向かって祝福をあたえるかのように両手を掲げた。死者の霊を呼び起こす交霊者の身ぶりだ。

「キリストによって結ばれた我が愛《いと》しき兄弟姉妹《きょうだい》よ」

耳にこびりついて離れないひとくだりだった。一瞬、ガンスリンガーは郷愁と恐怖の入りまじった感覚を覚えた。しかも、その感覚は薄気味の悪い既視感に裏打ちされていた。ガンスリンガーは思った。この場面を夢で見たことがある。あるいは、以前ここに居合わせたことがある。ならば、いつ？　メジスでではない。いや、断じてあそこでではない。ガンスリンガーはかぶりをふって、忌まわしい感覚を追い払った。聴衆たち——見たところ、二十五人ぐらい——は、死んだように静まり返っていた。だれもが女説語り口だった。

教師に視線を釘付《くぎづ》けにしている。

「今宵《こよい》、わたしたちは、偽装した侵入者についてじっくり考えてみましょう」

女説教師の声は耳に心地よかった。よく鍛錬されたコントラルトで歌っているような語り口だった。

会衆がわずかに身じろぎした。

「わたしは思っています」シルヴィア・ピットスンは思いに沈んだ口調で言った。「聖書に登場するほとんどの人たちを、個人的に存じあげていると。この五年で、聖書を三冊、すりきれてボロボロになるまで読みつくしました。昨今の病んだ世界では、どんな本も貴重ではありますけど。こんなご時世になってしまう前は、聖書を何冊も読みつぶしました。わたしは、聖書で語られている話、およびその登場人物が好きです。わたしは、ダニエルと腕を組んで獅子《しし》の洞窟《どうくつ》に入りました。バテシバが沐浴《もくよく》をしながらダヴィデを誘惑しているとき、わたしはかれのかたわらにいました。またわたしは、シャデラクとメシャク、そしてアベデネゴといっしょに火に焼かれました。わたしは、顎骨《がっこつ》を揮《ふる》うサムソンと組んで二千人の人を殺戮《さつりく》し、ダマスコへの途上では聖パウロとともに盲《めしい》となりました。そして、ゴルゴタの丘ではマリアといっしょに涙したのです」

会衆は感心して、そっと吐息をもらした。

「わたしは、いま述べた人々のことをよく知っているのです。そして愛しています。ただひとり」と言って、シルヴィア・ピットスンは人差し指を立てた。「この古今東西を通じて最も偉大な物語の登場人物のなかでただひとり、わたしが知らない人物がいます。外で陰に顔を隠して立っているただひとりの人物。わたしを身震いさせ、心をすくませるただひとりの人物。わたしは、その人がおそろしい。その人物の心が理解できません。だからこわいのです。そう、わたしは、偽りの侵入者をおそれているのです」

ふたたび会衆のあいだでため息が聞こえた。ひとりの女性など、声を出さないようにと片手で口を押さえて肩を揺すったほどだ。

「偽装した侵入者、そいつがニタニタ笑いながら、腹を土埃《つちぼこり》にこすりつけ、のたくるヘビの姿でイブに言い寄ったのです。モーゼが山上にいるあいだに、イスラエルの子らにまぎれこみ、黄金の偶像や子牛を造って、それを淫《みだ》らにかつ不浄に崇拝するようにそそのかしたのは、同じ侵入者なのです」

会衆は嘆息してうなずいた。

「偽りの侵入者! そいつはイゼベルといっしょにバルコニーに立ち、アハズ王が死の絶叫をあげて倒れるのを見物していたのです。しかも、犬どもが集まって王の生血をビチャビチャなめる光景を目にすると、ふたりしてにたにた笑っていたのです。ああ、我が兄弟姉妹たち、偽りの侵入者に気をつけなさい」

「そのとおり、ああ、ジーザス――」と言ったのは、ガンスリンガーが町にやってきたとき、最初に目にした麦藁《むぎわら》帽子をかぶった男だった。

「侵入者は常にわたしたちの身のまわりにいるのです、兄弟姉妹たち。けれど、わたしにはそいつの心の内がわからない。あなたがたにもわからないのです。だれに理解できるでしょう、侵入者の心根に渦巻く暗黒を、驕慢《きょうまん》と言語道断の冒瀆《ぼうとく》と不浄の歓喜を？　そして狂気！　いったいだれに理解できるでしょう、人間の最もおぞましい欲望と欲情に入りこんで徘徊《はいかい》し、這《は》いまわり、身をくねらせて進む、わけのわからない狂気を？」

「ああ、救い主ジーザス――」

「主を山上に連れ出したのは偽りの侵入者でした」

「そのとおり」

「ジーザスを誘惑し、人の世の悦楽と世界の堕落ぶりを見せたのは偽りの侵入者でした」

「そうだあああ」

「世の終わりが到来するときに再来するのは偽りの侵入者です……そして世の終末は近づきつつあります、兄弟姉妹たち、感じるでしょ？」

「感じるううう」

会衆は肩を震わせてすすり泣いた。信徒たちは波立つ海となった。シルヴィア・ピットスンは、かれらひとりひとりに語りかけながらも、だれひとりとして相手にしていないようだった。

「偽りの侵入者はキリストに対抗する者として、血走った眼の深紅の王《クリムゾン・キング》としてやって来て、人々を業火の燃え盛る地獄へと誘い、邪悪の血塗られた終着点へと導くのです。そのとき、ニガヨモギ星が天上に妖《あや》しく燃え盛り、苦難は子どもたちを苛《さいな》み、女たちの腹には怪物が宿り、人の手で作られたものは血に染まり――」

「ああぁ――」

「ああ、神よ――」

「かーみぃぃぃ――」

ひとりの女が倒れて、両脚を床に激しくばたつかせた。その結果、片方の靴が脱げて飛んだ。

「あらゆる肉欲の背後にひそんでいるのが偽りの侵入者なのです……ラマークの印がある機械を作った者こそ、偽装の侵入者なのです！」

〝ラマーク〟、あるいは彼女は、ルマクと言ったのかもしれない、とガンスリンガーは思った。その言葉、漠然とだがなにか引っかかる。だが、それがなんだかわからない。ともあれ、その意味不明の言葉を記憶にとどめておくことにした。

「ああ、主よ！」

会衆は金切り声を上げた。

ひとりの男がひざまずきながら、頭を抱えてけたたましい声を発した。

「あなたがたが飲酒をするとき、ボトルを差し出すのはだれでしょう？」

「偽装の侵入者！」

「あなたがたが賭博場《とばくじょう》の席についたり、賭《か》けトランプ〈ウォッチ・ミー〉をするとき、札を配るのはだれでしょう？」

「偽装の侵入者！」

「他人の肉体におぼれたり、片手で自分の肉体を汚《けが》すとき、あなたがたが自分の魂を売りわたす相手はだれでしょう？」

「侵――」

「入――」

「ああ、ジーザス……ああ――」

「者――」

「ああ……ああっ……ああっ……」

「侵入者の正体は？」

シルヴィア・ピットスンは声を荒らげた。しかし、内心は落ち着き払っている。ガンスリンガーにはそれがわかった。冷静に自己を抑制する力、そして他者を操る言説と態度、まさに支配者の風格と才能だ。かれは恐怖と絶対の確信をもって、だしぬけに気づいた。自らをウォルターと呼ぶ男が、この女説教師の内部に悪魔を宿していったのだ。シルヴィア・ピットスンは取り憑《つ》かれている。ガンスリンガーはおのれの恐怖の中に欲情の熱いうねりを感じた。またそれは、黒衣の男がアリスの心に仕掛けていった呪いの言葉とどことなく似ていると思った。

頭を抱えていた男が床に突っ伏した。

「生き地獄だ!」男は女説教師に金切り声をあげた。あたかも、皮膚の下をヘビに這いずりまわられているかのように顔を歪《ゆが》め引きつらせている。「姦淫《かんいん》をしました！　賭博もしました！　悪魔草《デヴィル・グラス》も食べました！　罪を犯したんです！　わたしは──」と言ったところで、声が上ずり、ろれつもまわらなくなって、ひどく泣き叫びだした。そして、熟れすぎたメロンのようにいまにも破裂してしまうといわんばかりに頭を抱えこんだ。

　会衆は静止しなさいと指示されたかのように静まりかえり、なかば性的陶酔状態にも似た様子でその場に立ちつくしている。

　シルヴィア・ピットスンは壇上から降りて、男の頭に手をあてた。そして、力強くてやさしい汚れのない白魚のような指で髪を梳《す》いてやると、泣き声はやんだ。男は無言で女説教師を見上げた。

「あなたが罪を犯しているとき、ともにいたのはだれです？」

　シルヴィア・ピットスンはきいた。男の目を覗《のぞ》き込む彼女のまなざしは吸い込まれそうなほど深くやさしく、しかし非情なまでに厳しい。

「偽りの……侵入者です」

「そいつは、なんと呼ばれています？」

「魔王サタン」

　男はかすれたささやき声で答えた。

「もう二度とそいつとは手を結びませんね？」

男は懸命にうなずいた。

「はい！　二度としません！　ああ、救世主ジーザス！」

シルヴィア・ピットスンは男の頭をやさしく揺すった。男はうつろな目に狂信者の輝きを宿して女説教師を見つめた。

「もし、そいつがあのドアをくぐってやってきたとしたら」シルヴィア・ピットスンは、ガンスリンガーが立っている入り口の暗がりを突き刺すように指差した。「面と向かって拒絶しますか？」

「おお、わたしの母の名にかけて！」

「ジーザスの永遠の愛を信じますか？」

男はすすり泣きはじめた。

「心の底から――」

「ならば、主はあなたを許されるでしょう、ジョンソン」

「神に栄光」ジョンソンはすすり泣きながら唱えた。

「主はあなたを許します。同様に、主は悔い改めない者を御国《みくに》から追放し、〈終焉世《しゅうえん》界〉の果ての向こう側にある闇の火中に追いやるのです」

「主に栄光」その言葉を会衆はうつろな表情で厳粛に唱えた。

「この偽りの侵入者、その正体は魔王サタンであり、蝿の王とも蛇の王とも呼ばれる者もまた、力を喪失させられ、打ち倒されるでしょう……あなたは、そいつと出会ったら打ち倒しますか、ジョンソン？」

「はい、神に栄光！」ジョンソンはむせび泣いた。「かならず、打ち倒します」

「あなたがたも、そいつと出会ったら打ち倒しますか、兄弟姉妹《きょうだい》たち？」

「もちろん……」会衆は恍惚《こうこつ》として答えた。

「明日《あした》にでも、そいつが大手をふって本通りをやってきたら？」

「神に栄光……」

ガンスリンガーは教会の戸口からゆっくりあとずさり、踵《きびす》を返して町へと向かった。砂漠の匂いが空気中にはっきりと漂っていた。そろそろこの町を立ち去ろう。もういいかげん潮時だ。

XIII

ふたたびベッドの中。

「彼女は会わないわ」アリスは言った。驚いているような口調だ。「だれにも会わないんだから。みんなを死ぬほどこわがらせるために日曜の夕べに姿を見せるだけなのよ」

「あの女がここにきてどのぐらいだ？」

「十二年。あるいはたったの二年かも。知ってのとおり、時間の流れがおかしくなってるから。もう、彼女の話はやめにしましょう」

「どこから来た？　どの方角だ？」

「知らない」アリスは嘘をついた。

「アリス？」

「知らないったら！」

「アリス？」

「わかった！　わかったわよ！　彼女は辺境の住民の出身なの！　砂漠から来たのよ！」

「だと思った」

　ガンスリンガーはわずかに態度をやわらげた。言葉をかえれば、南東ということだ。これまで自分がたどってきた方角。ときおり、空にさえそのしるしが〈ビーム〉となって現れる方角だ。ひょっとすると、女説教師は辺境の住居よりも、さらには砂漠よりも遠くからやってきたのではないだろうか。はたして、どれほどの距離を旅してきたものか？　まだ作動しているいにしえの機械に乗ってか？　おそらくは、列車か？

「彼女はどこに住んでいる？」

　アリスの声が少し低くなった。

「教えたら、愛してくれる？」

「どのみち、抱くつもりだ。そのまえに、まず知りたい」

アリスは吐息をついた。古びて黄ばんだページをめくるような息づかいだった。

「教会裏手の丘。小さなあばら家よ。そこには……ほんとうの牧師がよそに移るまで住んでたの。これでいい？　満足した？」

「いや、まだだ」

そう言って、ガンスリンガーはアリスにのしかかった。

XIV

今日でこの町ともおさらばだ、ガンスリンガーはそう思った。

夜明けが地平線上に指をかけて這《は》い上がって来ると、空は見苦しい打ち身のような赤紫色におどろおどろしく染まった。アリスは霊のように動きまわり、ランプに火を灯《とも》し、鍋《なべ》でバチバチと音を立ててトウモロコシを揚げた。ガンスリンガーは自分の知りたかったことを教えてもらったあと、アリスを激しく愛した。おかげでアリスは、これが最後だと感じとり、いままで以上に彼女も狂おしく乱れた。そして夜明けの到来を必死に拒むかのように、ガンスリンガーに惜しみなく愛を捧《ささ》げ、十六歳のときのように疲れを知らない精力を注いで燃え上がった。しかし朝になると、ふたたびアリスは顔色の悪い、更年期障害を目前に控えた、さえない中年女にもどっていた。

アリスは無言でガンスリンガーに給仕した。かれは出されたものをさっさと頬張り、咀嚼《そしゃく》し、飲みこむたびに熱いコーヒーをのどに注ぎこんだ。アリスは自在扉のところへ行くと、夜明けの光景を、ゆっくりと流れていく静かな雲の群れを凝視した。

「今日は砂嵐になるわね」

「別に驚かん」

「あんた、驚くことあるの？」

アリスは皮肉まじりに言った。そしてふり返って、ガンスリンガーが帽子を取るのを見つめた。帽子をかぶったガンスリンガーはアリスの横を通り過ぎた。

「ときにはな」そう答えたガンスリンガーは、生きているアリスをその後一度だけ目にすることになる。

XV

ガンスリンガーがシルヴィア・ピットスンの小屋に着くまでには、風はピタリとやみ、全世界がかたずをのんで待ち受けているかのようだった。かれは砂漠地帯を長く放浪していたので、無風状態がつづけばつづくほど、そのあとに到来する嵐が激しいものであることを知っていた。嵐の前兆である奇妙な白い薄明かりがあたりをまんべんなく照らしていた。

傾き朽ちかけたドアに木製の大きな十字架が釘付《くぎづ》けにされていた。ガンスリンガーはドアをたたき、待った。応《こた》えはない。もう一度たたく。やはり返事がない。ガンスリンガーはあとずさりすると、右足で強烈な一撃をドアにお見舞いした。内側にかけてあった申し訳ていどのかんぬきが裂けて飛んだ。ドアは板壁にぶち当たり、たまたま壁裏にいたネズミたちを驚かせて疾走させた。シルヴィア・ピットスンは、室内中央に置かれている巨大な黒檀《こくたん》の揺り椅子にすわっていて、例の底なしの暗黒をたたえた目で平然とガンスリンガーを見つめた。嵐の前の白光が頬を照らし、異様な陰影を描いている。女説教師はショールをはおっていた。揺り椅子が巨体の重みにかすかにきしんだ。

ふたりは長いあいだ見つめあった。時が止まったかのようだった。

「あなたにはけっして、あのお方を捕まえることはできません。邪道を歩むあなたには」

「やつはおまえのところにきたのだな」

「そしてわたしの褥《しとね》に。あのお方はわたしに高貴な言葉で話しかけました。ハイ・スピーチ語で。あのお方は――」

「おまえをもてあそんだ。この言葉のあらゆる意味合いにおいて」

シルヴィア・ピットスンはたじろがなかった。

「あなたは邪道を歩んでいます、ガンスリンガー。あなたは影の中にいるのです。昨夜も聖なる場所の陰に立っていましたね。わたしが気づかなかったとでも？」

「なぜやつは草食い男を癒《いや》した？」

「あのお方は神の御使《みつか》いなのです。そう自らおっしゃっていました」

「やつはそう言いながら薄笑いを浮かべていたんだろうよ」

シルヴィア・ピットスンは思わず唇をめくり上げた。まさに牙《きば》を剝《む》く野獣だ。

「あのお方は、あなたがあとを追ってここにやってくるだろうと言ってました。その場合、わたしがどうすればよいかということも。あのお方が言うには、あなたはキリストに敵対する者です」

ガンスリンガーはかぶりをふった。

「やつはそんなことは言わん」

シルヴィア・ピットスンはガンスリンガーを物憂げに見上げて微笑んだ。

「あなたはわたしを抱きたくなるはずだと言ってました。ほんとうですか？」

「男はだれでもみな、おまえをほしがるのではないのか？」

「わたしの肉体を捧げる代償としてあなたの命をもらいましょう、ガンスリンガー。あのお方はわたしの腹に子を託してゆきました。あのお方のではありません、偉大なる王の子です。もし、あなたがわたしの体内に侵入すれば……」

女説教師は気だるい笑みを浮かべることで、最後まで口にしなくとも自分がなにを言いたいのか見事に表現してみせながら、小山のような巨大な太腿《ふともも》をしどけなくふるわせた。衣服の下で淫《みだ》らに開かれた内股《うちまた》は、さながら混じりけのない大理石のように滑らかで艶《つや》やかだった。ガンスリンガーの目をくらませたほどだ。

ガンスリンガーは腰の二丁拳銃《けんじゅう》に両手を落とした。

「おまえは悪魔を宿している。王の子ではない。だが、おそれることはない。おれが追い払ってやる」

効果覿面《てきめん》だった。シルヴィア・ピットスンは揺り椅子の背にのけぞり、おびえたイタチのような顔つきをした。

「さわらないで！　近寄らないで！　主の花嫁にふれる勇気はあなたにありません！」

「賭《か》けるか？」と言って、ガンスリンガーはシルヴィア・ピットスンに接近した。「〈ウォッチ・ミー〉のカード賭博《とばく》では、杯と杖《つえ》の絵札がそろってテーブルに置くとき、博徒はこう言うのさ——おれに気《ウォッチ》をつけろ《ミー》」

巨体の肉が打ち震えた。その顔は恐怖におびえる戯画へと変じた。シルヴィア・ピットスンは指を魔除《まよ》けの形にしてガンスリンガーに突き出した。

「砂漠の向こうになにがある？」

「おまえはけっして、あのお方には追いつけない！　ぜったいに！　未来永劫《えいごう》！　おまえは砂漠の灼熱《しゃくねつ》に焼かれるのだ！　あのお方がそう言いました！」

「追いついてみせる。そのことは、おたがいわかっているだろうが。砂漠の向こう側はどうなっている？」

「知らない！」

「答えろ！」

「知らない！」

ガンスリンガーはシルヴィア・ピットスンにすり寄って腰を落とすと、太腿をむんずとつかんだ。女説教師は万力のように股を閉じた。しかし、欲情しているような奇妙な嬌声《きょうせい》を発していた。

「ならば、悪魔に言わせてやろうか」

「やめて――」

ガンスリンガーは女の股を力まかせに押し開くと、片方の銃をぬいた。

「いや！　やめて！　だめ！」シルヴィア・ピットスンは息をあえがせ、もの狂おしくうめいた。

「答えろ」

シルヴィア・ピットスンは揺り椅子にすわったまま身悶《みもだ》え、床をふるわせた。その唇から祈りと聖書の中の一節らしき判然としない言葉がほとばしった。

ガンスリンガーは銃身を女の股間《こかん》にぐいと突っこんだ。そして相手が恐怖におびえた息を吸い込むのを耳にした。いや、むしろそれを感じ取った。女はガンスリンガーの頭を両手で殴りつけ、両脚で床をめったやたらと蹴飛《けと》ばした。にもかかわらず、巨体は股間の異物を貪欲《どんよく》に飲みこもうとしている。この異様にして淫靡《いんび》な光景を見物していたのは砂塵《さじん》の頭上に舞う赤紫色の空だけだった。

シルヴィア・ピットスンは、悲鳴に近い声ではっきり聞き取れないことをなにやら口走った。

「なんだ？」

「山よ！」

「それがどうした？」

「あのお方は……山の向こう側で……足を休めるの……ああっ、ジーザス！……力をたくわえるために。め、瞑想《めいそう》をするのよ、わかる？　ああ……わたし……わたしは……」

突然、巨大な肉の山全体に痙攣《けいれん》が突きぬけた。ガンスリンガーは細心の注意を払い、女の秘所に触れないようにした。

やがてシルヴィア・ピットスンは、しぼんで小さくなっていくように見え、両手を膝《ひざ》に置いたまますすり泣いた。

「で」ガンスリンガーは立ち上がりながら言った。「腹の悪魔は満足したか？」

「出てって。おまえは深紅の王《クリムゾン・キング》の子を殺した。でも、この報いは受けるだろう。わたしの信徒たちに命じて、おまえに罰をくわえてやる。さあ、出てって。出て行け！」

ガンスリンガーはドアのところで立ち止まり、ふり返った。

「子など宿していなかった」ガンスリンガーはぽつりと言った。「はなから神の御使いも深紅の王子も悪魔もいやしない」

「ひとりにして」

ガンスリンガーは言われたとおりにした。

XVI

ガンスリンガーがケナリーの馬小屋にやってくるころまでには、北の地平線上が妙に薄暗くなっていた。砂嵐が迫ってきているのだ。それでもまだ、タルの上空の空気は死んだように静かだった。

ケナリーは藁屑《わらくず》で埋まった納屋の床でガンスリンガーを待ち受けていた。

「町を出るのか？」馬丁は気の弱そうな笑みを浮かべた。

「ああ」

「嵐のあとで？」

「その前に」

「颪はラバに乗った人間より速い。砂漠で吹かれたら、命を落としかねない」

「いますぐラバを連れてこい」ガンスリンガーはさらりと言った。

「いいとも」

ところが、ケナリーは踵《きびす》を返さず、その場に突っ立ったままだ。まるで、もっとなにか話題がないかと探しているような様子で、例の憎悪と追従が相なかばする笑みを浮かべている。そのとき一瞬、かれの目がガンスリンガーの肩越しに向けられた。

ガンスリンガーは脇に身をかわしながらふり返った。娘のスービーがふりおろした太い薪《まき》が空《くう》を切り、ガンスリンガーの肘《ひじ》をかすった。勢いあまって、スービーは薪を手放し、薪は音を立てて床を転がった。納屋の天井の高みで、驚いたツバメたちがいっせいに羽ばたいた。

ケナリーの娘はどんよりと曇った瞳《ひとみ》でガンスリンガーを見つめている。熟れすぎた豊満な乳房が何度も洗濯しているために色あせたシャツを内側から突き上げている。親指が夢の中にいるようにゆっくりと彼女の口の中へと避難所を求めた。

ガンスリンガーはケナリーに向き直った。ケナリーはにやけた笑いを顔いっぱいに広げた。肌が蠟《ろう》のように黄ばんでいる。馬丁は両目をくるりと反転させた。

「わしは……」痰《たん》をつまらせたようなささやき声で弁解しはじめたが、あとがつづかない。

「ラバをわたしてもらおう」ガンスリンガーはおだやかな口調で催促した。

「はい、はい、かしこまりました」ケナリーは小声で答えた。いまやにやけた薄笑いには、自分がまだ生きていることが信じられないといった思いがにじみでている。かれは足を引きずるようにして馬小屋へ向かった。

ガンスリンガーはケナリーの動きを観察できる場所へと移動した。馬丁はラバを引いて戻ると、ガンスリンガーに手綱をわたした。

「てめえは家の中に入って、妹のめんどうをみてろ」ケナリーは娘のスービーに言った。スービーは顎《あご》を突き出し、その場から一歩も動かなかった。

ガンスリンガーは親子をあとに残して立ち去った。父と娘は土埃《つちぼこり》と馬糞《ばふん》まみれの藁のつもった床の上で睨《にら》み合っていた。ケナリーは薄気味の悪いニタニタ笑いを浮かべ、スービーはだんまりをきめこみ、断固とした拒否の態度をとっている。外では、あいかわらず暑熱が空気中によどんでいて、しつこく身体《からだ》にまとわりついてきた。

XVII

ガンスリンガーはラバを引いて道の中央に進んだ。ブーツが土煙を上げる。ラバの背中には水で満杯の革袋が固定されていた。

安酒場で立ち止まった。アリスの姿はなかった。窓には嵐に備えて小割り板が張られていたが、店内は昨晩の営業を終えたときのままで汚れて散らかっている。饐《す》えたビールの臭いがした。

ガンスリンガーは、挽《ひ》き割りトウモロコシと乾燥および炒《い》ったトウモロコシ、それと氷室にあった生のハンバーグの大半を頭陀袋《ずだぶくろ》につめた。そして金貨四枚を板張りのカウンターに置いた。アリスは階上《うえ》から降りてこなかった。シェブのピアノが蓋《ふた》の隙間から黄ばんだ鍵盤《けんばん》の歯を見せて無言のうちに、じゃあな、あばよ、と別れの挨拶《あいさつ》を送っているようだった。ガンスリンガーはあとずさりしながら外に出ると、頭陀袋をラバの背中にくくりつけた。なにやらのどが締めつけられる感じがする。まだ黒衣の男の罠《わな》を避けられるかもしれない。だが、その見込みは薄い。おれは、けっきょく、偽装した侵入者なのだから。

ガンスリンガーは、住民たちが雨戸や鎧戸《よろいど》をおろして息を潜めて待機している建物のあいだを歩いていった。戸の隙間や壁の割れ目からこちらをうかがっている視線を感じる。黒衣の男はタルの町で神を演じた。やつは、王の子ども、深紅の王子について語った。それは単なるとてつもない戯れにすぎないのか、もしくは苦肉の策か？　なにやら一考に値する問題だ。

背後で絹を裂くような悲鳴が起こった。つづいてだしぬけにドアがいっせいに開かれ、人影が飛び出してきた。ついに罠が開かれた。長い下着や薄汚れた仕事着姿の男たち。そしてスラックスや色あせたドレス姿の女たち。子どもたちが親のあとにつづいて出てきた。しかも、だれもが棍棒《こんぼう》やナイフを手にしている。

それに対して、ガンスリンガーは機械仕掛けさながら、持って生まれた機敏さで反応した。ずしりと重い二丁拳銃《けんじゅう》を目にもとまらぬ早業でぬきながら、くるりと背後に向き直る。悲鳴の主はアリスだった。当然の成り行きだ。アリスは顔を歪《ゆが》めながら近づいてきた。額の傷が沈みゆく陽の光を受けて醜く紫色に腫《は》れている。アリスが人質となっていることは、すぐに見てとれた。彼女の肩越しにシェブの顔がある。憎悪に歪んだその顔は、まるで魔女の使い魔《ファミリア》さながら。アリスはシェブの盾であり、生贄《いけにえ》であった。ガンスリンガーは、陰影がなく凍りついて死んだような無風状態の白日の光の下で、すべてを一瞬のうちに見て取った。そして、アリスの叫び声を聞いた。

「殺して、ローランド、わたしを殺して！　言ってしまったのよ、あの言葉、〈十九〉を。わたし言ってしまったの、そしたら、ノートは教えてくれた……わたし、もうたえられない――」

ガンスリンガーの修練を積んだ両手がアリスの望みをかなえた。かれは血族最後の生き残りだが、ハイ・スピーチ語を話す者はかれひとりだけではない。二丁拳銃が重厚な無調の調べを宙に奏でた。アリスは口をパクパクとあえがせ、がくりと膝《ひざ》を折った。そこを今一度、銃が火を噴いた。最後にアリスが浮かべた表情は感謝だったかもしれない。シェブの頭がそっくり返った。ふたりはともに土煙を立てて倒れた。

〈十九〉の国へ行くんだな、そこがどんなところであれ。ガンスリンガーは思った。

棒切れが宙を飛んできて、ガンスリンガーに雨霰《あめあられ》と降りそそいだ。かれは右に左に身をかわしてそれらをよけた。が、乱雑に釘《くぎ》の打ちこまれている棒が腕に当たって、血しぶきをあげさせた。無精髭《ぶしょうひげ》を生やして腋《わき》の下に汗の染みを作った男が、なまくらなキッチン・ナイフを片手に飛びかかってきた。そこをすかさず、ガンスリンガーは一撃でしとめた。男はもんどりうって倒れ、大地に顎を打ちつけた。そのひょうしに、入れ歯が土埃の中にころがり出た。

「悪魔！」だれかが叫んだ。「呪われし者！　やっちまえ！」

「偽装した侵入者！」

他のだれかが声を張り上げた。棒がガンスリンガーに降りそそぐ。ナイフの柄がブーツに当たってはねかえった。

「偽りの侵入者！　キリストに敵対する者！」

ガンスリンガーは群集のど真ん中を突っ切った。走りながらも、二丁拳銃は楽々とかつ恐ろしいほどの正確さで的をとらえていった。そして、ふたりの男とひとりの女が大地に倒れたその間隙《かんげき》を突破した。

半狂乱の体《てい》の群集を金魚のフンのように背後に引きつれ、ガンスリンガーは、シェブの店に面したみすぼらしい雑貨店兼床屋に向かって通りを疾駆した。そして板張り歩道に飛び移ると、くるりとふり向き、興奮した追っ手めがけて残りの銃弾を発砲した。暴徒の背後には、シェブとアリスとその他の住民の死体が土埃にまみれて横たわっていた。

ガンスリンガーの放つ銃弾はすべて急所をとらえた。また、このタルの町の住民たちが銃を目にするのは、おそらくこれが初めてのはずである。にもかかわらず、群集はまったくためらわず、ひるむ気配すらない。

ガンスリンガーは、飛んでくる得物を踊り子さながらの華麗かつ機敏な身のこなしでかわし、かつ後退しながらも練達の素早さで弾丸を装塡《そうてん》した。その手はめまぐるしくガンベルトとシリンダーのあいだを往来した。暴徒が板張り歩道に到達したところで、ガンスリンガーは雑貨店に踏みこみ、ドアを勢いよく閉めた。右手の大きな飾り窓が砕かれて、三人の男が侵入してきた。狂信者のうつけた顔に目だけが爛々《らんらん》と輝いている。ガンスリンガーはかれら三人を撃ち殺し、つづいてやってきたふたりも同様に撃退した。そいつらは窓ガラスの突き出た破片に貫かれて事切れた。

暴徒に体当たりをくらったドアがメリメリとしなった。そのとき、あの女の声が聞こえた。

「人殺し！　みなのもの！　悪魔の蹄《ひづめ》を持つ者！」

蝶番《ちょうつがい》がはずれ、ドアがけたたましい音を立てて倒れた。床から埃が舞い上がった。男たち、女たち、そして子どもたちがガンスリンガーめがけて襲い来る。唾《つば》と薪《まき》が飛んできた。ガンスリンガーがシリンダーが空《から》になるまで発砲すると、暴徒はボウリングのピンのように倒れていった。そして、つづく集団に向かって、粉樽《こなだる》を押し倒してころがしたり、二本のカミソリが煮立ったお湯といっしょに入っている鍋《なべ》を引っくり返したりしながら床屋へとあとずさりする。暴徒は支離滅裂なことをわめきながら追いすがってきた。どこかでシルヴィア・ピットスンが高く低く抑揚のある声で群集の狂乱をあおっている。ガンスリンガーは熱くなった薬室に弾をこめた。床屋特有の匂いとかれ自身の指先の焼ける匂いがした。

ガンスリンガーは裏口のドアをぬけてポーチに出た。背後は低木地となっていて、町が汚い尻《しり》を出してしゃがみこもうとするのを断固として拒否しているような感じだ。三人の男が角から姿を現した。顔には裏切り者の大きな笑みを浮かべている。三人はガンスリンガーを見た。自分たちのことを見ているガンスリンガーを。卑劣な笑みが恐怖に凍りつくまもあらばこそ、かれらはガンスリンガーの銃弾に掃射されていた。つづいて雄叫《おたけ》びをあげながら女性が現れた。その図体《ずうたい》の大きい太っちょ女は、シェブの酒場の常連客アーント・ミルだった。ガンスリンガーの放った弾丸は彼女を後方へ吹っ飛ばした。スカートがまくれあがって股間《こかん》があらわになり、娼婦《しょうふ》が男を受け入れるために身体を大の字に投げ出したような姿になった。

ガンスリンガーは階段を下りると、砂漠の方へ後退した。十歩……二十歩。床屋の裏のドアが蹴破《けやぶ》られて、暴徒がどっとあふれ出てきた。ガンスリンガーはシルヴィア・ピットスンの姿を一瞬とらえた。二丁拳銃を撃ちまくって逃走進路を切り開く。群集はうずくまる者、あるいは仰向けに倒れる者、そしてポーチの手すりからもんどりうって地面にころげ落ちる者とさまざまだが、いずれもつぎつぎと息絶えていった。死体は果てしなく砂塵の舞う赤紫色の空の下では地に影を落とすこともなかった。ガンスリンガーは、そのときになって自分が悲鳴をあげていることに気づいた。アリスを撃ち殺したそのときから甲高い叫び声を放っていたのだ。目はひび割れたボールベアリングのようだ。睾丸《こうがん》はすくみあがって下腹にめりこんでいる。脚は棒のようだ。そして耳は鉄と化していた。

弾がきれ、熱くなった二丁拳銃は神の目と手に変貌《へんぼう》した。かれは悲鳴をあげながら装塡し直したが、心ここにあらず、手が勝手に弾をこめるにまかせた。両手をあげて暴徒に向かい、自分がこうした技のことどもを一千年にわたって修得してきたことを、および銃とその銃が授けられるにいたるまでに流された血のことを語ることもできたのでは？　いや、かれの口からはそれは無理というもの。だが、両手は雄弁に語ることができた。

暴徒が目前に迫ったとき、装塡が終わった。が、暴徒のふるう棍棒に額を割られ、鮮血が流れ出た。いまや群集は目と鼻の先にいる。最前列に馬丁のケナリーの姿があった。次女もいる。十一、二歳といったところか。そして長女のスービー。また、酒場の常連客の男がふたりいた。それとエイミー・フェルドンという名の娼婦。ガンスリンガーはそうしたかれらすべてを撃ち取り、その背後の列の住民も射殺した。死体が用済みになった案山子《かかし》のように折り重なって横たわった。血と脳漿《のうしょう》が吹き流しのように飛び散った。

暴徒は一瞬動きを止めた。集団の顔が驚愕《きょうがく》に震え、個々人の当惑した顔へと変化した。ひとりの男が悲鳴を上げながら、大きく輪を描いて走りだした。両手に疱疹《ほうしん》のある女は天を仰ぎ、狂ったように甲高い声を上げた。ガンスリンガーがこの町にやってきたとき、雑貨屋の店先の階段に憂鬱《ゆううつ》そうな顔ですわっていた男は、突知、大量に脱糞《だっぷん》した。

群集がたじろいでいるすきに、ガンスリンガーはどうにか片方の銃にだけ装塡することができた。

そのとき、シルヴィア・ピットスンが突進してきた。左右の手に持った木製の十字架を打ちふるいながら。

「悪魔！　悪魔！　悪魔！　子殺し！　怪物！　こいつを殺すのだ、兄弟姉妹《きょうだい》！　この子殺しの侵入者を滅ぼせ！」

ガンスリンガーは十字架をふたつとも木っ端微塵《みじん》に撃ち砕き、残りの四発を女説教師の頭に命中させた。シルヴィア・ピットスンは蛇腹をたたむようにくずおれた。陽炎《かげろう》の揺れるさまにも似ていた。

暴徒はしばらく活人画のように静止して、女説教師の最期を凝視していた。そのすきに、ガンスリンガーの指は習い覚えた素早さで再装塡した。指先がジューと焼け焦げ、指の腹にくっきりと丸い火傷《やけど》の跡が残った。

いまや暴徒も数少ない。ガンスリンガーは草を刈る鎌のように群集を倒していた。女説教師の死によって、残った住民も散り散りになるものと思われた。ところが、だれかがナイフを投げつけてきた。その柄が眉間《みけん》にまともに当たり、ガンスリンガーはもんどりうって倒れた。暴徒が憎悪をみなぎらせて集まってくる。かれは転倒したまま、ふたたび銃弾がつきるまで撃った。空薬莢《からやっきょう》が自分の上に降りそそいだ。眉間に打撃を受けたために頭が痛い。眼前に大きな茶色い輪が浮かんで見えた。一発だけ的をはずしたが、十一人をしとめた。

だが、生き残った暴徒はガンスリンガーに襲いかかった。素早く装塡し直して四発撃ったが、ついに取り囲まれて殴る蹴《け》るの暴行を受けはじめた。ガンスリンガーは左手でふたりの足をすくって倒すと、地面をころがって攻撃をかわした。そして両手で素早くかつ正確この上ない弾込めを行ないはじめた。そのとき、肩を刺され、つづいて背中を刺された。脇腹を殴打された。尻も突き刺された。得物はフォークのようだ。まだ幼い子どもが這《は》い寄ってきて、ふくらはぎを深々と切り裂いた。もちろんガンスリンガーは容赦なく、その子どもの頭を吹っ飛ばした。

ここにいたって、暴徒はクモの子を散らすように逃げだした。ガンスリンガーの二丁拳銃《けんじゅう》がふたたび火を噴き、逃げる敵の背中を撃ちぬいた。生き残った何人かが砂色のいまにも倒れそうな建物へと退散しはじめた。だが、ガンスリンガーの積年の修業で鍛錬した両手は、自らの意志を持って務めを最後まできちんと果たした。まるで、ゴロンの芸を覚えたので何度でもくりかえし披露してみせる熱心な忠犬のように、逃げ去る町の住民を背後からつぎつぎと狙い撃ちした。最後のひとりは床屋の裏のポーチの階段のところまでたどりついたが、そこであえなくガンスリンガーの銃弾に後頭部を撃ちぬかれた。「ギャッ!」男は叫び声を上げて転倒した。それがタルの町における惨劇の幕切れのひと言となった。

静寂が戻ってきて、大騒乱の空間を満たしていった。

ガンスリンガーは、おそらく二十カ所の異なる傷口から出血していた。どれもたいした傷ではない。ふくらはぎの深手をのぞけばだが。かれはシャツを裂いてその傷口を縛り、殺戮《さつりく》の跡をふり返った。

死体は床屋の裏のドアからガンスリンガーの足下までジグザグに曲がりくねって連なっていた。いずれの死骸《しがい》もありとあらゆる格好にねじくれて倒れている。安らかに眠っているような死体はひとつもなかった。

ガンスリンガーは死の航跡をたどりながら遺体を数えた。雑貨屋では、ひとりの男がひびの入ったキャンディの壺《つぼ》を愛《いと》しげに抱きかかえて横たわっている。倒れるさいにすがりついたのだ。

やがて、殺戮の始まった場所へとたどり着いた。いまや人気《ひとけ》の絶えた本通り中央だ。けっきょく、ガンスリンガーが射殺したのは、三十九人の男、十四人の女、そして五人の子どもだった。つまり、タルの町の住民を皆殺しにしたのである。

その日初めての乾いた風が吹きはじめ、腐臭が漂ってきた。ガンスリンガーは、その胸糞《むなくそ》の悪くなるがどこか甘い臭気の出所を探るうちに、視線を上方に向けて納得した。シェブの店の板葺《いたぶ》き屋根に手足を大きく広げられたノートの腐乱死体が木釘《きくぎ》で磔刑《たっけい》にされていたのである。口は絶叫しているかのようにOの字に開かれ、両目は驚愕しているかのようにカッと見開かれている。垢《あか》と脂でぬめった額は、悪魔の蹄をかたどった烙印《らくいん》がでかでかと押されて紫色に腫《は》れ上がっていた。

ガンスリンガーは歩いて町を出た。かれのラバは、かつての駅馬車用街道から四十ヤード離れた雑草の茂みの中にいた。ガンスリンガーはラバをケナリーの馬小屋に連れ戻した。風が酔っ払ったような素っ頓狂《とんきょう》な曲を奏でている。いましばらくラバをつないでおき、ガンスリンガーは酒場へ戻った。そして裏の物置で梯子《はしご》を見つけると、屋根に登ってノートを自由にしてやった。遺体は焚《た》きつけ用の小枝の袋より軽かった。ノートを他の住民たちのあいだに横たえ、死は一度だけしか訪れない普通の人々といっしょにしてやった。そのあとで店内に戻り、ハンバーガーを食いながらビールを三杯飲んだ。そのあいだに陽が落ちて、砂塵《さじん》が舞いだした。その晩は、それまでアリスと共にしていたベッドで寝た。夢は見なかった。翌朝、風はやみ、太陽は何事もなかったかのように、いつもの輝きを取り戻していた。町の住民の死体は回転草《タンブル・ウイード》のように風に吹かれて遠く南へ追いやられていた。午前なかばごろ、あますところなく傷の手当をしたあとで、ガンスリンガーはこれまでどおり南を目指して旅立った。

XVIII

ブラウンは眠りこけてしまったのか、とガンスリンガーは思った。焚き火は消えかけていて、かすかにはぜるばかりとなり、カラスのゾルタンは羽交いに頭を埋《うず》めている。ガンスリンガーは立ち上がり、部屋の隅に寝床の支度にかかろうとした。そのとき、ブラウンが言った。

「どうだい、話しちまったら、すっきりしたかい？」

ガンスリンガーには意外な言葉だった。

「なんでおれが気に病んでいると？」

「あんたは人間だからさ、そう言ってたよな。悪魔じゃない。それとも、嘘なのか？」

「嘘などつかん」

ガンスリンガーは相手がこちらの言ったことを不承不承認めたのを感じた。かれはブラウンのことが気に入っていた。これも正直な気持ちだ。だから、この辺境の住民にはいっさい嘘などついていない。

「おまえはだれなんだ、ブラウン？ ほんとうのところは、という意味だが」

「おれはおれさ」ブラウンは動じることもなく言った。「どうして、あんたは自分が謎にからめとられていると思わずには気がすまないんだ？」

それには答えずに、ガンスリンガーはタバコに火をつけた。

「思うに、あんたは黒衣の男と近しい仲のようだね。そいつは逃げるのに死に物狂いなのか？」

「わからん」

「あんたは？」

「まだ、そこまで必死ではない」ガンスリンガーは言った。そして、睨《にら》みつけるようにしてブラウンを見た。「おれは、行かなければならないところへ行き、しなければならないことをしているだけだ」

「なら、それでいいじゃないか」

そう言ったきりブラウンは寝返りをうつと、ガンスリンガーに背中を向けて寝入ってしまった。

XIX

翌朝、ブラウンはガンスリンガーに朝食をあたえてから、ふたたびかれを追跡へと送り出した。朝の光の下で見ると、ブラウンはやせこけ、陽に焼けた胸にエンピツのような鎖骨が浮き出ていて、ぎょっとするほど赤毛の伸びている異様な風貌《ふうぼう》をしていた。しかも、カラスを肩にとまらせている。

「ラバはどうする?」ガンスリンガーはたずねた。

「おれが食う」

「かまわんよ」

ブラウンが片手を差し出したので、ガンスリンガーはそれを握った。辺境の住民は南東の方に顎《あご》をしゃくった。

「まあ、のんびりいけや。長き昼と楽しき夜を」

「そなたにはそれ以上の昼と夜があらんことを」

ふたりはたがいにうなずき合った。それからアリスにローランドと呼びかけられた男は立ち去った。腰まわりは二丁拳銃と水の入った革袋で飾られていた。ガンスリンガーはいちどだけふり返った。ブラウンは、ささやかなトウモロコシ畑で一心不乱に鍬《くわ》をふるっていた。カラスはあばら家の低い屋根にとまっていた。まるでガーゴイルのようだった。

XX

焚き火の炎が消え、星々の輝きも淡くなりはじめた。風が休みなく歩きまわり、だれにともなく自らの来歴を語っている。ガンスリンガーは眠りながら身体《からだ》をひきつらせたが、じきにまた静かに寝入った。のどの渇く夢を見た。闇の中、山の稜線《りょうせん》は見えない。罪の意識や後悔の念はすっかり薄れた。砂漠の熱が焼いてしまったのだ。ガンスリンガーは自分の射撃の師だったコートのことをしだいに考えるようになっていた。コートは物事のけじめをわきまえた男だった。

ふたたび身体が痙攣《けいれん》した。それで目が覚めた。燃えつきた焚き火に目をしばたたかせた。その燃えかすにあらたな幾何学模様がよりくっきりと二重写しに浮かび上がる。ガンスリンガーは夢想家だ。そのことは自分でも承知していた。だから、そうだと人に気《け》取《ど》られないように細心の注意を払っている。この数年のあいだでも、その秘密を知っている者はわずかしかいない。メジスで生まれ育ったスーザンという名の少女はそのひとりだった。

その夢想家癖が当然のごとく、いま一度コートのことを想起させた。すでにコートは死んでいる。みんな亡くなったのだ。自分ひとりをのぞいては。世界は変転してしまった。

ガンスリンガーは頭陀袋《ずだぶくろ》を肩にかついで歩きだした。

第二章
中間駅

I

一日じゅう、ある童謡がしきりに頭の中で歌われていた。意識して聞かないように、あるいは繰り返し流れるのを止めようとしたが、そんなことにはいっさいおかまいなしに、その童謡はあざけるように意識の中にとどまっていた。こんな歌だった。

スペインの雨は野に降る。
楽あれば苦ありといえども、
スペインの雨は野に降る。

時は敷布、人生は染み、
知られているすべてのことは移り変わる、

同時に変わってもすべてはもとのまま、
狂っていようとまともであろうと、
スペインの雨は野に降る。

愛の道を歩むとも飛ぶときは鎖つき、
スペインでは雨天に飛ぶ飛行機は運のつき。

ガンスリンガーには、最後の二行連句の中に出てくる〝飛行機〟の意味がわからなかった。しかし、どうしてこの童謡が頭の中に執拗《しつよう》に浮かび上がってくるのかはわかっている。城にあった自分の部屋と母親が出てくる夢を繰り返し見ていた。母親は、色とりどりに彩られた窓のかたわらの小さな寝台に寝ているかれの枕元で歌っている。夜の就寝時には歌ってくれない。ハイ・スピーチ語を話す家柄に生まれた子どもは、ひとりで闇と対峙《たいじ》しなければならないからである。しかし、昼寝時は別だ。どんよりと曇った雨模様の光が色鮮やかな掛け布団の上で震えている光景を、ガンスリンガーはいまでも覚えている。室内の冷気と毛布の温かさ、そして母親に対する愛をいまでも感じることができる。また、耳にこびりついて離れないメロディに乗せてノンセンスな歌詞を口ずさむ母親の真っ赤な唇とその声を忘れることはない。
いまそのときの童謡が半狂乱の体《てい》でよみがえってきた。まるで、自分の尻尾《しっぽ》を追いかける犬のように、歩くにつれて、頭の中でぐるぐるきりもなく反復している。水はすっかり飲んでしまった。まさに自分が歩く死者さながらの状態であることはわかっている。こんなはずではなかった。後悔していた。正午以降、前方よりむしろ自分の足元ばかり見つめて歩いている。このあたり一帯では、悪魔草《デヴィル・グラス》でさえ枯れて黄ばんでいる。硬土層も場所によっては熱でひび割れ風化して、ただの砂利になっている。山の稜線はいまだはっきりとは見えてこない。辺境の最果てにある自作農のあばら家を出てから十六日も経過しているというのに。その砂漠のとば口に建つ掘っ立て小屋の主《あるじ》は、なかば気の狂いかけた若者だった。ガンスリンガーは、男がカラスを飼っていたことは記憶にあったが、そのカラスの名前は思い出すことができないでいた。

ガンスリンガーは、自分の足が機織機《はたおりき》のように自動的に上下運動を繰り返すのを見守っていた。頭の中では、わけのわからない歌詞の童謡が流れつづけている。おれは、そのうち倒れるのだろう。だが、倒れたくない。こんなところでは、だれに見られるわけでもないが。自尊心の問題なのだ。ガンスリンガーは、誇りについて見識があった。それは、まっすぐ前方を見るように頭を支えている不可視の骨なのだ。父親から伝授されなかったことは、かわりにコートにたたきこまれた。あえて言うならば、少年紳士とでも称すべき心構えである。コート、そう、顔に傷跡のある赤鼻の男。

ガンスリンガーは不意に立ち止まり、顔を上げた。それでめまいを覚え、一瞬、身体《からだ》が宙に浮かんだような気がした。山並みは遠く地平線に夢のように立ち現れている。しかし、その前方になにかがある。なにかがもっと近くに。おそらくほんの五マイル先といったところか。ガンスリンガーは目を凝らしたが、砂塵《さじん》と照り返しにやられて視力が弱っていた。そこでかぶりをふると、ふたたび歩きはじめた。あいかわらず童謡が頭の中できりもなく聞こえている。それからおよそ一時間後、ガンスリンガーはついに倒れ、両手を擦りむいた。カサカサになった皮膚に小さな血の滴が浮き出てくるのを信じられない思いで見つめた。血は薄まっていなかった。空気に触れて死んでいく、普通の血のように見える。砂漠と同じように独善的でひとりよがりのようだった。ガンスリンガーは血をふり払った。無性に腹が立ったのだ。独善的？　あたりまえだ。血は乾きを覚えない。血はかしずかれている。血のためになにもかもが犠牲となる。血の生贄《いけにえ》。血はただ流れて……流れて……流れるだけでいい。

ガンスリンガーは、滴り落ちた血の染みが薄気味悪いほどまたたくまに硬土層に吸いこまれていくのを見つめた。どうだ、お気に召したか、血よ？　いい気分か？

ああ、おれは狂いかけている。

ガンスリンガーは立ち上がりながら腕組みをした。先ほど見かけたなにかが目前にあった。あまりにも近くにあったので、かれは叫び声をあげた――土埃《つちぼこり》にむせたカラスの鳴き声のようだった。それは家屋だった。いや、正確には、二軒の建物だ。朽ちた柵《さく》に囲まれている。その木造の建物はかなり古いようで、小妖精《ようせい》の羽のようにもろくなっている。砂と化しつつあるといってもよい。二軒のうち一軒は馬小屋だった――そのたたずまいから見てまちがいない。もう一方は母屋《おもや》、あるいは宿屋と思われる。かつて駅馬車が停まった中間駅《ウエイ・ステーション》だ。グラグラと揺れている砂の家（風が吹きつける砂に覆われているおかげで、引き潮の浜辺で太陽に照りつけられ、つかのま日干し煉瓦《れんが》のように固まった砂の城のようだ）は、大地にかすかに影を投げかけている。その影の中、建物に背中をあずけた格好でだれかがすわっていた。その重みで建物が傾いているようにも見える。

やつだ。ついに追いついた。黒衣の男に。

ガンスリンガーは、図らずもたいそう大げさなポーズとなってしまったが、腕組みをしたまま立ちつくし、呆然《ぼうぜん》と人影を見つめていた。天にも舞い上がるような興奮（あるいは恐怖や畏怖《いふ》）を味わうものと期待していたが、先ほど自分の血にひどく腹を立てたことについて、おぼろな罪の意識を感じただけだった。同時に、頭の中では幼年時代の童歌が際限もなく鳴り響いていた。

……スペインの雨は……

ガンスリンガーは足を踏み出しながら片方の銃を引きぬいた。

……野に降る。

最後の約五百メートルは駆け足になった。足を引きずりながら、身を隠そうともしなかった。そもそもあたりには身を隠すものがない。自分自身の短い影にせきたてられるようにして走った。疲労困憊《こんぱい》のあまり、ガンスリンガーは自分の顔が灰色の薄汚れたデスマスクとなっていることに気づかなかった。目指す人影しか眼中になかった。その相手が死んでいるかもしれないと思いついたのは、だいぶ走ってからのことだった。ガンスリンガーは傾きかけている柵を蹴飛《けと》ばし（それは音もたてずに、申し訳なさそうにふたつに折れた）、目がくらむほど照り返しが強く静かな馬小屋の前庭に突進しながら銃口を上げた。

「動くな！　もう逃げられんぞ！　手を上げろ、この野郎、おまえは——」

人影は不穏な動きを見せながら立ち上がった。なんてことだ、こいつのやつれようは、いったいどうしたのだ？　ガンスリンガーがそんなことを思ったのは、黒衣の男が五十センチほどの背丈に縮んでしまい、髪も真っ白になっていたからだ。

ガンスリンガーは麻痺《まひ》したようにその場に立ちつくした。耳鳴りがする。心臓が狂ったように早鐘を打っている。ああ、おれはここで死ぬのか——。

ガンスリンガーは白い灼熱《しゃくねつ》の空気を肺に吸いこんで、しばし頭《こうべ》を垂れた。ふたたび頭を上げたとき、目にしたのは黒衣の男ではなかった。天日にさらされて髪の白くなった少年だった。なんの感情も宿していない目でこちらを見つめている。ガンスリンガーはぼんやりと少年を見つめ返し、その姿を打ち消そうとかぶりをふった。だが、少年は、ガンスリンガーがいくら信じまいとしても、いぜんとしてその場に立っている。かなり強力な幻影だ。片膝《かたひざ》につぎあてのあるブルージーンズになんの変哲もない茶色のシャツというでたちだ。

ガンスリンガーはもう一度かぶりをふると、うなだれて馬小屋のほうに歩きだした。銃は手にしたままだ。あいかわらず思考能力が停止している。頭の中が土埃だらけで、ズキズキと猛烈な頭痛がしはじめていた。

馬小屋内部は静寂と闇に支配されており、いまにも爆発しそうなほどの熱がこもっていた。ガンスリンガーは焦点の定まらない目であたりを見まわした。そして酔ったようにふらつきながらうしろをふり返って少年を見た。相手はあいかわらず、朽ちかけた戸口に立ってこちらを見つめている。頭痛が剣となって、ガンスリンガーの頭をオレンジででもあるかのように一刀両断にした。かれは銃をホルスターにおさめると、ぐらぐらよろめきながら、まるで幽霊が近づいてくるのを押し止《とど》めようとするかのように両手を突き出してうつぶせに倒れた。

II

意識を取り戻すと、仰向けに寝ていた。頭の下にはやわらかくて臭くない藁《わら》の束が敷いてあった。少年はガンスリンガーをどこか適当な場所に運ぶことはできなかったものの、かなりよく手当てをしてくれたようだ。それになにやら冷たい。頭をちょっと上げて自分の胸元を見おろすと、シャツが濡《ぬ》れて黒くなっている。唇をなめると水の味がした。驚いて目をしばたたかせた。口の中で舌が腫《は》れ上がっているような気がした。

　少年はそばにしゃがんでいた。ガンスリンガーが目を開いたのを見ると、背後に手を伸ばし、水の入っているひしゃげたブリキの缶をガンスリンガーに差し出した。かれは震える手でそれをつかむと、少し飲んだ――ほんのひと口だけ。水はのどをくだって胃に落ち着いた。そこでさらにもう少し飲んだ。残りを顔にかけて、その冷たさに奇声を発した。少年の愛らしい唇が上品にほころんでかすかに笑みを形作った。

「なにか食べる？」

「いや、まだいい」日射病による頭痛がまだ残っていた。それに胃におさまった水のぐあいがおかしい。まるで、自分の居所がわからないようだ。「おまえはだれだ？」

「ジョン・チェンバーズ。ジェイクと呼んで。ぼくには友だちがいて――えーと、まあ、そんな感じの人で、ぼくの家で働いている女の人なんだ――ぼくのことをときどきバーマって呼ぶけど、でも、ジェイクでいいよ」

　ガンスリンガーは上体を起こした。すると急激に頭痛がひどくなった。前かがみになり、こらえきれずに水を吐いた。

「水ならもっとあるよ」

　そう言うと、ジェイクはブリキ缶を手に取り、馬小屋の裏手のほうへ歩きかけた。そして立ち止まると、問いかけるような面持ちでふり返った。ガンスリンガーは少年にうなずいてやってから、両手を頭のうしろで組んでふたたび横たわった。少年は育ちがよく、見た目もいい。おそらく、十歳か十一歳といったところか。表情におびえているところがあるが、当然のことだ。もし、こんな状況で恐怖を覚えていないとしたら、ぎゃくに信用がおけない。

馬小屋の裏手でなにやら奇妙な重々しい打撃音が聞こえだした。ガンスリンガーは警戒して頭を上げた。両手が素早く腰の二丁拳銃《けんじゅう》をつかむ。得体の知れない物音は十五秒ほどつづいてとだえた。やがて少年が戻ってきた。手に缶を持っている――水がなみなみとつがれていた。

ガンスリンガーはあらためて慎重に水を飲んだ。今度はすこしましだった。頭痛もおさまりはじめている。

「おじさんが倒れたとき、どうしたらいいかわからなかったんだ。そのちょっとまえは、ぼく、撃たれるかと思ったし」

「そうなっていたかもしれんな。おれはおまえをほかのやつと見まちがえていた」

「司祭と？」

ガンスリンガーは射ぬくようなまなざしを少年に向けた。

少年は眉根《まゆね》を寄せながらガンスリンガーの様子をうかがった。

「その人、ここの前庭で野宿したんだ。ぼくはそこの家の中にいた。というか、そこの停車場だね。その人、いやな感じがしたから、ぼくは出ていかなかった。夜に来て、翌朝には行っちゃったよ。おじさんが来たときも隠れていたかったんだけど、そのときは寝ていてわからなかった」少年はガンスリンガーの顔にそっと視線を向けた。「ぼく、人に会うのがきらいなんだ。ひどい目にあうから」

「そいつはどんな格好をしていた？」

少年は肩をすくめた。

「司祭みたいな。黒い服を着ていた」

「頭巾《ずきん》に法衣《カソック》か？」

「法衣《カソック》って？」

「長いゆったりした外套《がいとう》だ。ロングドレスのような」

少年はうなずいた。

「うん、おじさんの言うとおりだよ」

ガンスリンガーは身を乗り出した。なにやら剣呑《けんのん》な表情をしていたのだろう。少年をわずかにあとずさりさせた。

「どのぐらいまえのことだ？　教えてくれ、頼む」

「ぼく……ぼくは……」

はやる気持ちをぐっと抑えて、ガンスリンガーは言った。

「おまえに危害をくわえるつもりはない」

「わからない。覚えてないんだ。毎日がおなじようだから」

そのときになって初めて、ガンスリンガーは事態の不自然なことに気づいた。いったいどのようにして、この少年はやって来たのだ。乾ききったこの果てしない砂漠に。ここはまっとうな人間の生きられる場所ではない。だが、そのようなことは問題ではない。いまのところは、少なくとも。

「できるだけ思い出してみろ。だいぶまえのことか？」

「ううん。そんなにまえじゃない。ぼく、ここに来たのは最近のことだから」

いまひとたびガンスリンガーは元気が出てきた。缶を勢いよくつかんで水を飲んだ。両手の震えはだいぶおさまっている。またしても童謡の断片がわきあがってきたが、今回は母親の顔ではなく額に傷跡のあるアリスの顔が目に浮かんだ。いまは廃墟《はいきょ》と化したタルの町で自分の性の捌《は》け口となった女だ。

「一週間前か？　二週間？　それとも三週間？」

少年はガンスリンガーを心ここにあらずといった表情で見つめた。

「うん」

「うん、じゃわからん、何週間前だ？」

「一週間。でなきゃ二週間」少年は顔を少し赤らめながら視線をそらした。「正確には、三回前のウンチのとき。いまじゃあ、それでしか日にちが計れないんだ。あの人、水も飲まなかった。司祭の幽霊かもしれないと思ったよ。一度見たことのある映画に出てくるみたいなね。怪傑ゾロだけが、そいつは司祭でも幽霊でもないって見ぬくんだ。その正体は、金が埋もれているという理由で土地をねらっていたただの銀行家なのさ。その映画、ミセス・ショーに連れていってもらったんだ。タイムズスクエアにある映画館だよ」

ガンスリンガーにとってはなんら意味をなさない内容だったので、なにも言わずに黙っていた。

「こわかったよ。ぼく、ほとんどいつもおびえているんだ」と言って、少年は超音波によって割れる寸前に震えるクリスタルグラスのような表情をした。「あの人、火をおこしもしなかった。そこにすわっていただけなんだ。眠ったかどうかさえわからないな」

近いぞ！　これまでになく接近している！　極度の脱水状態におちいっているにもかかわらず、ガンスリンガーは両手がかすかに汗ばみ、脂ぎってくるのを感じた。

「干した肉もあるよ」

「そうか」ガンスリンガーはうなずいた。「ありがたい」

少年は肉を取りに立ち上がった。膝《ひざ》の関節がかすかに鳴った。が、少年はきりりとした姿をしている。いまのところ砂漠は烈風と灼熱《しゃくねつ》で少年をへこませるにはいたっていない。両腕はやせている。だが、皮膚は日焼けしてはいるものの、乾燥してひび割れてはいない。生き生きとしている、とガンスリンガーは思った。さらには腹に一物ありそうだ。その気になれば、おれが意識を失っているあいだに銃をぬき取って、おれを撃ち殺すこともできただろうに。

まあ、たんにそんなことは思いもしなかったのかもしれないが。

　ガンスリンガーはいま一度缶から水を飲んだ。腹に一物あろうとなかろうと、少年はこの場所の住民ではない。

　ジェイクは、日にさらされたパン切り台のようなものの上に干した肉を盛って戻ってきた。肉は筋張って固く、しかも塩っぽくて、ガンスリンガーのただれた口内に悲鳴をあげさせるのにじゅうぶんな代物だった。それをかれは顎《あご》がだるくなるまで噛《か》み、水で流しこんでから一息ついた。少年は奇妙に優美なしぐさで黒い筋をつまみ取りながら、少し口にしただけだった。

　ガンスリンガーは少年をしげしげと見つめ、少年はかれを遠慮なくじろじろ見返した。

「どこからきたんだ、ジェイク？」ガンスリンガーはついにたずねた。

「わからない」少年は困った表情をした。「最初はわかっていたんだ。ここに来たときは。でも、いまではなにもかもぼんやりしている。目覚めながら悪夢を見ているような感じ。ぼく、しょっちゅう悪夢を見るんだ。ミセス・ショーがよく言ってたけど、それって11チャンネルのホラー映画の見すぎなんだって」

「通路《チャネル》だって？」突飛な考えがガンスリンガーの頭に浮かんだ。「それは光《ビーム》の道のようなものか？」

「ううん――テレビ《TV》だよ」

「なんだ、そのティーヴィーとは？」

「あのう――」少年は額に手をあてた。「映画さ」

「おまえは、だれかに運ばれてここにきたのか？　そのミセス・ショーに？」

「ちがうよ。ただ気がついたら、ここにいたんだ」

「ミセス・ショーってだれだ？」

「わからない」

「その女性は、なぜおまえのことをバーマと呼ぶ？」

「おぼえていない」

「おまえの言うことは筋がとおっていない」ガンスリンガーは抑揚を欠いた口調で言った。

不意に少年は涙ぐんだ。

「どうしようもないんだ。ただ、ここにいたんだ。もし、おじさんにテレビやチャンネルのことを昨日きかれたとしたら、きっと思い出せたのにちがいない！　明日《あした》になったら、たぶん、自分がジェイクだってことも忘れているよ――おじさんが教えてくれなければね。おじさん、いなくなっちゃうんでしょ？　どうせどっかに行っちゃうんだ。で、ぼくは飢え死にする。おじさんがぼくのぶんの肉をほとんど食べちゃったからね。こんなとこ連れてきてくれなんてだれにも頼んでない。きらいだよ、この場所。薄気味悪いもの」

「めそめそするな。しっかりしろ」

「こんなところ、来たくなかったんだ」少年はとほうにくれながらも抵抗するように言った。

ガンスリンガーはもうひとつ肉片を口に入れ、塩気がなくなるまでよく嚙んでから飲みこんだ。この少年はまきぞえをくったのだ。ガンスリンガーは思った。少年は本当のことを言っている——望んでここに来たわけではない。気の毒に。それにくらべておれ自身は……自分の意志でここにやってきた。だが、この追跡劇がここまで凄惨《せいさん》なものになるとは思っていなかった。タルの住民に銃をぶっ放すことなど望んでいなかった。アリスを殺したくなかった。死の間際、彼女の憂いを含んだ、かつては美しかった顔には禁じられた秘密が刻印されていた。鍵穴《かぎあな》に鍵を入れるようにして、あの〈十九〉という言葉を口にして、彼女はついに禁断の地に入ることを望んだのだ。また、おれは積年の義務感と死力をつくした殺戮《さつりく》とのいずれかの選択を迫られることなど願いはしなかった。事情を知らぬ一般人を参加させ、奇妙な舞台でかれら自身理解していないセリフを語らせるこの追跡劇の展開は正しくない。アリス、少なくともアリスは、この世界に属していた。まあ、彼女なりの自己幻想にのっとってだが。しかし、この少年……このいたいけな少年は……。

「覚えていることを話してくれ」

「少ししかないよ。それだってもうわけがわからないものだけど」

「話せ。おれにはわかることがあるかもしれん」

少年はどこからはじめようかと考えた。かなり困難な作業だ。

「ある場所があった……ここに来る前のことだけど。たくさんの部屋と中庭があって、ものすごく高いところにある場所だよ。そこから同じように高い建物と水が見えた。水の中には像が立っていた」

「水の中の立像？」

「うん。女の人で冠をかぶっていて、片手に松明《たいまつ》を掲げ、もう一方の手には……たぶん……本を持っていた」

「おまえ、話をでっちあげているのか？」

「たぶん、そうかも」少年はどうしようもないんだといった口調で言った。「大きな通りには乗り物が走っていた。大きいのとか小さいのとか。大きいのは青と白。小さいのは黄色だった。黄色いのがいっぱい走ってたよ。ぼくは学校に向かっていた。大通りの脇にはコンクリートの小道があるんだ。建物がずらっと並んでいた。みなそれぞれ飾り窓があって、中を覗《のぞ》くと、服を着た像がたくさん置かれている。服を売る像なんだね。なんだかバカみたいに聞こえるけど。でも、像が服を売ってるんだよ」

　ガンスリンガーはかぶりをふり、少年の顔に嘘をついているきざしはないかとさぐった。そんな兆候は見あたらなかった。

「ぼくは学校に向かっていた」少年は確固とした口調でくりかえした。「そして手には」少年は両目を半眼にして、なにかをさぐるように唇を動かした。「茶色の……本……バッグ。いや、ランチボックスを持っていた。それから首には」ふたたび唇をもぞもぞと動かした。こんどはなにやら苦しげだ。「ネクタイをしていた」

「首に巻くスカーフのようなものか？」

「わからない」少年の指が無意識のうちに動いて、ゆっくりと首をしめるしぐさをした。それを見て、ガンスリンガーは縛り首を連想した。「わからないよ。みんな頭の中から出ていっちゃったんだ」と言って、ジェイクは視線をそらした。

「眠らせてやろうか？」

「眠くないよ」

「おれが眠くさせてやる。そうすると、いろいろと思い出せるぞ」

ジェイクは疑心暗鬼の口調できいた。

「そんなこと、どうやってできるの？」

「こうするんだ」

ガンスリンガーはガンベルトから弾丸をひとつぬき取ると、指先でクルクルまわした。巧みな指さばきだった。まるで油が流れるように滑らかだ。弾丸は親指から人差し指へ、人差し指から中指へ、中指から薬指へ、薬指から小指へとよどみなく回転していく。消えたかと思うと現れる。一瞬、宙に浮いたかと思うとくるりと反転する。弾丸はガンスリンガーの指のあいだを自在に渡り歩いた。この場所まで最後の数マイルを、かれの脚が意識朦朧《もうろう》状態のガンスリンガーを運んできたように、かれの指にもそれ自身の意志があって弾丸を動かしているかと思われた。少年はじっと見守った。疑念は単純な喜びにとってかわられ、つづいて心をすっかり奪われ、やがて闇が意識に降りてきて瞼《まぶた》が閉じられた。弾丸はガンスリンガーの指のあいだを踊りつづけている。ジェイクの両目がふたたび開けられた。そしていましばしガンスリンガーの指のあいだを素早く行き交う弾丸に見とれてから、もう一度目を閉じた。ガンスリンガーは鮮やかな指さばきをつづけていたが、ジェイクはもう目を開けなかった。少年の息づかいは静かでゆっくりとしており、安定していた。これもおれの追跡劇の必然的な一部なのか？　そのとおり。こうした事態の展開には、波が氷山の縁を浸食して描き出すレース模様にも似た冷たい美があるではないか。ガンスリンガーはいま一度、母親の歌声を耳にしたような気がした。スペインに降る雨についてのノンセンスな童謡ではなく、今回は、腕の中で揺られてまどろんでいるときのようなはるか遠くから聞こえてくる、もっと甘美なノンセンス詩の子守り歌だ。ねんねんころり、愛《いと》しい赤ちゃん、あなたの籠《かご》をここに持ってきて。

　病んだ心のぬめった暗緑色の鉱泉を味わうのは、なにもこれが初めてではない。人知を超えた優美な指さばきに操られていた弾丸の舞いは、突然、化け物のうごきまわるおぞましい軌跡となった。ガンスリンガーは弾丸を指先から落とし、手のひらで受け止めると、力いっぱい握りしめた。この瞬間、掌中の弾丸が破裂しても、ガンスリンガーは特殊な才能に恵まれた手の喪失をよろこんだだろう。なにしろ、そのゆいいつ真の才能とは殺人の技なのだから。この世には昔から殺人はあった。だが、そんなことを言ってもらったところで、少しも慰めにはならない。殺人、暴行、口にするのもおぞましい行為があった。それらはすべて善のため、血塗られた善、血染めの神話、聖杯、〈暗黒の塔〉のために行なわれたのだ。ああ、〈塔〉は、万物の中央のどこかで（と人々は言う）、その黒い巨体を天高くそびえさせている。そしていま、砂塵《さじん》にゴシゴシと洗われたガンスリンガーの耳に母親の美しい声がかすかに聞こえていた。十七《チューシット》、十八《チーシット》、十九《チャーシット》、あなたの籠をいっぱいにするぐらい持ってきて。

ガンスリンガーはノンセンスな子守り歌を、その歌の甘美な思い出を払いのけた。

「母上、どこにいるのです？」

Ⅲ

ジェイク・チェンバーズ——ときにはバーマ——は学生カバンを持って階段を降りていく。カバンには地球科学と地理学の教科書、ノートとエンピツ、そして手作り弁当が入っている。変な臭いがこもらないように換気扇がいつでもまわっている最新設備のキッチンで、家政婦のミセス・グレタ・ショーが作ってくれたのだ。弁当の中身は、ピーナッツバターとジャムのサンドイッチにボローニャ・ソーセージとレタスとタマネギのサンドイッチ、それとオレオのチョコレート・ビスケットが四枚といったメニュー。ジェイクは両親に嫌われているわけではない。だが、ほったらかしにされているようだ。

両親は息子の面倒をミセス・グレタ・ショーや何人もいる子守りにたくし、夏休みには家庭教師にまかせ、ふだんはパイパー・スクール（私立の名門で、先生と生徒は白人の子女ばかり）にゆだねるといったぐあいである。ジェイクのめんどうを見てくれる人々は、自分を実際以上のものであるように見せかけることはない――みなそれぞれの分野で最良の専門家だからだ。かれらがジェイクを温かく抱きしめてくれることはない。その手の愛情のこもった抱擁場面は、母親が愛読している歴史《ヒストリカル》ロマンス小説の中で頻繁に描かれている。ジェイクは、母親のロマンス本を盗み見て、〝濡《ぬ》れ場〟を探したことがある。ヒステリカル小説だ、父親に言わせればそういうことだ。ときには、もっとあからさまに、女性向けポルノ小説だと吐き捨てることもある。「あんたが夫婦の会話をもとうとしないから、こんなもの読んでるのよ」ジェイクが立ち聞きしている寝室のドアの向こうで、母親が軽蔑《けいべつ》しきった口調で父親に答える。ジェイクの父親は全米規模のテレビ局〈ザ・ネットワーク〉に勤めている。だからとても忙しい。めったに家にいない。でも、ジェイクは、その気になれば、多くの男たちが集まっている場所で父親の顔ぐらいは見わけられる。たぶん。

ジェイクは、ミセス・ショーは別として、あらゆる類《たぐい》の専門家を嫌っているが、本人はそのことに気づいていない。人と接するといつだってどぎまぎしてしまうのだ。やせぎすだがセクシーな母親は、悪趣味な友人たちとちょくちょくベッドを共にしている。ときおり父親は、〈ザ・ネットワーク〉の同僚で〝コカ・コーラを摂取しすぎている〟

連中の話をする。そのさい、きまって父親はおかしくもないのにニヤリと笑って、素早く親指の爪を嗅《か》ぐしぐさをする。

いま、かれは外にいる。ジェイク・チェンバーズは通りにいる。かれは街を行く。ジェイクは、身なりはきちんとしているし、行儀がよく、器量もよく、感性豊かな少年だ。かれは週に一度、ミッド・タウン・レーンでボウリングをする。友だちはいない。ただの知り合いならいるが。だからといって、けっして気に病むことはない。悲しいことではあるけれど。それぞれの道の専門家たちと長いあいだつきあっているおかげで、ジェイクは自分がかれらの特性を受けついでしまっていることに気づいていないか、もしくは気づいていても理解していない。ミセス・グレタ・ショー（他の専門家たちよりましだが、まあ、それは残念賞のようなものだ）は、本職はだしのサンドイッチを作る。パンの耳を切り落として四分の一に四角く整えた本格的なサンドイッチのおかげで、四時限目に体育館でランチをとるジェイクの姿ときたら、まるでカクテルパーティに出席しているかのようだ。ただし、片手にはアルコールの入ったグラスではなく、学校の図書館で借りたスポーツ小説やクレイ・ブレイズデルのウエスタン小説だったりするのだが。

ジェイクの父親はとてつもなく金を稼ぐ。というのも、〝撃墜王〟だからだ。つまり、競争相手のネットワーク上のたいしたことのない番組に対して、自社の強力な番組をぶつけるのに長《た》けているのである。父親は、一日にタバコを四箱も吸う。咳《せき》はしない。歯をむきだしてニヤリと笑う。そして、ときおり例の〝コカ・コーラ〟をたしなむことをよしとしている。

ジェイクは通りを進む。母親は息子にタクシー代を置いて外出するが、かれは雨が降らないかぎり毎日歩くことにしている。学生カバン（ときには、ボウリングのバッグのこともあるが、たいていそれはロッカーに置きっぱなしになっている）をふりながら通りを歩く、金髪で青い目をした典型的なアメリカの小柄な少年。すでに少女たちはジェイクのことを意識している（彼女たちの母親のお墨付きだ）。かれは小生意気な少年の傲慢《ごうまん》さで、少女たちに対しておじけづくこともない。彼女たちには未知の専門家的物言いで話しかけ煙に巻く。ジェイクのお気に入りは地理と放課後にするボウリング。かれの父親は、ボウリングのピンを自動的にセットする機械の製造会社の株を持っているが、ジェイクの行きつけのボウリング場、ミッド・タウン・レーンはその会社の機械を使っていない。そんなことを考えたうえでボウリング場を決めたわけではない。が、実際には考えぬかれた行動だった。

街を行きながら、ブルーミーの店の前を通る。ディスプレイウィンドウの中でモデルが毛皮や六つボタンのエドワード朝風のスーツを着て立っている。なかには何も着ていないモデルもいる。文字どおり一糸まとわぬ姿。そうしたモデルたち――マネキン人形たち――は完璧《かんぺき》な専門家たちだ。そしてジェイクは、ありとあらゆるプロ意識が嫌いだ。自己嫌悪にいたるにはまだ若すぎるが、すでにその種子はまかれている。時がたてば、それは成長して苦い果実を実らせるだろう。

ジェイクは通りの角に来ると、カバンを脇にして立ち止まった。車が轟音《ごうおん》をたてて行き交う――青と白のバス、黄色いタクシー、フォルクスワーゲン、大きなトラックなどがブーブー音をたてて通りすぎていく。ジェイクは少年だが、並みのガキではない。だから、自分を殺しにやってくる男の姿を目の端にとらえる。黒衣の男だ。顔は見えない。ひるがえる長い黒衣の裾《すそ》とこちらに向かって突き出される両手、そして歯をむき出しにした殺しのプロの薄笑いしか目に入らない。ジェイクは車道に突き飛ばされる。そのさい、両腕を前に伸ばしながらもカバンは手放さないようにする。ミセス・グレタ・ショーの専門家も青ざめるほど極上のサンドイッチが入っているからだ。迫ってくる車のフロントの偏光ガラスの向こうに、小粋《こいき》な羽飾りの付いた紺色の帽子をかぶったビジネスマンの驚愕《きょうがく》した顔が一瞬見える。どこかでラジオがロックンロールを流している。向こうの角で年配の女性が悲鳴をあげる――彼女はベールネットの垂れた黒い帽子をかぶっている。その黒いベールネットは少しも小粋ではない。まるで弔問者のベールだ。ジェイクは驚き、うろたえているだけだ――こんな感じで死んじゃうの？　まだボウリングで二七〇より上のスコアを出したことがないのに？　かれは車道にたたきつけられ、五センチ目の前のアスファルトの亀裂《きれつ》が目に入る。落下の衝撃で学生カバンが手から吹っ飛ぶ。膝《ひざ》をすりむいたかなとぼんやり考えているところを、羽を小粋に付けた青い帽子をかぶったビジネスマンの運転する車に轢《ひ》かれる。一九七六年型キャデラックだ。タイヤはファイアストーン社製のホワイトウォール。車の色はビジネスマンの帽子のそれとおそろい。キャデラックは少年の背骨を粉砕し、内臓を破裂させる。それでジェイクは口から血を勢いよく噴き出す。首をめぐらせると、キャデラックのテイルライトが赤く点灯し、急停止したタイヤの下から煙が立ち昇るのが見える。車は学生カバンも轢いて、見事にタイヤの跡を黒々と残している。反対側に顔を向けると、数インチ手前で大きな灰色のフォードがタイヤをきしらせて急停止するのが目に飛びこんでくる。手押し車の屋台でプレッツェルとソーダを売っていた黒人がこちらに向かって走ってくる。いまやジェイクの鼻、耳、目、肛門《こうもん》は出血している。睾丸《こうがん》は無残にもつぶれてしまった。ジェイクは腹立たしげに思う。こりゃあ、けっこうひどく膝をすりむいちゃったかも。また、学校に遅刻してしまうだろうかとも思う。キャデラックを運転していた男がなにやら口走りながら駆け寄ってくる。どこかで落ち着き払った薄気味の悪い声、死を宣告する声が聞こえる。

「わたしは聖職者です。さあ、通してください。悔い改めのお祈りを……」

ジェイクは黒衣を見て、不意に恐怖を覚える。あいつだ、黒衣の男。ジェイクは最後の力をふりしぼって顔をそむける。どこかでラジオからロックグループ、キッスのナンバーが流れている。ジェイクは車道に自分の手がだらりと横たわっているのを見る。小さくて色白で形がいい。これまで爪を噛《か》んだこともない。

自分の手を見つめながら、ジェイクは息絶える。

Ⅳ

ガンスリンガーは懸命に考えようとして険しい顔つきになった。疲れていた。身体《からだ》じゅうが痛み、頭の血のめぐりはいらだつほどに悪い。目の前では、得体の知れない少年が両手を膝にかさね、おだやかな寝息をたてている。少年はさほどの感情をまじえずに自分の話を語った。ただし、終わり近くになって声が震えた。「聖職者」と「悔い改めのお祈り」の言葉を口にするときだ。少年は、もちろん、自分の家族や自分の内なる二面性に対するとまどいについてくわしく語らなかったが、それらはどのみち言葉のはしばしから染み出ていた――ガンスリンガーがその大まかな輪郭を容易につかみとることができるほどに。少年が語ったような街はけっして存在したことがない（その街が、いまや神話となっている都市ラドでなければの話だが）。そのこと自体はたいしてガンスリンガーを動揺させなかった。だが、気になった。大いに不安にさせられる話だ。ガンスリンガーは、少年の話には何かほかの意味合いがこめられているのではないかと懸念した。

「ジェイク？」

「う、ううん？」

「目を覚ましたとき、いま自分が話したことを覚えていたいか、それとも忘れたいか？」

「忘れたい」少年は即答した。「血を吐いたとき、自分のクソを食べたみたいだったもん」

「よし。おまえはこれから眠る、いいな？　今度はほんとうの眠りだ。さあ、横になれ、そのほうが楽なら」

　ジェイクは横たわった。いかにもおとなしくて害のない小柄な少年のように見える。だが、ガンスリンガーは、少年に害がないとは思わなかった。不吉な雰囲気がまとわりついている。あらたな罠《わな》の匂いがする。その雰囲気は気にくわないが、少年のことは気に入った。ガンスリンガーは少年のことが大好きになっていた。

「ジェイク？」

「シーッ、ぼく、寝るよ。眠りたいんだ」

「そうか。目が覚めたら、この一件はなにも覚えていないからな」

「うん。いいよ」

　ガンスリンガーは、ほんのしばらくのあいだ少年を見守りながら、自分の少年時代のことを考えた。いつもは他人——おとぎ話に出てくる時間を超えるレンズから飛び出してだれか別人になってしまった人間——の体験のように思えていたが、いまはその時期のことが身近に感じられる。中間駅の馬小屋の中はかなり暑かった。ガンスリンガーは用心しながらもう少し水を飲んだ。それから立ち上がると、建物の裏手にまわり、馬をつなぐ仕切りのひとつを覗《のぞ》きこんだ。隅に白っぽい干し草が小さな山となって積まれていて毛布がきちんとたたまれているが、馬の匂いはしない。それをいうなら、馬小屋はなんの匂いもしなかった。太陽がすべての匂いをぬきとってしまい、あとにはなにも残さなかったのだ。空気はまったくの無味無臭だった。

馬小屋の裏には暗い小部屋があり、その中央にステンレス製の機械装置がすえられていた。錆《さび》はないし腐食もしていない。かきまわしてバターを作る攪乳機《かくにゅうき》に似ている。左の横腹からクローム製のパイプが突き出て床の排水溝の上に伸びている。ガンスリンガーは、これまで何カ所もの乾燥した土地でこれと似たポンプを目にしたことがあったが、これほど大がかりな装置は初めてだった。砂漠の下の隠れた永劫《えいごう》の闇に横たわる水脈にぶつかるまで、人々（遠い昔に生きていた人々）はどれぐらい深く掘らなければならなかったのか想像を絶する。

中間駅が廃止になったとき、どうしてポンプは除去されなかったのだ？　妖魔《ようま》たちのせいだ、おそらくは。

ガンスリンガーは思わず身震いし、背筋が引きつるのを感じた。ざわざわと鳥肌が立ち、やがて引いていった。かれはポンプのコントロール・スイッチに近づいてボタンを押した。装置がうなりだした。三十秒ほどすると、パイプから冷たくてきれいな水が噴出して床の排水溝に落下し、ふたたび地の底へと吸収された。およそ十リットルほど水をほとばしらせたのち、ポンプは最後にカチッと音を立ててひとりでに停止した。その機械装置は、この時代と場所においては、真実の愛と同じように縁もゆかりもない異なものだった。にもかかわらず、それは最後の審判のように確たるものとして眼前にある、まだ世界が変転していなかったころの無言の遺物だった。おそらく核燃料で作動しているのだろう。ここ一千キロ四方に電気はないし、乾電池ではこれほどの歳月もつわけがない。このポンプはノース・セントラル・ポジトロニクス社製だ。ガンスリンガーはその企業がきらいだった。

馬小屋に戻り、片手を頬の下にあてがって寝ているジェイクのかたわらにすわった。見るからに美少年だ。ガンスリンガーはまた水を飲み、脚を組みなおして胡坐《あぐら》をかいた。少年は、砂漠のとば口でカラスと暮らしていた若い農夫のように（ゾルタンだ、だしぬけにガンスリンガーはカラスの名前がゾルタンであることを思い出した）、時の感覚を喪失している。だが、自分は黒衣の男に接近していることはまちがいなさそうだ。これが初めてというわけではないが、ガンスリンガーは、黒衣の男はなんらかの理由で自分に追いつかれるようにしているのではないだろうかと思った。たぶん、おれはやつの手の中で踊らされているのだ。はたしてやつとの一騎打ちはどのようなものになるのやら。想像もつかん。

ものすごく暑い。だが、もう気分は悪くない。またもや子守り歌が頭の中にわきあがってきた。しかし今回は、母親ではなくコートのことを思い出した——コート、石礫《いしつぶて》や銃弾、鈍器による傷の縫い跡だらけの顔をしていた不死身の男。実戦と武術の訓練による傷痕《しょうこん》だ。コートはそうした数多《あまた》の傷痕とくらべても見劣りのしない死に物狂いの恋をしたことがあっただろうか。あやしいものだ。ガンスリンガーはスーザンのことを想った。つづいて母親を、そして出来そこないの魔道師マーテンのことが瞼《まぶた》に浮かんだ。

ガンスリンガーは過ぎ去ったことをいつまでもくよくよ考える性質《たち》ではない。ただ、未来や自身の感情についておぼろげながら理解することで、想像力の欠如した剣呑《けんのん》なバカであることをまぬがれている。それゆえ、つぎからつぎへと過去の知人たちの名前が浮かんでくることに我ながら驚いた。ひとつの名前が他の名前を呼び起こしていく――カスバート、アラン、震え声の年老いたジョナス。そしてふたたびスーザン、窓辺の愛らしい少女。過去への想いは、いつだってスーザンへと舞い戻る。また、ドロップとして知られるゆるやかな起伏の平原や〈汚《けが》れなき海〉の入り江で網を投じる漁師たちが想起される。

タルのピアノ弾き（かれもまた死んだが、そもそもタルの住民はガンスリンガーの手にかかって皆殺しになった）はそうした場所を知っていたひとりだ。ガンスリンガーとそのピアノ弾きは、かの地で一度しか言葉をかわさなかったが。ピアノ弾きのシェブは古い歌が好きだった。かつてかれは、そうした年代ものの曲を〈旅人の宿泊所〉と呼ばれる酒場で演奏していたのだ。ガンスリンガーは、古い歌の一曲をそっと口ずさんだ。

恋、ああ、恋、ああ、ゆきずりの恋
ゆきずりの恋がどうなったか見てごらん

ガンスリンガーは声をたてて笑い、物思いにふけった。おれは緑豊かで暖かかった世界の最後の生き残りだ。郷愁の念にかられたが、自己憐憫《れんびん》にはおちいらなかった。世界は無情にも変転してしまったが、おれの健脚はまだおとろえていない。そして黒衣の男に追い迫っている。ガンスリンガーはうとうとしはじめた。

V

目覚めると、黄昏《たそがれ》どきになっており、少年の姿はなかった。関節《ふしぶし》がポキポキ鳴るのを耳にしながら起き上がり、馬小屋のドアのところへ行った。旅籠《はたご》のポーチの暗がりで小さな炎が躍っているのが見える。ガンスリンガーは、残照の赤みがかった黄土色に染まっている風景の中を、長くて黒い影を引きずりながら火影に向かって歩いた。

ジェイクはケロシン・ランプのそばにすわっていた。

「ドラム缶に油が入ってたんだ。でも、家の中で焚《た》くのはこわかった。なにもかも乾燥

している から——」

「そのとおりだ」

ガンスリンガーはすわった。尻《しり》のまわりに積年の埃《ほこり》が舞い上がるのを目にしたが、別になんとも思わなかった。ふたりの体重がかかってもポーチが簡単にくずれ落ちないのが不思議だ。ランプの明かりが少年の顔に微妙な陰影を描き出している。ガンスリンガーは袋を取り出し、紙タバコを巻いた。

「おれたち、ちょいとおしゃべりしないといかんな」

ジェイクは、おしゃべりという言葉に微笑みながらうなずいた。

「もうわかっているだろうが、おれは、おまえが見た男を追っている」

「あの人を殺すつもりなの？」

「わからん。やつに口をわらせなければならんのだ。場合によっては、ある場所へおれを案内させなければならん」

「どこへ？」

「〈塔〉のある場所だ」

ガンスリンガーは、ランプの火屋にタバコをかざして火を吸いつけた。夕風が吹いてきて煙をたなびかせた。それを見つめるジェイクの表情には恐れも好奇心も、その手の強い情動は見られない。

「だから、おれは明日《あした》、発《た》つ。いっしょに来てもいいぞ。干し肉はどのぐらい残ってる？」

「ほんの少し」

「トウモロコシは？」

「それより少し多いぐらい」

　ガンスリンガーはうなずいた。

「ここには地下室があるか？」

「うん」ジェイクはガンスリンガーに顔を向けた。両目が飛び出しそうに見開かれている。「床にある鉄の輪を引っぱって開けるんだ。でも、ぼくはまだ降りてない。ひょっとして梯子《はしご》が折れたりして、あがれなくなっちゃうのがこわかったから。それに臭いし。このあたりでなにか臭いがするのは、その地下室だけだよ」

「明日、早く起きて、そこになにか役立つものがあるかどうか見てみよう。それから出発だ」

「うん、わかった」少年はひと呼吸置いてから言った。「おじさんが眠っているあいだに殺さなくてよかった。熊手があるんだけど、それを使ってやろうかなって考えていたんだ。でも、そうしなかった。だって、これでもうひとりきりじゃないから、寝るのがこわくないもの」

「なにを恐れている？」

　少年は薄気味悪そうな顔をしてガンスリンガーを見つめた。

「おばけさ。あいつが戻ってくるかもしれない」

「黒衣の男か」ガンスリンガーは言ったが、少年に問いただしたわけではない。

「うん。あいつ、悪いやつなの？」

「人それぞれの立場によって見方がちがう」ガンスリンガーは気のぬけた口調で言った。そして立ち上がると、タバコを地面に放った。「さて、寝るとするか」

少年はおずおずとガンスリンガーを見上げた。

「おじさんといっしょに馬小屋で寝てもいい？」

「ああ、いいぞ」

ガンスリンガーはポーチの階段に立って空を見上げた。少年もそうした。〈いにしえの星〉が昇っていた。〈いにしえの母〉も輝いている。目を閉じれば、春の訪れを報《しら》せる小鳥たちのさえずりが聞こえるような気がする。同時に、刈ったばかりの芝のコートの青々とした初夏の緑の匂いがするようだ（ポインツ・コートのしだいに闇が濃密になっていく夕暮れのなか、建物の東翼の淑女たちが丈の短いドレス姿でクロケーのボールを打ち興じる音までが聞こえてきそうだ）。そして生け垣の切れ目をぬけて、いっしょに乗馬をしようと誘いにくるカスバートとジェミーの姿が瞼《まぶた》の裏にありありと浮かんでくる……。

これほど過去のことを想うとは自分らしくない。

ガンスリンガーはふり返ってランプを取り上げた。

「さあ、寝るか」

ふたりは連れ立って馬小屋へ向かった。

VI

翌朝、ガンスリンガーは地下室を調べた。

ジェイクの言ったとおりだった。ひどい臭いだ。ヘドロだらけの沼地を思わせる湿った悪臭。熱で殺菌状態になった砂漠と馬小屋の空気になじんだあとでは、吐き気と軽い頭痛をもよおさせる。長いあいだ日の目を見なかったキャベツとカブとジャガイモが腐臭をはなっている。だが、梯子はしっかりしているようだ。ガンスリンガーは降りた。

地下室の土間に立つと、梁《はり》に頭がときどきそうだった。まだクモが何匹も生きていた。灰色のまだらのあるおぞましいほどでかいやつだ。多くが奇形だった。まっとうなクモなどひさしくお目にかかったことがない。あるものには触肢に目があり、他のものには脚がよぶんに八本もある。

ガンスリンガーはあたりを見まわし、暗闇に目がなれるのを待った。

「だいじょうぶ?」ジェイクが心配そうに上から声をかけた。

「ああ」ガンスリンガーは隅に目をこらした。「缶詰がある。おまえは、そこでじっとしていろ」

ガンスリンガーは梁に用心しながら頭をかがめて隅へ向かった。片側の蓋《ふた》が折り開けられている古い段ボール箱があり、その中に缶詰が入っている——サヤインゲンとエンドウマメの野菜の缶詰だ。コーンビーフの缶詰も三個あった。

それら缶詰を両腕に抱え上げると、ガンスリンガーは梯子へ戻り、半分ほど登ったところで、膝《ひざ》をついて両手をさしのべているジェイクに手わたした。そして、さらに缶詰を取りに隅へと引き返した。

往復すること三度目、建物の土台からうめき声があがった。

ガンスリンガーはふり向き、夢の中で味わうような得体の知れない恐怖の波に襲われた。気だるくかつ不快な感じ。

土台は大きな砂岩のブロックからなっていた。おそらく、この中間駅が新しいときには均等に四隅に置かれていたのだろう。だが、いまでは好き勝手にあらぬ方角に向いている。そのために壁面は、まるで奇妙なミミズがのたくっているような象形文字が刻まれているように見える。そうした解読困難な文字のような亀裂のふたつが合わさったところから砂が細い流れとなってこぼれている。まるで、壁の向こう側でなにかが一心不乱に穴をうがっているようだ。

うめき声は高く低くうねりながらしだいに大きくなり、しまいには激痛と奮闘努力とから純粋培養された音として地下室全体に満ちあふれた。

「あがってきて！」ジェイクが金切り声をあげた。「ああ、たいへんだ、おじさん、出てきて！」

「はなれていろ」ガンスリンガーは落ち着いた口調で言った。「外で待て。おまえが二百……いや三百数えおわるまで、おれがあがっていかなかったら、ここから逃げるんだ」

「あがってきてよ！」ジェイクはもう一度金切り声を張り上げた。

ガンスリンガーは答えず、右手で銃をぬいた。

いまや壁面の穴はコインほどの大きさになっている。ガンスリンガーは自分に覆いかぶさっている恐怖の幕の向こう側にジェイクが走り去っていく足音を聞いた。そのとき、砂のこぼれ落ちるのが止まった。うめき声もやんだ。だが、苦しそうな息づかいはとぎれることなく聞こえている。

「だれだ？」

返事はない。

そこでガンスリンガーは、高貴なハイ・スピーチ語を用いた命令口調で大声を張り上げた。

「なにものぞ、妖魔《ようま》か？　言え、話したいことがあるのなら。おれは悠長にかまえておれん、気が短いからな」

「いそぎなさんな」のどに引っかかった、しぼり出すような声が壁の内側から発せられた。

　ガンスリンガーは、先ほどからつづいているおぼろな恐怖感がさらに高まり、ほとんど形あるものとして迫ってくるような気がした。というのも、いま耳にしたのはアリスの声だったからだ。タルの町に滞在しているときに情交を重ねた女である。しかし、彼女は死んだはずだ。ガンスリンガーは、自分が放った銃弾に眉間《みけん》を撃ちぬかれて倒れるアリスをたしかに目撃している。幻覚が渦巻きながら眼前を下っていくような気がした。

「〈ドロワーズ〉をゆっくり進むのよ、ガンスリンガー。タヒーンには気をつけて。あの少年を連れて旅しているあいだは、黒衣の男は自分のポケットにあんたの魂を入れて先を進んでいるわ」

「どういう意味だ？　はっきり言え！」

　しかし、苦しそうな息づかいはやんでいた。

　ガンスリンガーが凍りついたように立ちつくしていると、大きなクモの一匹が片腕に落下して、肩へと必死に駆けあがった。かれは思わず声をあげてクモを払いのけ、それを契機に壁に向かって足を踏み出した。そんなことはしたくなかった。だが、身体《からだ》に染みこんでいる習性は、絶対厳守の鉄則となっている。死者から死を解き放つのだ。真のお告げを語るのは死体だけ、と古いことわざにもあるではないか。ガンスリンガーは壁の穴に近づき、鉄拳《てっけん》をお見舞いした。砂岩は穴の縁からもろくもくずれた。かれは勇気をだして、穴の中に手を突っこんだ。

なにやらこまかくでこぼこ突き出ている固いものが触れた。引き出してみる。人間の顎骨《がっこつ》だ。乱杭歯《らんぐいば》を残して関節のあたりで朽ちている。

「そういうことか」ガンスリンガーはそっと言った。そして顎骨を尻《しり》のポケットにぞんざいに入れると、缶詰の残りを両手に抱え、なんとかバランスをとりながら梯子《はしご》を登った。跳ね蓋は開けたままにしておいた。そうしておけば日光が差し込み、変形したクモどもは死に絶えるだろう。

ジェイクは馬小屋の前庭のまんなかあたり、ひび割れて荒石の多い固い地面にうずくまっていた。ガンスリンガーの姿を目にすると、悲鳴をあげて一、二歩しりぞいたが、すぐに泣きながら駆け寄ってきた。

「やられたかと思ったよ、おじさんはもうだめだって、ぼく――」

「だいじょうぶだ。たいしたことなかった」

ガンスリンガーはジェイクを抱きしめた。胸に押しつけられる少年のあたたかい顔を、脇腹をまさぐる乾いた両手を意識した。そして、早鐘のように鼓動する小さな心臓を感じた。あとになってふり返ってみると、自分がジェイクに親愛の情を抱くようになったのはこのときだった、とガンスリンガーは思った。もちろん、そうしたことは、すべて黒衣の男が仕掛けておいた罠《わな》にちがいない。愛の罠ほど人がひっかかりやすい罠がほかにあるだろうか？

「妖魔だったの？」顔をガンスリンガーの胸にうずめたままなので、声がくぐもっている。

「ああ。物言う妖魔だ。もう、あの地下室に用はない。行くぞ。すぐにでもここを発《た》とう」

ひとまず馬小屋に戻ると、ガンスリンガーは前の晩にかぶって寝た毛布に戦利品を包んだ――暑苦しいうえにチクチクするが、ほかになにもないのではしょうがない。荷造りをおえると、こんどは革袋にポンプの水を満たした。

「ひとつ持て。肩にかけるんだ――こんなぐあいに、な？」

「うん」少年は尊敬のまなざしでガンスリンガーを見あげた。そして言われたとおりに水の入った革袋を肩から吊《つ》るした。

「重すぎないか？」

「ううん。だいじょうぶ」

「ほんとうのことを言え。おまえが日射病になっても、おぶってやれんぞ」

「日射病なんかにならない。へいきだよ」

ガンスリンガーはうなずいた。

「ぼくたち、山をめざすんだね？」

「そうだ」

ふたりは、休むことなく照りつける太陽の灼熱《しゃくねつ》の中に足を踏み入れた。ジェイクはガンスリンガーの肘《ひじ》ぐらいしか背丈がなかった。その小さな少年は、ガンスリンガーの右手少し前方を歩いた。革紐《かわひも》でくって肩からかつぐようにしてぶらさげられた水袋が脛《すね》のあたりでぶらさがっている。ガンスリンガーは、ふたつの水袋をたすきがけにして、食料をくるんだ毛布を右の小脇に抱えて左手でそれを支え、右手には自分の荷物や小袋などを持った。

中間駅の山側のゲートをぬけると、薄ぼんやりと轍《わだち》のあとが残っていた。十五分ほど進んだところで、ジェイクがうしろをふり向き、二軒の建物に手をふった。それら廃屋は広大な砂漠の中で、頼りなげに身を寄せ合っているように見えた。

「さようなら！」ジェイクは声を張り上げた。「さようなら！」そして、不安そうな面持ちでガンスリンガーに向き直った。「なにかに観察されているような気がする」

「なにか、もしくはだれかに」

ガンスリンガーは認めた。

「あそこにだれかが隠れていたの？　ずっと？」

「わからん。そうは思わん」

「戻るべきかな？　戻って、そして――」

「いや。あの場所にはもう用がない」

「よかった」ジェイクは勢いこんで言った。

ふたりは歩きつづけた。駅馬車の道は、太古の氷河の漂積物でできた細長い丘陵を乗り越えて進んでいた。あたりを見まわしたが、すでに中間駅の姿は視界から去っていた。

ふたたび見わたすかぎり灼熱の砂漠だけとなった。

Ⅶ

中間駅を離れてから三日経過した。いまでは見たところ山並みがくっきりとしている。砂漠がせりあがって山のふもとの小丘につらなるあたり、つまり最初の裾野《すその》では、岩盤が勝ち誇ったように地面を突き破って無愛想な顔を覗《のぞ》かせていた。さらにその上方では、ふたたび大地は少しなだらかになっている。この数ヵ月、あるいは数年のうちで、ガンスリンガーはひさかたぶりにほんものの生きている緑を目にした。草や丈の低いトウヒが目についた。ひょっとすると柳も生えていそうだった。そうしたみずみずしい草や樹木は、さらに上方から流れてくる雪解け水に養われていた。その向こうでは、またもや天をも突く荘厳かつ巨大な岩石がせりあがっているだけの険しい道のりがまばゆい万年雪をまとった頂へと続いている。左手にはものの見事に縦に一刀両断されたような大きな峡谷があり、手前の斜面よりは小ぶりだが風化の進んだ砂岩の崖《がけ》や段丘、そしてはるか遠くの孤立した山々へ展望を開いている。この壮大な景観は、ほとんどたえまなく降っているのではないかと思われるにわか雨の灰色の薄幕のせいでぼやけて見えた。夜になると、ジェイクは眠りに落ちるまでの数分、はるかかなたの天空に剣を交えるときのきらめきにも似て空を走る稲光を見つめていた。少年は、澄み切った夜空を切り裂く青白い閃光《せんこう》に驚嘆し、かつすっかり魅了されていた。

ジェイクは、これまでのところ元気だった。身体が丈夫なだけではない。冷静沈着な意志の力で疲労と闘っているようだった。これにはガンスリンガーもすっかり感心させられた。ジェイクはあまりしゃべらず、よけいな質問もしなかった。顎骨についてさえ聞いてこない。夜、ガンスリンガーがタバコの煙をくゆらせながら、顎骨を手にためつすがめつながめているときでさえ、いったいそれはなんなの？　とたずねてこなかった。ガンスリンガーは、少年が自分の旅の道連れとなったことをかなり誇らしく思っている――おそらく有頂天にさえなっている――らしいことに気づいていた。だからこそ、ガンスリンガーは心穏やかではいられなかった。この少年は自分の行く手に仕掛けられた罠《わな》なのだ――あの少年を連れて旅しているあいだは、黒衣の男は自分のポケットにあんたの魂を入れて先を進んでいるのよ――それに、ジェイクが足手まといになっていないという事実は、そんなことよりもっと厄介な出来事へと自分を誘《いざな》っているということにほかならない。

ふたりは、黒衣の男が一定の距離を置いて野宿したあとを示す焚《た》き火に気づいていた。しかも、それらの痕跡《こんせき》は数を追うごとに真新しくなっているようだ。そして三日目の晩、ガンスリンガーは、あらたな焚き火の火影が遠く前方で揺れるのをたしかに目にした。砂漠が最初の山裾《やますそ》とまじわるあたりだ。だが、かつて思っていたほどうれしくはなかった。コートの口癖のひとつが想起された。

「もたついているふりをしているやつには気をつけろ」

中間駅から離れて四日目の午後二時ごろ、ジェイクがよろめいてころびそうになった。

「ここにすわれ」

「いいよ、だいじょうぶ」

「すわるんだ」

ジェイクは言われたとおりにした。ガンスリンガーがそばにしゃがみこんで日をさえぎってくれた。

「飲め」

「いまのところはまだ――」

「飲むんだ」

少年は水を飲み、三回のどを鳴らした。ガンスリンガーは毛布の端をぬらした。それに包まれていた食料品は、いまや残り少なくなっている。湿った毛布の端が熱で乾いたジェイクの額と手首にあてられた。

「これからは毎日、午後のいまごろ小休止しよう。十五分な。眠りたいか？」

「ううん」

ジェイクは恥じ入ったようすでガンスリンガーを見上げた。ガンスリンガーはやさしげな表情で見返した。そして、さりげなくガンベルトから弾丸をひとつぬき取り、指のあいだでクルクルと躍らせた。少年はうっとりとして見つめた。

「かっこいいね」

ガンスリンガーはうなずいた。

「まあな」一呼吸置いて先を続けた。「おまえくらいの年のころ、おれは城壁に囲まれた街に住んでいた。そのことは、もう話したか？」

ジェイクは眠たげなようすで首を横にふった。

「そうか。で、そこには悪党がいてな――」

「あの聖職者？」

「まあな、ときおりそのことを考える。ほんとうのことを言うと、あいつはふたりいるんじゃないかと思う。いまでは兄弟だと信じている。ひょっとすると、双子かもしれない。ならば、やつらがふたりそろっているところを見たことがあるのかと問われれば、それはないと答えるしかない。その悪党……そのマーテンという男は……魔法使いなのだ。マーリンのような。おまえの生まれ育った世界ではマーリンは知られているか？」

「魔術師マーリンとアーサー王と円卓の騎士」ジェイクは夢見るように言った。

ガンスリンガーは不快な衝撃が身体を突きぬけるのを感じた。

「アーサー・エルド、そのとおり。よくぞその名を口にしてくれた。おれはまだとても若かった……」

しかし、すでに少年はすわりながら眠っていた。両手が膝《ひざ》の上に行儀よくそろえて置かれている。

「ジェイク」

「はい！」

少年の返事にひどく驚かされたが、ガンスリンガーはそのことを声に出しはしなかった。

「おれが指を鳴らしたら、目を覚ませ。それまで休んで元気を取り戻すんだ。わかったか？」

「うん」

「なら、横になれ」

ガンスリンガーは小袋から道具を取り出して紙タバコを巻いた。何かがかけている。細心の注意を払って入念に思索をめぐらし、ようやくなにがなくなっているのかわかった。これまでは気も狂わんばかりに心急《こころせ》いていた。いまにも置いてきぼりをくらうかもしれないと不安だった。獲物の痕跡が失《う》せていき、ほとんど消えかけた足跡しか残っていないかもしれないとあせっていた。いまやそうした思いはまったくない。そしてガンスリンガーは、ゆっくりと確信するにいたった。黒衣の男はおれに追いついてほしいのだ。もたついているふりをしているやつには気をつけろ。

で、追いついたらどうなる？

その問いは、あまりにも漠然としているので本気で考える気になれない。カスバートなら興味を持っただろう。いきいきとした表情で取り組んだだろう（そしてたぶん、冗談の種にしたはずだ）。だが、デスチェインの角笛ともども、かれもまたもはやいない。したがって、ガンスリンガーは自分の流儀で先に進むしかなかった。

タバコを吸いながら少年の寝顔を見つめているうちに、カスバートのことを思い出した。いつも笑っていたカスバート（死ぬときも笑っていた）。コートはけっして笑わなかった。マーテンはときおり笑った——かすかに唇をゆがめるだけの声も立てない笑いで独特の凄《すご》みがあった……まるで、暗がりで半眼にしていてもそれとわかる血走った目のようだった。そして、タカのことも忘れられない。名はデイヴィッドといった。石弓を持った伝説の少年にちなんで名づけられた。デイヴィッドは殺戮《さつりく》、襲撃、威嚇《いかく》のことしか知らなかった。ガンスリンガー自身のように。デイヴィッドは生半可に手なずけられた愛玩物《あいがんぶつ》ではなかった。果し合いの試合で主役を張った。

おそらく、息を引き取るときをのぞいては。

ガンスリンガーは、胃が心臓をグッと押し上げているような感じがしたが、顔色ひとつ変えなかった。立ち昇るタバコの煙が熱い砂漠の空気に溶け込んでゆくのをながめているうちに、想いは過去へと飛んだ。

Ⅷ

空は見わたすかぎりの透明、完璧《かんぺき》に澄みきっており、雨の匂いが強力にたちこめている。同様に、生け垣と萌《も》え出《い》づる草の甘い香りもしている。おりしも春たけなわ、俗に言う〈新生大地〉の季節である。

デイヴィッドはカスバートの腕にとまっていた。その黄金色の目をした小さな生ける破壊機械は彼方《かなた》の虚空を凝視している。足革に結ばれた生皮《ローハイド》のつなぎ紐《ひも》がカスバートの腕に無造作にからまっていた。

コートはふたりの少年とは別のところに立っていた。無言のその姿は、膝あてのある革ズボンに緑のコットンシャツを着て、歩兵連隊の幅広の古ベルトをしている。シャツの緑色は生け垣とその背後にある裏庭の芝の色とひとつに溶けこんでいた。ご婦人方はまだクロケーをしに裏庭に現れていない。

「用意はいいな」ローランドはカスバートにささやいた。

「準備万端さ」カスバートは自信たっぷりに言った。「だよな、デイヴィー?」

ふたりの少年はロー・スピーチ語で話した。下僕や従者の言葉だ。かれら自身の言葉、ハイ・スピーチ語を人前で話すことが許される日はまだ遠い。

「タカ狩り日和だな。雨の匂いがわかるか？　この陽気なら――」

突然、コートが手にした鳥籠《とりかご》をかかげて戸を開け放った。籠の中からハトが飛び立ち、一刻も早く天高く舞い上がろうと必死に羽ばたいた。カスバートはつなぎ紐をほどいたが、おくれをとった。タカはすでに飛び立っていたので、紐に脚をとられて体勢をくずした。だが、翼を少しバタつかせただけで立ち直ると、上方をめざして弾丸さながらに目にも止まらぬ速さで空を突っ切り、ハトより高く舞い上がった。

コートは少年たちの立っているところへさりげなくやってくると、大きくて節くれだった拳《こぶし》をカスバートの耳にいきなりお見舞いした。少年はみごとに吹っ飛んだ。声はあげなかったが、唇は歯茎があらわになるほどめくれあがっていた。殴られた耳からひとしずくの血がゆっくりと流れて鮮やかな緑色の草の上に落ちた。

「もたつくな、ウスノロ」

カスバートはやっとの思いで立ち上がった。

「悪かった、コート。ただちょっと、おれ――」

コートの鉄拳《てっけん》がふたたび飛んだ。カスバートはもう一度横ざまに倒れた。今度は、血が勢いよく流れだした。

「ハイ・スピーチ語で話せ」コートはそっと言った。抑揚をかいた声はいささか酒気にかすれている。「おまえが死んだっておっつかないほど出来のいい連中が築きあげた文明社会の言葉で不手際をわびろ、このクソ野郎」

カスパートはふたたび立ち上がった。目に涙がキラリと光ったが、真一文字に引きしめられた唇は震えていない。

「痛恨の思い」カスパートは震えがちな息をぐっとおさえた声で言った。「いつの日かわれに銃を継承させてくれる父の顔を忘れておりました」

「そうだ、ガキ。自分のしでかした不手際をよく考えるんだな。そしてそのことを肝に銘じられるように腹をすかせていろ。夕食はぬきだ。朝飯もなし」

「ほら！」ローランドが叫びながら空を指さした。

すでにタカはハトを追いぬいて、はるか高みにいた。そして、たくましい翼を広げて羽ばたかず、澄んだ春の天空を滑空している。するとそのとき、タカは翼をたたんで石のように落下した。二羽の鳥が空中で一体となった。その一瞬、ローランドは宙に鮮血が飛び散るのを目撃したように思った。タカは勝利の甲高い鳴き声をひと声はなった。かたやハトはもがき苦しみながら翼をばたつかせて地に落ちた。ローランドはコートと懲罰を受けたカスパートをその場に残して獲物のほうへ走った。

早くもタカは自分の仕留めた餌食《えじき》のかたわらに降り立ち、その白くふくれた胸にくちばしを突き立てている。数片の羽毛がゆっくりと舞いながら落下した。

「デイヴィッド！」

ローランドは声を張り上げると、腰の小袋からウサギの肉をタカに投げあたえた。タカは肉片を宙で受け止めると、のけぞるように首をのばしてひと呑《の》みでたいらげた。ローランドはタカを紐につなごうとした。

タカは、なにげないようすでくるりとふり向き、鋭いくちばしでローランドの腕に長くて深い切り傷をつけた。そして何事もなかったかのようにふたたび食事にとりかかった。

うめき声をあげながら、ローランドはつなぎ紐を結び直したが、今度は着けていた革手袋で相手の刃物のようなくちばしの攻撃をかわした。それからもう一度肉片をあたえて目隠しのフードをかぶせた。ディヴィッドはローランドの手首におとなしく乗った。

タカを腕に止まらせたローランドは、誇らしげに立ち上がった。

「そりゃあなんだ？」

コートはローランドの前腕から滴る血を指して言った。少年は鉄拳が飛んでくるものと思い、情けない声を出さないようにのどの筋肉をぐっと引きしめた。だが、殴られなかった。

「こいつにやられた」

「怒らせたんだな。タカはおまえなんかをおそれたりしねえんだよ、小僧。こわがるってことを知らねえんだ。タカは神のガンスリンガーだからな」

ローランドは、ただコートを見つめていた。かれは想像力豊かな少年ではない。だからコートがなにか教訓を言っていたのだとしても、ローランドには通じない。しかもいまの言葉は、コートがときおり口にするバカらしいセリフのひとつとしか思わなかった。

カスバートはふたりのところにやってきて、コートが背を向けているのをこれ幸いと、ペロリと舌を突き出した。それを見てローランドは笑わなかったが、うなずきかえした。「さあ、引き上げるぞ」コートはタカを引き取りながら言った。そしてふり返って、カスバートを指さした。「だが、よく反省しろよ、糞《くそ》ガキ。それと断食のことも覚えておけ。夕飯と朝飯はぬきだぞ」

「はい」カスバートはわざとらしくかしこまって言った。「たいへん勉強になりました、ありがとうございます」

「おまえは学んだが、おまえの舌は師匠が背中を向けていると、その締りのない口から飛び出す悪癖がある。いずれそのうち、その舌とおまえはそれぞれふさわしい身の置き所を学ぶことだろうて」

そう言うと、コートはカスバートをふたたび殴りつけた。今回は、眉間《みけん》だ。その鉄拳の強烈ぶりときたら、ローランドの耳にも鈍い音として届いたほどだ――下僕が木槌《きづち》でビール樽《だる》の栓をぬくときのような音だった。カスバートは芝生の上に仰向けに引っくり返った。一瞬、視界がかすみ、頭がくらくらした。すぐに意識がはっきりすると、カスバートは怒りをたぎらせたまなざしでコートをにらみ返した。いつものヘラヘラした表情はみじんもなく、憎悪がむきだしになっている。そして瞳《ひとみ》にはハトの鮮血にも似た真っ赤な憤怒《ふんぬ》の炎が燃え盛っていた。カスバートはうなずいたが、唇にはローランドがこれまで一度も目にしたことのない底意地の悪い冷笑を浮かべていた。

「ほう、まんざらでもないな。おれと張り合えると思うなら、いつでもかかってきな、糞ガキ」

「どうしてわかった？」カスバートは歯のあいだから声を押し出すようにしてきいた。

コートはローランドにふり向いた。それがあまりにも素早い動作だったので、ローランドは思わずあとじさりしそうになった――そうしていたら、ローランドもまた芝生に引っくり返り、新緑を真っ赤な血で染めることになっただろう。

「このアホタレの目に映っていたんだよ。覚えておけ、カスバート・オールグッド。これが本日の締めくくりの教えだ」

カスバートはふたたびうなずいたが、威嚇《いかく》するような笑みは顔に張りついたままだ。

「痛恨の思い。われは父親の顔を忘れ――」

「たわごとはもういい」コートは少年たちを指導することに興味を失いながら言った。そしてローランドに向き直った。「さあ、とっとと失《う》せろ。ふたりともだ。これいじょうおまえらのアホヅラを見ているとヘドがでるわ」

「行こう」

ローランドが言った。

カスバートはかぶりをふり、気を取り直してから立ち上がった。コートはすでに丘を下っていた。ガニ股《また》でのし歩く姿はいかにも屈強そうだが、どこか有史以前の類人猿を思わせる。剃《そ》り上げて灰色の地肌を見せている頭のてっぺんがほのかに光っていた。

「あのゲス野郎、ブッ殺してやる」カスバートはあいかわらず冷ややかな笑みを浮かべながら言った。アヒルの卵ほどの赤黒い瘤《こぶ》が額にみるみるうちに盛り上がってきた。

「そう思ってるのはおまえだけじゃない」ローランドがだしぬけにニタリと笑って言った。「おれといっしょに西側の厨房《ちゅうぼう》で夕食をとれ。料理人がなにかくれるだろう」

「コートに告げ口されちまう」

「料理人はコートとつきあいがない」そう言って、ローランドは肩をすくめた。「言いつけられるとしても、それがなんだ?」

カスバートはにんまりと笑い返した。

「だよな。そのとおりだ。おれはまえまえから知りたかったんだ。頭が後ろ向きに、しかもさかさまになったら、世の中がどんなふうに見えるのかって」

ふたりは緑の芝生に影を落としながら、澄みわたった春の陽光の中を屋敷へ戻っていった。

IX

西の厨房の料理長の名はハックスといった。食べ物の染みだらけの白衣を着ている大柄のハックスは、黒人と東洋人と、いまは忘れられかけている(世界が変転しているからである）サウス・アイルランド人と素性の知れぬどこかの人種との血をそれぞれ四分の一ずつ受け継いでいる。この料理人は湯気の立ちこめる天井の高い三つの厨房を、ロー・ギアで走るトラクターよろしくゆっくりと足を引きずるようにして、しかもいにしえのトルコ国王が履いていたような大きなスリッパで行ったり来たりしている。ハックスは、小さな子どもたちと気が合い、わけへだてなくかれらを愛することのできる数少ない大人のひとりだった——愛するといってもベタベタするのではなく、気持ちのよいほどさばけている。大事な商談がまとまったときに握手して別れるように、ハックスは相手の子どもを話の最後にぐいと抱きしめることがある。拳銃《けんじゅう》の修業を始めた少年たちにさえ、差別せずに愛情をそそいだ。そうした少年たちは他の子どもたちとは異なっていた——かれらは感情を表に出さず、いささか狂気の洗礼を受けた普通の子どもといった感じで、おとなとは別の意味で常に少しばかりアブナイのである。コートの教え子たちで断食の懲罰をくらいながら、こっそりとハックスに食べさせてもらったのは、なにもカスバートが初めてというわけではない。いまこのとき、ハックスはとてつもなく大きな電気レンジの前に立っていた。この屋敷内でいまだに作動する六つの電気器具のうちのひとつである。その場所はハックスの特等席だ。かれはそこに立ち、自分の作った肉汁料理の残りかすをむさぼり食っているふたりの少年をながめていた。そこかしこで見習い料理人や下僕が大勢、湯気と蒸気のたちこめる中を走りまわり、鍋《なべ》をのぞき、シチューをかきまわし、ジャガイモや野菜を取りに地下室に行ったりして、あくせく働いている。薄暗い配膳室《はいぜんしつ》では、青白くむくんだひどい顔をして髪をボロ切れで結んだ女性が水をビシャビシャ跳ね返しながらモップで床を磨いていた。

下働きの少年のひとりが近衛《このえ》連隊の兵士を連れて急ぎ足でやってきた。

「この人、用があるんだって、ハックス」

「よし、わかった」ハックスが兵士にうなずくと、相手もうなずき返した。「おまえらふたり、マギーのところへ行け、パイをくれるぞ。もらったら、とっとと失せろ。おれをごたごたに巻きこむな」

のちにふたりはハックスが最後に言った言葉を思い出すことになる。おれをごたごたに巻きこむな。

ふたりはうなずくと、マギーのところへ行き、それぞれ皿にV字形に切り取られた大きなパイをもらった——とはいえ、ふたりに皿を差し出すマギーのようすときたら、まるで獰猛《どうもう》な野犬を相手にしているようだった。

「階段で食おうぜ」カスバートが言った。

「そうしよう」

ふたりは厨房を出ると、大きな石柱の陰にすわってパイを手づかみで食べた。そのすぐあと、広い階段の弧を描いている側壁に動く人影が目に入った。ローランドはカスバートの腕をつかんだ。

「おい、だれか来るぞ」

カスバートは驚いて視線を上げた。口のまわりがイチゴで赤く染まっている。

影はそれ以上近づいてこなかった。したがって姿はいぜんとして見えなかったが、影の主はハックスと近衛兵と知れた。少年たちはその場にじっとしていた。いま動いたら、感づかれてしまう。

「……〈主人〉《グッド・マン》からだ」近衛兵が言っている。

「ファースンか？」

「二週間以内」近衛兵は答えた。「ひょっとすると三週間かも。おまえもいっしょに来てもらう。貨物駅で荷物を受け取り……」

厨房で鍋がけたたましい音を立てて落下した。続いてその騒音を引き起こした給仕を怒鳴りつける声がして近衛兵の言葉をかき消した。ふたりの少年がふたたび声を聞きとったのは、衛兵の締めくくりの言葉だった。

「……毒入りの肉だ」

「危険だな」

「〈主人〉《グッド・マン》が人々のためにどんなことをしてくれるのかを問うのではなく——」

近衛兵は語りはじめた。

「こっちが〈主人〉《グッド・マン》のために何をしてやれるのか自問しろってか」ハックスは吐息をついた。「兵士よ、問うことなかれ」

「その言葉の意味は承知しているだろうが」近衛兵は落ち着いた口調で言った。

「ああ。〈主人《グッド・マン》〉に対する自分の責務はわかっている。あんたにわざわざ講釈してもらう必要はない。あんたら同様、わしもあの方を敬愛している。命じられれば、たとえ火の中、水の中だ。ああ、そうとも」

「よし。肉は短期保存用の印をつけて、おまえの冷蔵室に入れておく。だが、事は急を要する。そのことを肝に銘じておけ」

「トーントンには子どもたちがいるよな？」料理人がきいた。といっても質問ではない。答えはすでに知れている。

「子どもはどこにでもいる」近衛兵はおだやかな口調で言った。「子どもたちを思ってのことだ、おれたち——そしてあの人——が行動を起こしているのは」

「毒入りの肉か。子どもたちのためと言うには奇妙な手口を用いる」ハックスは重苦しいため息をついた。「子どもたちは身体《からだ》をおって腹を抱え、泣きながら母親の名を呼ぶだろうな。ああ、たぶんそうなる」

「だいじょうぶ、眠るがごときというやつだ」

近衛兵は言った。あまりにも自信たっぷり理の当然といった口ぶりだ。

「そりゃそうだろうよ、結果的にはな」と言って、ハックスは笑った。

「おまえ、その口で言っただろうが。〝兵士よ、問うことなかれ〟と。子どもたちが銃の支配下に置かれているのを見ていて楽しいか、新たな世界創造の始まりの準備が整っているというのに？」

ハックスは黙っていた。

「おれは二十分以内に警備に戻る」近衛兵は言った。その声音はふたたびおだやかになっていた。「羊の肉をくれ。さて、ちょいと料理女でもからかっていくかな。おれがここをおさらばするときには――」

「いまここにある肉なら腹痛を起こすこともないからな、ロブスン」

「ところで、おまえは……」その先は影が立ち去るにしたがって聞こえなくなってしまった。

やろうと思えば殺せた。ローランドは、金縛りにあったように身動きもままならぬ状態で思った。ナイフでやつらふたりとも殺せたのだ。ブタをさばくようにのどをかっ切って。ローランドは両手を見つめた。狩猟の稽古《けいこ》で汚れたうえに肉汁とパイのイチゴまでついている。

「ローランド」

かれはカスバートに視線を向けた。春の匂いが漂う黄昏《たそがれ》の中、ふたりは長いあいだ見つめ合っていた。ローランドは、生温かい失意の念がのど元にこみあげてくるのを感じた。これが一種の死の味わい――澄みわたった狩猟場の上空で生じたハトの死と同様に苛烈《かれつ》で決定的な何かなのだろう。ハックスが？　ローランドは当惑しながら思った。いつぞやおれの脚に湿布をしてくれたハックスが？　あのハックスが？　ローランドはいっさいの私情を断って迷いを捨てた。

自分が目にしたこと、カスバートのひょうきんだが知的な顔に浮かんだ表情でさえなにほどのこともない――だんじて。カスバートの目はハックスの運命を思って精彩を失っていた。その目にはハックスの悲惨な末路がすでに見えていた。ハックスは自分たちに内緒で食事をふるまってくれた。そして自分たちが階段のところでいただきものを食べていると、ハックスがロブスンという名の近衛兵を厨房《ちゅうぼう》の裏方に連れだして、反逆行為に関する密談を取りかわした。ときおり生じることだが、〈カ〉の力が作用したのだ。前触れもなく突然、大きな岩が丘の斜面を落下するように。ただそれだけのこと。カスバートの目にはガンスリンガーの先見の明がある。

X

ローランドの父親は高地から戻ってきたばかりだった。厚地のカーテンや装飾過多のシフォンに彩られた応接間には場ちがいの容貌《ようぼう》をした男である。ローランドがガンスリンガーの修業中の身の証《あかし》として、その応接室に入ることを許可されてまだ日が浅い。父親のスティーヴン・デスチェインは黒のジーンズに青のワークシャツといったいでたちだった。無造作に肩にかけている外套《がいとう》は埃《ほこり》だらけで皺《しわ》がより、裏地が見えるほどの鉤裂《かぎざ》きもある。実に、典雅な応接室とは不釣合いの格好だ。だが、当人は一向に気にしていない。異様なほどやせており、りっぱなカイゼル髭《ひげ》の重みに耐えかねて顔が下に引っ張られているように見える。やはりいまも前かがみの姿勢で見おろすようにして息子と向き合っていた。二丁拳銃《けんじゅう》が翼のように腰から張り出している。素早くぬくのに理想的な位置と角度だ。使い込んだ白檀《びゃくだん》の銃把は、気だるい室内の明かりの中では退屈して眠たげに見える。

「料理長のやつか」父親は穏やかな口調で言った。「考えてもみろ！　高地の終着駅で線路が爆破された。ヘンドリックスンでは家畜が大量にやられた。今後もおそらく……想像してみろ！　いったいどうなる！」父親は息子の顔を覗《のぞ》きこんだ。「神経がついばまれるわ」

「タカのように」ローランドは言った。「ついばむ。心労は神経をついばむ」

ローランドは笑いながら、このような場面で軽口をたたいたことより、我ながらなかなかうまい譬《たと》えを口にしたことに驚いた。

父親は微笑んだ。

「ええ。わたしもこのことでは……神経をついばまれています」

「カスバートもいっしょだったんだな。いまごろは父親に話をしているだろう」

「ええ」

「やつはおまえたちに食事をあたえたんだな、コートが――」

「はい」

「で、カスバートだが、あいつもこの件に関しては、頭を痛めていると思うか？」

「わかりません」

というより、そんなことはどうでもよかった。他人がどう感じていようが関係ない。

かんじんなのは自分の気持ちだ。

「心をついばまれているのは、おまえが原因となってあの男が処刑されることになるからか？」

ローランドは思わず肩をすくめた。こんなふうに動機を詮索《せんさく》されるのは不愉快だ。

「ならば、どうしてわしに話した？」

少年の両目がカッと見開かれた。

「黙っているわけにはいかないのでは？　謀反は――」

父親はそっけなく手をふって息子の言葉をさえぎった。

「学校の道徳の教科書にのっているような安っぽい考えから告げ口をしたのであれば、おまえはくだらんことをしたな。わしはむしろ、トーントンの全住民が毒殺されるのを目にするほうがましだ」

「そうじゃありません！」言葉が荒々しく口から飛び出した。「あいつを殺したかった――あいつらふたりとも！　嘘つきだ！　性悪な嘘つきだ！　ヘビだ！　あいつら――」

「あいつらがどうした？」

「わたしを傷つけた」ローランドはすごい剣幕で言いきった。「あいつらのおかげで、わたしのなにかが変わってしまった。それがすごく苦しかった。だからあいつらを殺してやりたかったのです。あの場ですぐに」

父親はうなずいた。

「それは品のよい行ないとはいえんぞ、ローランド。だが、うなずけなくもない。道徳にかなっていないがな。とはいえ、道徳を口にするのはおまえの柄ではない。じっさい……」父親は息子の顔を凝視した。「いつだって道徳はおまえの手にある。おまえは頭の回転がにぶい。カスバートやヴァネイの息子とはちがう。だが、それでよい。賢くないおかげで、人に恐れられる男となるだろう」

父親の最後の言葉に、ローランドは喜びかつ困惑した。

「ハックスは――」

「ああ、やつなら、縛り首だ」

ローランドはうなずいた。

「見物したい」

スティーヴン・デスチェインは天井を仰いで大笑いした。

「畏怖《いふ》すべき男かと思ったが、そうではないようだ……あるいは、ただの愚か者であったか」

父親はだしぬけに口を閉じた。そして息子の二の腕を痛いほど強く握った。ローラン

ド は眉《まゆ》をしかめたが、ひるまなかった。父親は真顔でじっとこちらを見つめている。ローランドは目をそらさなかった。タカの目にフードをかぶせるよりはるかに困難をともなったが。

「よし、見物してもいいぞ」そう言うと、父親はくるりと背を向けて立ち去りかけた。

「父上？」

「なんだ？」

「あいつらはだれのことを話していたのでしょう？〈主人〉とはだれのことかご存じですか？」

父親は踵《きびす》を返して息子に向き直り、思案深げに視線をそそいだ。

「ああ、知っている」

「そいつを捕まえれば」ローランドはかれなりに考えながら、たどたどしく言った。「料理長みたいに首をくくられる人間はいなくなる」

父親はかすかに微笑んだ。

「おそらく当座はな。だが最終的には、男であれ女であれだれかの首がへし折られる必要があるのが世の習い。民衆が望むのだ。いずれそのうち、裏切り者がいないのであれば、民衆がそいつをでっちあげる」

「そうですか」と言って、ローランドは父の言っている意味をそくざに理解した——生涯忘れることのない含蓄に富んだ言葉だ。「でも、父上が〈主人〉を捕まえれば——」

「だめだ」

父親はきっぱりと言った。

「どうしてです？　そいつを捕まえれば一件落着になるのでしょう？」

一瞬、父親は理由を説明しようと言葉を口にしかけたようだったが、けっきょくかぶりをふった。

「もうその件についておまえと話し合うことはない。さがっていいぞ」

ローランドは、ハックスの縛り首の刑を見物させてくれるという約束を忘れないでくださいと言いたかった。しかし、感受性に富むかれは、父親のいまの心情を察知して黙っていた。そこでローランドは拳《こぶし》を額にあて、片足の前にもう一方の足を交差させるようにして一礼した。そしてすばやくドアを閉め、応接室をあとにした。ローランドには、父親がいまなにをしたいのか想像がついた。母を抱きたいのだ。父と母が抱き合ってどんなことをするのか知っていたし、また、それがどのように行なわれるのかも知識としてかなり仕入れていた。しかし、その男女の秘めやかな営みを思い描くと、きまって不安と奇妙な罪悪感を覚えた。のちになって、スーザンからオイディプス王の神話を聞かされたが、その話を心底理解し、考えこんでしまった。それというのも、父と母とマーテンとによって形作られた奇怪かつ血なまぐさい三角関係が瞬時に想起されたからである。ちなみにマーテンは、地域によっては〈主人《グッド・マン》〉ファースンとして知られていた。いや、三角関係ではない。四角関係だ。ローランド自身を勘定に入れれば。

XI

〈絞首台の丘〉はトーントン街道の途上にある。実に詩的なとりあわせだ。カスバートはそのことをおもしろがっただろうが、ローランドはそうは思わなかった。かれは、まばゆいほど青い空を背景に、馬車道をおびやかすように骨ばった影を投げかけている見事なほど不吉な処刑台に感嘆していた。

ふたりの少年は朝稽古《あさげいこ》を免除されていた——コートは、少年たちそれぞれの父親の書状をたどたどしく唇を動かし、そこかしこでうなずきながら苦労して読んだ。それぞれの文面を読み終えると、コートは二通の書状を慎重にポケットにしまった。ギリアドのこの地でさえ、紙は黄金と等しく貴重品なのだ。二枚の紙をたいせつに保管してから、コートは青紫色の夜明けの空を仰いで、もう一度うなずいた。

「ここで待ってろ」そう言うと、コートは自分の住居にしているくずれかけた石造りの小屋に向かった。やがてパン種の入っていない堅焼きのパンを一切れ手にして戻ると、それをふたつに分けて少年たちにあたえた。「処刑が終わったら、おまえたち、それをやつの足の下に置け。ちゃんと言われたとおりにするんだぞ。さもないと、とうぶん起きられないぐらいぶちのめしてくれるからな」

少年たちはカスバートの去勢馬に相乗りして処刑場に到着するまで、コートの意図していることが理解できないでいた。ふたりは一番乗りだった。だれよりもたっぷり二時間は早く、刑の執行時間より四時間も先んじていた。したがって、〈絞首台の丘〉には人っ子ひとりいなかった――目につくのはカラスばかりだ。やつらはいたるところにいた。カラスどもはギャーギャー騒々しく鳴きながら、落とし穴の上に突き出ている横木――死の骨組みにとまっている。また、足場板の縁や階段沿いに一列にとまって、おしあいへしあいしていた。

「死体はほったらかしにされるんだな」カスバートがぼそりと言った。「カラスの餌食《えじき》だ」

「上がろうぜ」ローランドは言った。

　カスバートはおびえたような顔でローランドを見た。

「上がるだって？　おまえ――」

　ローランドは両手をふって相手の言葉を制した。

「まだ、とうぶんだれも来やしない」

「わかったよ」

　ふたりはゆっくりと絞首台へ近づいた。カラスどもはいっせいに飛び立つと、土地を奪われた農民の暴徒さながらにギャーギャー鳴きわめきながら頭上を旋回した。その姿は、〈内世界〉の夜明けの空に扁平《へんぺい》なシルエットとして映った。

初めてローランドは自分の責任の大きさを感じた。絞首台の木材は上等でもないし、畏怖すべき文明の利器の一部でもない。〈男爵領の森〉のただの節くれだった松材にすぎない。おまけに鳥の白い糞《ふん》が点在している。その鳥の落し物はいたるところ——階段、手すり、足場——に飛び散っていて、悪臭を放っていた。

ローランドは驚き、おびえた目をしてカスバートにふり向いた。するとカスバートも同じ表情で視線を返してきた。

「できないよ」カスバートはささやいた。「おれ、見られない」

ローランドはゆっくりかぶりをふった。ここには学ぶべきことがある。輝かしくて新鮮なことではなく、昔からあるぶざまで醜いなにかだ。そのことを学ばせるために、父親たちはおれたちがここに来ることを許可したのだ。そうと悟ったからには、持ち前のしぶとさと頑固一徹な性癖がおとなしくしているはずもない。よし、どんなことを学ぶことになろうとも、そいつをしっかり肝に銘じてやる。

「できるさ、バート」

「今夜、眠れなくなっちまう」

「なら、眠るな」ローランドは事もなげに言ってのけた。

不意にカスバートがローランドの片手を握り、抑えがたい苦悩のまなざしで見つめてきた。おかげで、ローランドは自身の疑念を呼び覚まされた。そして、あの晩、西の厨《ちゅう》房《ぼう》へ行かなければよかった、と思ってうんざりした。父の言うとおりだ。知らないほうがよかった。トーントンじゅうの老若男女が死んでひどい悪臭を放ったほうがこんなことよりましだ。

にもかかわらず、それでもなお、学ぶべきことがどんなことであれ、古臭い陳腐なことであれ、端の鋭利な半分埋もれたものであっても、見過ごしにはできないし、握りかけたものを手放すわけにもいかない。

「上がるのはよそう。もう全部見たよ」

カスバートの言葉にローランドはしかたなくうなずいた。なにかを握った――それがどんなものであれ――手の力がぬけていくような気がした。この場にコートがいたら、ふたりとも殴り倒され、さんざんののしられたあげく無理やり絞首台に登らされただろう……滴り落ちてくる鼻血をすすりあげ、その塩っぽいドロリとした液体がのどを下るのを感じながら。おそらくコートは、真新しい麻縄を輪にしてふたりの首にかけ、落とし板の上に順番に立たせて縛り首の恐怖を体験させようとするだろう。そして、泣いたり失禁したりしようものなら、容赦なく鉄拳《てっけん》が見舞われる。言うまでもなく、コートは正しい。生まれて初めて、ローランドは自分が子どもであることにうんざりした。鈍感な大人がうらやましかった。

ローランドは引き返すまえに、手すりから慎重に木っ端をはがし取り、胸ポケットに入れた。

「なんでそんなことするんだ？」

ローランドはカスバートになにか気のきいた返事をしたかった。ああ、絞首台の幸運にあずかろうと思ってな……しかし、かれはカスバートを見つめてかぶりをふっただけだった。

「記念にとっておく。いつまでもずっと」

ふたりは絞首台から遠く離れてすわり、刑の執行時間を待った。一時間かそこらのうちに町民の最初の一群れが集まりだした。その多くは家族連れで、オンボロの荷馬車や二輪馬車に乗り、バスケットに入れた朝食を持参している――野イチゴジャムを冷めたパンケーキで包んだ代物だ。ローランドは自分のすきっ腹が鳴るのを耳にした。高貴や名誉などどこにある？ローランドは悲観的な気分で考えた。自分はそのようなものを教えこまれて育ってきた。そしていま、高貴や名誉などはなから虚言だったと思わざるをえない心境だ。それともそうしたものは賢者によって発掘されるお宝なのだろうか。そうであると信じたい。だが、汚れた白衣を着て、湯気の立ちこめる地下の厨房をうろつきまわりながら給仕たちを怒鳴りつけているハックスのほうが高貴であるように思える。ローランドは胸が苦しいほどの困惑を覚えて、絞首台の手すりからむしり取った木っ端をまさぐった。カスバートは無表情な顔で隣に横たわっていた。

けっきょく、処刑はそうたいしたものではなかった。ローランドはほっとした。ハックスは無蓋《むがい》の荷車に乗せられてきたが、それが料理長だと見わけられたのは太鼓腹のおかげだった。それというのも、目隠しの大きな黒頭巾《ずきん》を顔にかぶせられていたからだ。野次馬の何人かが石を投げた。だが、大方はただ見物しているだけで朝食を食べつづけていた。

太った料理人を足元に注意しながら階段を登らせたのは、ローランドの知らないガンスリンガーだった（自分の父親が貧乏くじを引いてその役目を負うことにならなくてよかったと思った）。近衛兵《このえへい》がふたり、先に処刑台に上がり、落とし板の両脇に待機していた。階段を登りきると、ガンスリンガーは吊《つ》り縄を横木に投げかけ、輪になっている先をハックスの頭に通しながら、その結び目が左耳の下にくるようにした。カラスは一羽残らず飛び立っていたが、頭上で待機しているにすぎないことをローランドは知っていた。

「告白したいか？」ガンスリンガーがきいた。

「告白することなどなにもない」

ハックスの言葉はよく聞きとれた。その声は頭巾に口まで覆われているにもかかわらず、奇妙に堂々としていて威厳のあるように響いた。最前から吹いていた朝の心地よい微風が頭巾の縁をかすかにそよがせた。

「おれはけっして父親の顔を忘れたことがない。生まれてこの方一度たりとも」

ローランドは群衆をすばやく一瞥《いちべつ》した。そして目にしたことに心を乱された——同情の表情か？　それとも敬服？　あとで父親にきいてみよう。謀反人が英雄と呼ばれるならば（あるいは英雄が反逆者と呼ばれるならば、とローランドは眉根《まゆね》に皺《しわ》をよせて思った）、暗黒の時代はすでに到来しているにちがいない。まさに暗黒の時代だ。ローランドは物事をもっと深く知りたいと思った。不意にコートのことが頭に浮かんだ。それとかれから手わたされたパン切れのことが。バカにされている気がした。コートがおれの足元にひざまずく日がやってくるだろう。たぶん、カスバートはだめだ。おそらく、コートのシゴキに音をあげて、従者か馬丁で一生を終えるだろう（あるいはもっと悪くて、香水なんぞをつけてチャラチャラした外交官となり、貴賓室でだらだらとむだな時間をすごしたり、老いたどこかの王や王子たちを相手に水晶球を覗《のぞ》いたりして一生を棒にふるだろう）。だが、おれはちがう。自分でもわかっている。おれの将来には広大な土地と遍歴の旅が待ち受けているのだ。それがよい運命のように見えたとは、いまとなっては実に驚き千万だ、と後年、ローランドは孤独なひとり旅の途上で思うことになる。

「ローランド？」

「なんだよ」

かれはカスバートの手をとった。ふたりの指が鉄の締め具のように固く結びあった。

「第一級殺人罪および騒乱罪を申しわたす」ガンスリンガーは言った。「おまえは善を裏切った。そしてわたし、チャールズの息子チャールズは、おまえを悪として葬る」

群衆がつぶやいた。何人かが異議を申し立てた。

「おれはけっして──」

「たわごとは冥府《めいふ》で言え、ゲス野郎」

チャールズの息子チャールズはそう言うと、黄色いガントレットを着けた両手でレバーを思いきり引いた。

落とし戸が開いた。ハックスがすとんと落下した。まだしゃべろうとしている最中の出来事だった。そのことをローランドはけっして忘れない。料理長はまだ話をしようとしながら逝ったのだ。いったいどんなことを言おうとしていたのだろう？　その言葉は、冬の夜の暖炉で松の木の節がはぜるような音でさえぎられてしまった。

だが、総じてあっけなかった。料理長の両脚は大きなYの字を描くように一度だけ宙を蹴《け》った。見物人たちは満足げなため息をついた。近衛兵たちは軍隊の格式ばった態度をかなぐり捨て、投げやりな様子であとかたづけに取りかかった。チャールズの息子チャールズはゆっくりと階段を降りて馬に乗ると、ピクニック気分で食事中の見物人たちのあいだを乱暴に通りぬけ、何人かのもたついている邪魔者に鞭《むち》をくれて追い払いながら立ち去った。

それを機に群衆は散開し、四十分後には小高い丘にいるのはふたりの少年だけとなった。カラスどもが新たなごちそうの品定めに戻ってきた。一羽がハックスの肩にとまると、なれなれしい様子で、ハックスがいつも右耳に付けていた金の耳輪をついばんだ。

「ぜんぜんかれらしくなかったな」

「いや、そんなことはない。ハックスらしい最期だった」ローランドは確信をもって言った。

ふたりは絞首台に近づいた。手にはパンが握られていた。カスバートはまごついているようだった。

ふたりは処刑台の下で立ち止まり、ゆっくり回転する首吊り死体を見上げた。カスバートは手を伸ばして、ハックスの毛深い足首に触れた。死体は新たに勢いを得て回転した。

それからふたりは素早くパンをちぎると、宙ぶらりんの足の真下にぞんざいにまきちらした。馬に相乗りして帰るさい、ローランドは一度だけふりかえった。いまや何千羽ものカラスが群れていた。となると、パン屑《くず》は形式にすぎないのだ、とローランドはなんとなく理解した気がした。

「よかったな」カスバートが不意に言った。「あれ……おれは……おれは気に入ったな。おもしろかった」

ローランドはカスバートの言葉に驚かなかった。それを言うなら、処刑の光景もとりたててどうということもなかった。しかし、カスバートの言いたいことは理解しているつもりだった。おそらく、けっきょくこいつは外交官なんかで終わらない。おべんちゃらやくだらないことを言って、口先だけで世渡りしていく男ではない。

「おれはなんとも言えない。でも、見ただけの価値はあった。それだけはたしかだ」

それから五年、国は〈主人《グッド・マン》〉の勢力に屈しなかった。そのあいだにローランドはガンスリンガーになり、父は亡くなった。そしてローランド自身は母親殺しの罪人となった――世界は変転しづつけていた。

かくて、いつ終わるともしれぬ探索の旅が始まった。

XIII

「ほら、見て」ジェイクが前方上向きかげんに指さしながら言った。

ガンスリンガーは視線を上げた。右の尻《しり》に刺すような痛みを感じて顔をしかめた。山のふもとの丘陵地帯に入って二日経過していた。革の水袋はふたたびほとんど空《から》になっていた。だが、心配はしなかった。山に入れば、飲み水はすぐにいくらでも見つかる。

ガンスリンガーはジェイクの指さす方向を目でたどった。大地は緑に覆われている斜面へと連なり、そこから先はむきだしの巨大な一枚岩がせりあがって切り立った絶壁と化し、それをえぐるようにして峡谷があり……その向こうに万年雪をかぶった山頂がぬっと突き出ている。

遠くかすかに針の穴ほどの点がひとつ（しっかりとした一定の動きをみせているので、たえず目の前にちらついている飛蚊《ひぶん》ではないだろう）、それをガンスリンガーは黒衣の男と認めた。懸命に急斜面を進む黒衣の男は巨大な花崗岩《かこうがん》の壁に止まった極小のハエのようだ。

「あいつなの？」

ガンスリンガーは単なる微小の点が岸壁で軽業を演じているのを見つめたが、胸に去来したのは悲劇の予兆だけだった。

「やつだ、ジェイク」

「ぼくたち、追いつけるかな？」

「こっち側ではだめだ。向こう側にいけば追いつける。ただし、こんなふうに立ち止まっておしゃべりをしていては無理だぞ」

「あの山、すごく高いよ。向こうはどうなってるのかな？」

「わからん。だれも知らんのだろう。かつては知っている者もいたかもしれんが。さあ、いくぞ」

ふたりはふたたび斜面を登りはじめた。足元からくずれて流れ落ちる砂礫《されき》が、ふたりの背後に果てしなく広がっている天火の受け皿のような砂漠へと吸いこまれていく。ふたりの行く手のはるか頭上では、黒衣の男が上へ上へと移動していた。やつがふりかえってこちらを見ているかどうかは、さすがにわからない。黒衣の男は、ぜったいに越えられない裂け目を跳び越えたり、垂直に切り立った岸壁をよじ登ったりしているようだ。ふたりは一度か二度、やつの姿を見失ったが、つぎの瞬間には必ず見つけ出した。やがて黄昏《たそがれ》の群青色の帳《とばり》がふたりの視界を閉ざした。野宿のしたくをしているとき、少年はほとんどしゃべらなかった。ガンスリンガーは、すでに自分が直感で察知しているあることを、少年は気づいているのだろうかと思った。かれはカスバートの顔を思い出した。生き生きとしたり、失望したり、興奮したりと、実に表情に富んだ顔を。そしてパン切れのことを想起した。つづいてカラスの群れのことも。すべてはそこに行き着く。何度も何度も、くりかえしけっきょくはそこに到るのだ。探索の旅と進むべく道があるが、すべては同じ目的地にたどり着く——殺戮《さつりく》の場だ。

ただし、〈暗黒の塔〉への道だけは別だろう。その地において、〈カ〉は本来の顔を見せるのかもしれない。

ジェイクは豆の袋を枕に眠りこけていた。焚《た》き火のほのかな明かりが、犠牲者である少年の幼くて純真無垢《むく》な顔を照らし出している。ガンスリンガーは馬の鞍《くら》の毛布を少年にかけてやってから、自分も寝るためにかたわらに身体《からだ》を丸めた。

第三章
山中の神殿

I

ジェイクは神殿を発見し、おかげであやうく命を落とすところだった。かすかな本能がガンスリンガーを目覚めさせた。あたりには漆黒の宵闇が降りていた。かれとジェイクが荒れた山裾《やますそ》の最初の斜面を登ったところにあった、ほとんど平らな草地にたどり着いたときには、日はとっぷり暮れていた。ふたりは、下方の草木のまったくない急斜面を灼熱《しゃくねつ》の太陽に焼かれながら、一歩一歩を必死の思いで踏み出したが、そのときでさえ、すでに行く手の緑濃い柳の茂みでこちらの歩みを差し招いているようなコオロギの鳴き声が聞こえていた。ガンスリンガーは冷静だった。ジェイクも少なくとも見た目は平静を保っていた。それにはガンスリンガーも感心させられた。しかし、目が狂おしげに輝いていることまでは隠しおおせていなかった。水の匂いを嗅《か》ぎつけてカッと見開かれた馬の目のようだ。かろうじて走りださないのは、肉体を支配している精神という主人の微妙な手綱さばきが抑制しているからである。そのようなときの馬は拍車では言うことをきかない。主人との相互理解のみが馬の動きを制する。ガンスリンガーは自身の肉体にコオロギの鳴き声が誘発する狂気によって、ジェイクの差し迫った欲求を推し量ることができた。ガンスリンガーの両手は頁岩《けつがん》を探し出してかきむしり、両《りょう》膝《ひざ》は岩塩のようにこなごなに打ち砕かれ、すりつぶされることを望んでいるようだった。

太陽は休むことなくふたりを痛めつづけた。日没時に、真っ赤にふくれあがって沈んでゆくときでさえ、左手の丘陵に切れ込んだ峡谷の狭間《はざま》からしつこいまでにかれらの目をいたぶり、汗の一滴一滴を辛苦のプリズムの輝きに変えていた。

やがてススキの類《たぐい》の植物が目につくようになった。最初は黄ばんだみすぼらしい雑草が、山から流れ下った水がくたびれ果てて最後に到達した荒涼たる地におそるべき生命力をもってへばりついているだけだった。さらに進むと、シバムギの類がまばらに生えており、行くほどに緑が増し、いたるところにはびこり……そしてついに正真正銘の緑の草の芳《かぐわ》しい匂いがするようになった。ティモシーの甘い香りが漂い、丈の低いモミの林が草原に影を落としている。その場所でガンスリンガーは木陰に茶色いものが弧を描いて動いているのを目にした。すかさず銃をぬいて発砲した。ジェイクが驚いて声をあげるまもなく、野ウサギが草原に倒れた。それを確認してから、ガンスリンガーは銃を腰のホルスターにおさめた。

「ここで野宿だ」ガンスリンガーは言った。そこから先はますます草が深くなっていて、に、あざやかな緑が目にまぶしい。果てしない硬土層の苛酷《かこく》な灼熱地獄を歩きつづけたあとだけに、森の中は涼しいだろう。森には泉があるだろう。おそらく何ヵ所も。しかも森の中は涼しいだろう。だが、野宿は草原のほうがいい。これまでジェイクは全身の力をふりしぼるようにして足を踏み出してきた。もう限界だ。それに奥にはコウモリがいるかもしれない。コウモリは少年の眠りを妨げるだろう。たとえどんなに熟睡していても。ぎゃくにそれが吸血コウモリであるなら、ふたりとも目を覚ますことはあるまい……少なくとも、この世では。

「枝を集めてくるよ」

ガンスリンガーは微笑んだ。

「いや、よせ。ここにすわっていろ、ジェイク」

聞いたことのあるセリフだ。だれが口にしたのだったか？　どこかの女性。スーザンか？　思い出せなかった。時は記憶泥棒。このセリフなら知っている。ヴァネイの言葉だ。

少年は言われたとおりにした。ガンスリンガーが戻ってきたときには、ジェイクは草の上で眠っていた。大きなカマキリが少年の額の巻き毛にとまって祈るように鎌をこすりあわせている。ガンスリンガーは鼻からぬける笑い声を立てた——自分でも覚えていないほど久方ぶりに笑った。そして火をおこし、水をくみにでかけた。

柳の森は思ったいじょうに奥深く、暮れ行く薄明かりのもとで分け入るのはひと苦労だった。だが、なんとか泉を見つけ出した。たくさんのカエルや小さな生き物が監視の目を光らせていた。革袋ひとつに水を満たして……手を止めた。夜を満たしている自然界の物音がガンスリンガーの内に不穏な官能を目覚めさせた。タルの町でベッドを共にしたアリスでさえ引き起こすことのできなかった欲情だ――まあ、アリスとの情交は一種の排泄《はいせつ》行為にすぎなかった。ガンスリンガーはこのただならぬ官能のうずきを砂漠から一転した環境の変化のせいだと思った。荒涼とした硬土層を何マイルも旅したあとの夜のしっとりとした穏やかさは、ほとんど退廃的だった。

ガンスリンガーは野宿の場所に戻り、火にかけた水が沸くまでのあいだウサギの皮をはいだ。最後に残っていた野菜の缶詰とウサギの肉でうまいシチューができた。ジェイクを起こし、少年が疲れきっていながらも旺盛《おうせい》な食欲でシチューをたいらげる様子を見守った。

「明日《あした》はここにいよう」

「でも、おじさんが追っているあの男……聖職者が逃げちゃう……」

「やつは聖職者ではない。案じるな。おれたちは、もうすぐ追いつく」

「どうしてわかるの?」

ガンスリンガーは答えず、ただかぶりをふった。かなり強い直感が働いて、そう確信していたのだ……が、それはありがたい直感ではなかった。

食事がすむと、ガンスリンガーは食器がわりにしていた缶を洗った（そして、水をぞんぶんに使えることに感激した)。見ると、ジェイクはまた眠っていた。ガンスリンガーはいまではおなじみの胸の高鳴りとふさぎを感じた。カスバートのことを思い出すとかならずそうなる。カスバートはローランドと同い年だったが、精神年齢はずいぶんと幼く思えた。

タバコの灰が長くなって草の上に落ちそうになった。ガンスリンガーは吸い差しを焚き火に投じた。それはあざやかな黄色に燃え上がった。悪魔草《デヴィル・グラス》が放つ炎とはおおちがいで、たいそう清らかだ。夜気はすばらしく涼しかった。ガンスリンガーは背中を焚き火に向けて横になった。

はるか遠く、山々に通じる峡谷から雷のずしりと腹に響く音がたえまなく聞こえてくる。ガンスリンガーは眠りに落ちた。そして夢を見た。

II

スーザン・デルガド、ローランドの愛する女《ひと》が目の前で死にかけている。

かれは目を見開いた。両腕は二人の村人に両脇から押さえつけられ、首には錆《さ》びついた大きな鉄の首輪をはめられて身動きができない。実際にはこんなふうではなかった――ローランドはその場にいることさえなかったのだ――が、夢には夢の論理がある。

スーザンは死にかけている。ローランドは彼女の髪のこげる臭いをかぎ、村人たちが、生贄《チャーユー・ツリー》だ！　と叫んでいるのを聞いた。かれは自分自身の狂気の色を見た。スーザン、愛《いと》しい窓辺の少女、馬飼いの娘。ドロップの平原を風のように疾駆するその姿、馬と一体となった少女の影、まるで昔話で語られる伝説の生き物のよう。野性的で自由奔放！　馬と少女は一体となってトウモロコシ畑をさっそうと疾駆する！　ところがいま、村人たちはその少女にトウモロコシの皮を投げつけ、皮は見る見るうちに火に包まれて彼女の髪に燃え移る。生贄《チャーユー・ツリー》だ、人身御供《チャーユー・ツリー》、村人たちは叫んでいる。かれら光と愛の敵、そしてどこかにいる魔女がゲラゲラ笑っている。リーア、それが魔女の名だ。スーザンは炎にあぶられて黒こげとなり、皮膚が張り裂ける。そして――

そしてスーザンはなんと叫んだのだったか？

「少年！」スーザンは絶叫した。「ローランド、少年が！」

ローランドは背後をふり向いた。鉄の首輪が首を切り裂く。くびられきしる音が聞こえた。自分ののどから出た音だった。あたりには肉の焼ける甘ったるくて胸糞《むなくそ》の悪くなる臭いが漂っていた。

少年は、火葬用に積まれた薪《まき》の山を見下ろす高い窓からローランドを見ていた。かつてスーザンがいたことのある同じ窓だ。ローランドを男にしてくれたスーザンはそこに腰かけて、『ヘイ・ジュード』や『イーズ・オン・ダウン・ザ・ロード』や『ゆきずりの恋』といった古い歌を歌った。その窓から、少年は大伽藍《だいがらん》を飾る雪花石膏《アラバスター》の聖人像のように身を乗り出して見おろしている。その目は大理石だった。そしてジェイクの額には大釘《おおくぎ》が打ちこまれていた。

ガンスリンガーは、自らの狂気の始まりを告げる絹を裂くような苦悩の悲鳴が腹の底からこみあげてくるのを感じた。

「うんんん――」

III

ローランドは指先を火になめられてうめき声をあげ、とっさに闇の中に飛び起きた。メジスでの出来事の夢が首にはめられていた鉄の輪のように、目覚めてもなお、まとわりついている気がした。悪夢にうなされ、寝返りをうったひょうしに片手を消えかけている火に突っこんだらしい。火傷《やけど》した手を顔にあてがうと、夢は足早に去り、白い石膏《せっこう》で作られた守護聖人ジェイクの姿だけを置き土産に残していった。

「うんんん――」

ガンスリンガーは二丁拳銃《けんじゅう》をかまえると、柳の森の神秘的な闇を睨《にら》みつけた。その両目は熾《お》き火を受けて真っ赤な穴と化している。

「うんんん――」

ジェイク。

ガンスリンガーは立ち上がって走りだした。月が昇っていた。おかげで、かれは露を踏んだ少年の足跡をたどることができた。柳の枝をかいくぐり、水を蹴散《けち》らして泉を突っ切り、向こう岸に上がると、ぬかるみに足を滑らせた(その際、身体《からだ》をひねった痛みがあとあとまで尾を引くことになる)。柳の小枝が顔を鞭打《むちう》った。奥に進むにしたがって、木々はしだいに太くなり、月明かりがさえぎられていった。幹が潜伏する影となって行く手に立ちふさがった。草は、いまや膝《ひざ》を隠すまでに生い茂り、かれをやさしく愛《あい》撫《ぶ》した。まるで、もっとゆっくり歩いて夜の冷気を満喫してよと訴えているかのようだ。ねえ、人生を謳歌《おうか》しなさいよ。倒木のなかば朽ちかけた枝がかれの脛《すね》や股間《こかん》をいたぶった。ガンスリンガーはしばし立ち止まった。顔を上げて、空気を嗅《か》ぐ。微風が方角を示してくれた。言うまでもなく、少年は異臭を放っていた。垢《あか》と汗と埃《ほこり》まみれの体臭。それを言うなら、ガンスリンガーもけっしていい臭いを放っていたわけではない。かれはゴリラのように鼻孔をふくらませた。若々しくてさほどきつくない少年の汗の臭いはかすかだが、まぎれもない。ガンスリンガーは倒木を跳び越え、草やイバラの茂みを踏みわけ、柳やウルシのトンネルを走りぬけた。苔《こけ》が肩に触れた。ぶよぶよした死体の手のようだ。なにやら灰色の巻き鬚《ひげ》を持つものがまとわりついてくることもあった。

ガンスリンガーは最後の柳の垂れ幕をかきわけた。すると星空の下に開けた空き地に出た。正面の信じがたい高みに、雪を頂いて真白い髑髏《どくろ》のように不気味に輝いている山脈の先鋒《せんぽう》が見えた。そして黒曜石の石柱が円環状に立ち並んでいた。それは月明かりを受けて、なにやら動物を生け捕りにするための超現実的な罠《わな》のように思える。中央にある卓状の石は……祭壇だろう。玄武岩の土台から盛り上がっている石の祭壇はかなり昔のものだ。

ジェイクはその祭壇の前に立って身体を前後に揺すっていた。脇に垂らした両手が小刻みにふるえている。まるで感電しているかのようだ。ガンスリンガーは強い口調で少年の名を呼んだ。するとジェイクはなんとも形容のしようがない声音で拒絶した。少年の垢じみた顔は左肩に隠れてよく見えなかったが、恐怖と歓喜とが交錯した表情をしている。いや、それだけではない何かがある。

ガンスリンガーは環状列石の中に踏みこんだ。するとジェイクは悲鳴をあげ、両手を前に投げ出すようにしてあとずさりした。いまや少年の顔をはっきりと見ることができた。恐怖と戦慄《せんりつ》とが耐えがたいほどの喜悦と争っている。

ガンスリンガーはそいつが触れてくるのを感じた——この神殿の霊、スキュブスだ。こいつは睡眠中の男と性交して精気を吸い取る女の夢魔として知られている。たちまちガンスリンガーの股間にバラ色の光が、やわらかいのに固い光が満ちた。自分の一物が頭をもたげてくるのを感じた。それはみるみるふくれあがり鋭敏になって、早くも先走りの汁を滴らせはじめている。

ガンスリンガーは我知らず、ズボンのポケットから腐りかけた顎骨《がっこつ》を取り出した。中間駅に滞在したときに、もの言う妖魔《ようま》のいた穴蔵で手に入れてから、ずっと持ち歩いていたのだ。何か考えがあってのことではなかったが、ガンスリンガーは純然たる本能にしたがうことを恐れたことは一度もない。これまでそうすることが最善にして最適だったのだ。かれは有史以前の哄笑《こうしょう》が張りついている顎骨を眼前に掲げ、もう一方の腕をぐいと押し出すように伸ばし、親指と小指だけを立てて悪魔のしるしを作った。邪眼から身を守る古来の魔除《まよ》けである。

官能の激流がカーテンを勢いよく引いたように消えうせた。

ジェイクがふたたび悲鳴をあげた。

ガンスリンガーは少年に近づくと、恐怖と歓喜のせめぎあう顔に向かって顎骨を掲げた。

「これを見ろ、ジェイク――しっかり見るんだ」

苦悶《くもん》に湿ったうめき声が答えとして返ってきた。少年は顔をそむけようとしたが、できなかった。一瞬、ジェイクはふたつに引き裂かれたように見えた――肉体的ではなく精神的に。そしてだしぬけに、白目をむいて失神した。大地にグニャリと横たわり、片手が祭壇にもう少しで触れそうになった。ガンスリンガーは片膝《かたひざ》をついて少年を抱き上げた。驚くほど軽い。十一月の木の葉のように水分を失っている。炎天下の砂漠を長いあいだ歩きとおしてきたからだ。

ローランドは、環状列石に棲《す》んでいる霊が自分のまわりをうろついているのを感じた。

そいつは嫉妬《しっと》に怒り狂っていた――獲物を横取りされたのだからむりもない。ひとたび列石の環《わ》の外に出ると、恨みのこもった嫉妬の気配はたちまち消えた。ガンスリンガーはジェイクを抱きかかえてキャンプ地に戻った。そこに到着するまでに、少年の苦悶の表情は熟睡している寝顔へと変わった。

ガンスリンガーは少年を抱きあげたまま、燃えつきて灰と化した焚《た》き火のそばにしばらく立ちつくしていた。月明かりを浴びているジェイクの顔を見ていると、ローランドは今一度、雪花石膏《アラバスター》の汚《けが》れをまったく知らない純粋な聖人像を思い出さずにはいられなかった。かれは少年を抱きしめ、その頬に軽く唇を寄せた。おれはこいつのことが愛《いと》しくなった。いや、そうではない。それを言うなら、おそらくほんとうのところは、おれはこいつと出会った瞬間にすでに愛しく思ったのだ（スーザン・デルガドの場合と同じように）。いまになってそれが事の真相であるとわかる。と言うのも、それは実際に一《ひと》目惚《めぼ》れだったからだ。

そのとき、どこか頭上のはるか高みで黒衣の男の笑い声が聞こえたような気がした。

Ⅳ

ジェイクが呼んでいた。それでガンスリンガーは目が覚めた。前の晩、かれは少年を近くに生えている灌木《かんぼく》にしっかりとくくりつけておいたのだ。そのために、ジェイクは腹をすかし、気が動転していた。太陽の位置からすると、九時半ごろだろう。

「どうして縛ったりするのさ？」ジェイクは毛布の固く絞った結び目をほどくガンスリンガーに向かって憤慨した口調できいた。「逃げたりしないよ！」

「それが逃げたんだ」ガンスリンガーはジェイクの表情を見て微笑んだ。「捜して連れ戻さなければならなかった。おまえ、夢遊病の気があるな」

「ぼくが？」ジェイクは疑いのまなざしでガンスリンガーを見つめた。「これまでそんなこと一度もなかったのに――」

ガンスリンガーはだしぬけに顎骨を取り出し、ジェイクの鼻先に突きつけた。ジェイクは片手を上げ、顔をしかめながらのけぞった。

「どうだ、わかったか？」

ジェイクは当惑してうなずいた。

「なにがあったの？」

「いまおしゃべりをしているひまはない。ちょっと野暮用がある。ことによると、丸々一日、留守にするかもしれん。そこでだ、よく聞け、ジェイク。これは重要なことだ。日が暮れてもおれが戻らない場合は――」

ジェイクの顔に恐怖の影がよぎった。

「ぼくを置き去りにするつもりなんだ！」

ガンスリンガーはただ黙って少年を見つめていた。

「そんなことないよね」ジェイクは間をおいてから言った。「置いてきぼりをくわすつもりなら、とっくにそうしているはずだし」

「そのとおり。さあ、耳の穴をかっぽじってよく聞け。おれがでかけているあいだ、おまえにはここにいてもらいたい。野宿しているこの場所にだ。うろちょろするな。たとえ、そうすることがこの世で一番いいと思える場合にもだ。そして変な気分——とにかくなにか妙だと感じたら、この骨をつかんで両手でしっかり持っていろ」

ジェイクの顔を憎悪と嫌悪がよぎり、困惑とまざりあった。

「できないよ。ぼく……ぼく、そんなことといやだ」

「できる。そうしなければならんのだ。とくに日が傾いてからは。これはたいせつなことだぞ。最初にこれを手にすると、吐きたくなったり頭が痛くなったりするような気分になるかもしれないが、それは一時のことだ。いいか、わかったな？」

「うん」

「なら、おれの言ったとおりにするな？」

「うん。でも、どうしてひとりででかけなくっちゃいけないのさ？」ジェイクはたまりかねて大声を張り上げた。

「理由などない、ただそうするだけだ」

あらたにガンスリンガーは、少年の表情の背後に横たわっているすばらしく強固ななにかのきらめきを感じ取った。それは実際に天を突くほどに高い建物が林立する街からやってきたという少年の身の上話と同じように謎めいていた。そしてそれはカスバートにはないものだった。少年はガンスリンガーにもうひとりの友人のことを想起させた。アランだ。アランは寡黙で、カスバートのようなこれみよがしの大口をたたいたりしない。しかも、頼りになる男で、怖いもの知らずだった。

「わかった」ジェイクは言った。

ガンスリンガーは顎骨を焚き火の灰のそばにそっと置いた。顎骨は五千年の夜を経てようやく日の光にお目にかかれた、腐食した化石のように草の中からニタリと笑いかけた。ジェイクはそれに目を向けようとはしなかった。かわいそうに、青ざめて見るにたえない顔をしている。ガンスリンガーはジェイクに催眠術をかけて眠らせ、話を聞き出そうかとも思ったが、得るものはほとんどないだろうと判断した。環状列石の悪霊が妖魔であることは確実だ。同時に、神託を告げる巫女《みこ》であることもまちがいない。姿形なき妖魔、未来を見通す眼を持ち淫靡《いんび》なまなざしを放つ不定形の巫女である。ひょっとしてシルヴィア・ピットスンの霊かもしれない、とガンスリンガーはふと思った。タルの町で狂信者たちをけしかけ、しまいにはおれに惨劇を展開するようにしむけた、あの大女だ……が、それはあるまい。悪霊の巫女はシルヴィア・ピットスンではない。円環状に配置された石は太古の遺跡だ。この悪霊の住まう場所が作られたころには、シルヴィア・ピットスンなどこの世に影も形もありはしなかった。悪霊は老練……かつ狡猾《こうかつ》だ。

しかし、ガンスリンガーは悪霊との接し方をよく心得ている。また、ジェイクが顎骨の神通力をもちいる必要はないだろう。無形の妖魔である巫女は少年より大人のガンスリンガーにご執心のはずだからだ。悪霊の巫女にたずねたいことがある。危険は承知のうえで……それも命にかかわるほどの危険だ。にもかかわらず、それは自分とジェイクにとって、ぜがひでも知っておかねばならないことだった。

ガンスリンガーはタバコ入れの小袋を開くと、粉になったタバコの葉をかきわけながら手探りをし、なにやら白い紙切れに包まれた小さなものを取り出した。そして、じきに失うことになるとは夢にも思わなかった指のあいだでそれを転がしながら、ぼんやりと空を見上げていた。やがて白い紙切れの包みを開いて中身を手のひらにのせた――それは長の旅路に縁も磨《す》り減った白い錠剤だった。

ジェイクは好奇心むきだしの表情でそれを見つめた。

「それ、なに？」

ガンスリンガーは声に出して短く笑った。

「コートがよく話してくれた。いにしえの神々が砂漠に小便をし、それがメスカリンになったのだと」

ジェイクはきょとんとした。

「薬だよ。といっても、睡眠薬のようなものではない。そのぎゃくで、こいつが効いているあいだは意識や神経が敏感になる」

「ＬＳＤみたいなもんだね」

少年は一瞬納得したようだったが、またわけがわからないといった表情をした。

「なんだ、それは？」

「知らない。かってに口から出たんだ。でも、知っていたんだと思う……以前は」

ガンスリンガーはうなずいたものの釈然としなかった。メスカリンのことをＬＳＤと言うなんて耳にしたことがない。魔道師マーテンの古書にもそのような言葉は記されていない。

「身体《からだ》に悪くないの？」

「これまでのところは」ガンスリンガーは答えをはぐらかした。

「なんだかいやだな」

「気にするな」

ガンスリンガーは革袋の水を口にふくんでから白い錠剤を飲んだ。いつものように、すぐに口腔《こうこう》に反応が現れた。唾液《だえき》がどっとあふれだしてきたような感じだ。かれは燃えつきた焚き火の前に腰をおろした。

「どのぐらいで効くの？」

「時間がかかる。静かにしていろ」

ジェイクは口を閉ざし、ガンスリンガーが儀式のようにおごそかに銃を掃除するようすを、不安もあらわに見つめていた。

ガンスリンガーは銃をホルスターにしまってから言った。

「おまえのシャツだ、ジェイク。それを脱いでこちらによこせ」

ジェイクはしかたなさそうに色あせたシャツを頭から脱ぎ、あばら骨が浮き出ているやせた上半身をあらわにして、シャツをローランドに手わたした。

ガンスリンガーはジーンズの脇の縫い目から針をぬき取り、ガンベルトの空の薬莢《やっきょう》に入れてあった糸を出した。そして少年のシャツの袖《そで》のほころびを縫いはじめた。針仕事が終わったので少年にシャツを戻したとき、メスカリンが効いてきた――胃がきゅっと縮み上がり、身体じゅうの筋肉が引き締まるような気がした。

「いかねばならん」ガンスリンガーは立ち上がりながら言った。「頃合だ」

ジェイクも心配そうな顔つきで腰を浮かしたが、思い直してふたたびすわった。

「気をつけてね。おねがいだから」

「顎骨《がっこつ》のことを忘れるな」

ガンスリンガーは行きがけにジェイクの頭に手をやり、トウモロコシ色の髪をくしゃくしゃにした。その行為に我ながら驚き、ガンスリンガーは小さく笑い声をあげた。かたやジェイクは反応に困ったような笑みを浮かべながら、柳の森の中に去っていくガンスリンガーのうしろ姿を見守っていた。

V

ガンスリンガーは環状列石に向かってゆっくりと歩いていった。とちゅう休んで泉の冷たい水でのどを潤した。苔《こけ》と睡蓮《すいれん》の葉に縁どられた小さな水鏡に映った我が身を見つめ、つかのまナルキッソスのように魅了された。メスカリンが精神に作用をおよぼしはじめていた。心に浮かぶ想念のすべて、および知覚されることごとくに意味が満ちあふれていくように思われたが、そのかわり頭の回転が鈍くなった。それまでは意識されなかったさまざまな事物が重みと密度をもちはじめた。ガンスリンガーはふたたび立ち上がると、そこを立ち去る前に、幾重にもからみ合いもつれ合っている柳の枝の向こう側を透かし見た。そして黄金の筋となって斜めに差しこむ木漏れ日の中に、小さな虫たちが宙に舞う微塵《みじん》と戯れているのを、しばしながめた。

ガンスリンガーはこれまでにもしばしばドラッグに心の平安を乱された。かれの自我は強すぎるために（それともたぶん単純すぎるために）、鋭敏な感受性の標的となり、引きはがされ、おとしめられることを愉《たの》しむことができない——ネコの髭《ひげ》にくすぐられている（ときには気も狂わんばかりになる）ような気がするのだ。だが、今回は心の乱れは感じられない。いい調子だ。

空き地に着くと、迷わず環状列石の中に踏みこんだ。そして立ち止まり、精神を自由に飛翔《ひしょう》させておいた。よし、いいぞ。効き目がより強烈に、早くなってくる。草むらが緑の叫喚を放ってきた。かがみこんで両手で触れれば、手のひらと指が緑色に染まってしまうのではないかと思われた。実際に試してみたいという子どもじみた衝動をぐっと抑えた。

しかし、巫女《みこ》の声は聞こえなかった。欲情の目覚めやその手のことも感じられない。ガンスリンガーは石の祭壇に近づき、しばしそのかたわらにたたずんだ。いまやまっとうに物事を考えることができない。自分の歯がなにやら異物のように感じる。ピンク色の苔むした大地に立ち並ぶ小さな墓石のような感じだ。世界はまぶしいほどの光に覆われている。ガンスリンガーは祭壇によじ登り、そこに身を横たえた。かれの精神は、これまで見たことも想像したこともない奇妙な植物であふれかえった密林と化し、メスカリンの泉を取り囲んで繁殖している柳の森となった。空は水に変わり、そこに逆さ吊《づ》りになっている気分だ。思考が渦巻き、激しいめまいを感じたが、どこか遠くで起こっているどうでもよいことのように思えた。

詩の一節が思い浮かんだ。今回は子守り歌ではない。ガンスリンガーの母は薬を忌み嫌っていた。そして薬が必要になることを恐れてもいた(ちょうど、コートを恐れ、子どもたちの折檻《せっかん》役としてこの男が必要とされていることを忌み嫌っていたのと同じである)。その詩は聖人〈マニ〉の民から砂漠地帯の北部へと伝えられたものだった。その地では、普段は動いていない機械に埋もれて、いまだに人々が暮らしている……そして、ときおり作動する機械に食われている。詩は何度もくりかえし頭の中に浮上してきた

（その脈絡のなさがメスカリン特有の作用だ）が、それでガンスリンガーは子どものころ所有していたガラス玉を思い出した。内部にこまかい金属片が入っていて、逆さにするとそれが雪のように舞い落ちるといった仕組みの神秘的で幻想的な代物だった。

人の知りえた地の果てに
冥府《めいふ》のような、奇怪な……

祭壇の頭上を覆っている木々の枝葉の狭間《はざま》にいくつもの顔が見えた。ガンスリンガーはそれらにぼんやり見とれていた。胴体をくねらせる緑の竜があるかと思えば、小枝の腕を広げて差し招く森の妖精《ニンフ》がおり、また、ねばついた樹液に覆われて肥大した生きている頭蓋骨《ずがいこつ》もいる。いたるところ顔、顔、顔だ。

空き地の草むらが不意に風になびいてかしいだ。

来たわ。

ほら、ここよ。

ガンスリンガーの肉体の内側がかすかに疼《うず》いた。思えば、おれも遠くまで来たものだ。スーザンとドロップの草原で愛をかわしてからこれまで、どれだけの時が経ち、どれだけの距離を移動して来たことか。

巫女《みこ》はガンスリンガーに身体を押しつけてきた。といっても、その肉体は風であり、乳房はジャスミンとバラとスイカズラの香りにすぎなかったが。

「予言をしろ。おれの知っておくべきことを聞かせろ」ガンスリンガーは言ったが、口に鉛が詰まっているような感じだった。

吐息が顔にかかり、すすり泣くようなかすかな声が聞こえた。ガンスリンガーは性器をまさぐられるのを感じて勃起《ぼっき》した。頭上に覆いかぶさるように茂っている枝葉の顔の向こう側に山並みが見えた——その険しい峰は、まるで威嚇《いかく》してむきだされた歯のようだ。

姿なき巫女の肉体が淫靡《いんび》にこすりつけられてきた。ガンスリンガーは思わず両の拳《こぶし》を握った。妖魔《ようま》はかれの脳内にスーザンの姿を送ってきた。あんたの上に乗っかっているのはスーザン、愛《いと》しいスーザン・デルガドさ。ドロップの草原の廃屋となった小屋でほどいた髪を背中に流れるように垂らしてあんたを待っているスーザンだよ。ガンスリンガーはかぶりをふった。だが、スーザンの幻影は去らない。

ジャスミンとバラとスイカズラ、そして干し草……どれもわたしとあなたの恋にまつわる香り。わたしを愛して。

「予言を告げろ。真実を言え」

おねがい、巫女は嗚咽《おえつ》をもらした。冷たくしないで。ただでさえ、ここはいつも冷たいのよ——。

不可視の両手が身体をすべるように愛撫《あいぶ》しながら、ガンスリンガーの欲情に火を点《つ》けていく。そして固くなった男根をそっと握って誘《いざな》っていく。淫《みだ》らな芳香を放つ暗黒の裂け目へと。そこはしとどに濡《ぬ》れて熱く――

いや、そこはかさかさに乾いている冷たい不毛の地だ。

少しは情けをかけてよ、ガンスリンガー。ああ、どうかおねがいだから！　哀れと思って！

おまえは少年に情けをかけたか？

どの少年？　少年なんて知らないわ。わたしが欲しいのは少年なんかじゃない。ああ、おねがい。

ジャスミンとバラとスイカズラ。そして干し草と夏の名残のクローバー。古びた壺《つぼ》から静かに注ぐ油。ああ、わたしを快楽でめちゃくちゃにして。

「あとでかわいがってやる。おまえの告げる予言が有益だったらな」

いまがいいの。ねえ、おねがい。すぐにして。

ガンスリンガーは精神力で妖魔を押さえつけ、欲情に抗《あらが》った。のしかかっていた肉体の卑猥《ひわい》な動きが止まり、いまにも欲求不満の叫喚が聞こえてきそうだった。そしてこめかみのあいだで激しい綱引きが行なわれているのを感じた――灰色のか細い繊維をよりあわせて作った綱はガンスリンガーの精神にほかならない。長いこと、あたり一帯には
ガンスリンガーの落ち着いた静かな息づかいと微風にそよぐ枝葉の音しかしなかった。

枝葉が織り成す緑の顔たちは微風に揺れて、ウィンクをしたりしかめ面《づら》をしたりしてい

る。鳥たちのさえずりはとだえていた。

妖魔は抱擁を解いた。ふたたび嗚咽が聞こえた。事を急がねば、妖魔は去ってしまうだろう。この状態でここにとどまることは妖魔にとって霊力を失うことを意味する。おそらく命とりになりかねない。すでに妖魔はガンスリンガーに愛想をつかして、環状列石から立ち去ろうとしている。風が草むらを吹きなぶった。

「予言を」ガンスリンガーは言った。つづけてさらに味気ない言葉を発した。「真実を告げろ」

すすり泣くような疲れきった吐息が聞こえた。ガンスリンガーは妖魔の懇願を聞き入れる気になりかけた――が、ジェイクのことがある。昨晩、自分がもう少し遅かったら、ジェイクは死ぬか発狂していただろう。

それなら、眠って。

「だめだ」

では、夢うつつに。

妖魔の申し出たことは危険だが、おそらくそうする必要があるのだろう。ガンスリンガーは枝葉の中の顔たちを見上げた。そこではかれのために寸劇が演じられていた。眼の前で世界の盛衰がくりひろげられた。まばゆい砂上に建国された帝国は電気で動く機械によって繁栄した。そして国は衰退して崩壊し、ふたたび興された。液体の流れのように音もなく回転していた大車輪は、しだいにきしみはじめ、やがて音《ね》をあげ、ついには停止した。満天の星空の下に冷たい輝きを発する宝石の台座にも似て、同心円を描いていた街路のステンレススチールの側溝は砂に埋もれた。その間を通じて、十月末のシナモンの香りを運びながら変化の風が吹きつづけた。ガンスリンガーは世界が変転するのをまのあたりにした。

　そして夢うつつの状態に入った。
　三、それがあんたの運命の数字。
　三？

　そう、三は神秘的な数。あんたの探索の中心には三の数がある。あとになるとほかの数字も現れる。でも、いま見える数字は三。

　なにが三なのだ？

　部分的にしかわからない。予言の鏡は曇っているから。

　おまえの目に映るかぎりのことを教えろ。

　まず青年、髪は黒い。盗みと人殺しを犯す瀬戸際にいる。妖魔に取り憑《つ》かれているから。その妖魔の名は〈ヘロイン〉。

　どんな妖魔だ？　聞いたことがない。おれの師匠の話にさえ出たことがない。

　部分的にしかわからない。予言の鏡は曇っているから。ほかにも世界があるのよ、ガンスリンガー、だからあんたの知らない妖魔だっている。海は深いの。そして扉に注意を払って。バラと隠れている扉に。

二番目は？

彼女は車に乗ってやってくる。それ以外はわからない。

三番目は？

死……でも、あんたの死じゃない。

黒衣の男は？　やつはどこにいる？

近くに。あんたはじきにかれと話し合いをするわ。

なにについて？

塔。

少年は？　ジェイクは？

……。

少年はどうなんだ！

少年は黒衣の男へ至る扉。黒衣の男は三に至る扉。三は塔に至る扉。

なに？　どういうことだ？　どうしてそうなる？

部分的にしかわからない。予言の鏡は——。

呪われてくたばりやがれ！

だれも我が身を呪うことはできない。

おれをコケにするなよ、バケモノ。

……。

バケモノがお気に召さないのであれば、なんと呼ぼうか？　行列のできる公衆便所？　それとも詩的に言って、星の売女《ばいた》か風の娼婦《しょうふ》？　愛することに生きて古代の遺跡にやってくる者がある……この悲しい邪悪な時代にあっても。一方で、人の血を流して生きている者がいる。ガンスリンガーのように。自覚しているが、子どもの血を流すことすら辞さない。ジェイクをまきぞえにしないでいられるか？

できるわ。

どうすればいい？

やめにすることね、ガンスリンガー。キャンプをたたんで北西に戻るのよ。そちらの方角では、いまだに拳銃《けんじゅう》を生業《なりわい》とする者が必要とされている。

おれは我が父の銃にかけて誓ったのだ。魔道師マーテンの裏切りを許すわけにはいかない。

マーテンはもういない。黒衣の男がやつの魂を食らってしまったから。あんたも知っているでしょうが。

おれは誓いを立てた身だ。

ならば、勝手に呪われるがいい。

さあ、約束どおり、おれを望みどおりにしやがれ、あばずれ。

VI

過剰な淫欲《いんよく》。

影にのしかかられ包み込まれた。そして突然、激しい恍惚《こうこつ》に襲われたが、太古に赤光《しゃっこう》を放って崩壊した星々のかすかな明るいまたたきにも似た苦痛によって、かろうじて意識を失わずにすんだ。結合の快楽が頂点をめざして駆け上っていくとき、招かれざる女たちの顔が迫ってきた。シルヴィア・ピットスン、タルの町で情を交わしたアリス、愛《いと》しいスーザン、その他これまでに出会ったことのある大勢の女たち。

そしてついに、永劫《えいごう》の時が流れたと思われたのち、ガンスリンガーは妖魔《ようま》を押しのけた。いま一度我を取り戻したかれは、骨の髄まで疲れきり、嫌悪感にさいなまれた。

いや！　もっとして！　まだ——

「もうたくさんだ」

ガンスリンガーは身体《からだ》を起こすと、祭壇から転げ落ちそうになりながら降り立った。

そこを妖魔が未練がましく触れてきた。

(スイカズラ、ジャスミン、花香油)

しかし、ガンスリンガーはがくりと両膝《りょうひざ》をつきながら、妖魔を邪険にはねのけた。

ふらつく足どりで列石の外へと向かった。神殿をよろめきながらやっとぬけると、肩から重荷が取り除かれたような気がした。そして肩をふるわせ、すすりあげるようにして息を吸いこんだ。自分はこの汚辱の感覚を正当化できるだろうか？　わからない。時が解決してくれるだろう。神殿から立ち去るさい、ガンスリンガーは、妖魔が自らの牢《ろう》獄《ごく》の格子にすがりつき、遠ざかっていくこちらを見つめているのを感じた。今度だれかが砂漠を越えてここにたどり着き、ひとり寂しく欲情に飢えている妖魔と出会うのはいつのことだろうか。しばしガンスリンガーは、永遠の時の流れのなかでいかに自分が卑小な存在であるかを思った。

Ⅶ

「だいじょうぶ？」

ガンスリンガーが最後の柳の木を押し分け、よろめくようにしてキャンプ地に姿を現したのを目にすると、ジェイクはすぐに立ち上がった。少年は小さな焚《た》き火の燃えかすのかたわらにしゃがみこみ、顎骨《がっこつ》を膝に置いてウサギの骨をひとりわびしくしゃぶっているところだった。いま少年はガンスリンガーめざして一目散に駆け寄った。顔には不安と心細さが浮かんでいた。ジェイクの苦しげな表情を目にすると、遠からずのうちに自分はこの少年を裏切ることになるのだと思って、ガンスリンガーは気持ちが沈んだ。

「ああ。たいしたことない。少し疲れただけだ。ひどい目にあった」そして顎骨を放心状態で指さした。「それはもう捨てていいぞ、ジェイク」

ジェイクはすぐさま顎骨を力のかぎり遠くへ投げると、両手を自分のシャツでごしごし拭《ふ》いた。少年の上唇がめくれあがり、けだものが唸《うな》るときのような形になったが、ガンスリンガーは、それは純然たる無意識のなせるふるまいだろうと受け取った。

ガンスリンガーは腰をおろしながら――へたりこんだというのに近い動きだった――身体じゅうの関節《ふしぶし》が痛み、メスカリンの後遺症で意識が朦朧《もうろう》としているのを感じた。股間《こかん》もいまだに鈍く疼《うず》いている。かれは無意識のうちにゆっくりとていねいにタバコを巻いた。ジェイクはその動作をじっと見つめていた。ガンスリンガーは不意に、無形の妖魔から聞き出したことを話してしまいたい衝動にかられたが、我ながらぞっとして思いとどまった。自分の一部――精神か心か――が崩壊しかけているのではないか。少年が望むとおりに、すべてを打ち明けてしまうだって？　狂気の沙汰《さた》だ。

「今晩もここで休む。明日《あした》、登山の開始だ。少しあとで出かけて、晩飯用の獲物を撃ちに行く。腹が減っては戦ができん。しかし、いまは眠る。いいな？」

「うん。ぶっこわれていいよ」

「どういうことだ？」

「ぐっすりお休みということ」

「なるほど」ガンスリンガーは納得して横になった。ぶっこわれてしまおうと思った。そして気絶したように眠った。

目が覚めると、草地に木々の影が長くなっていた。

「火をおこせ」ガンスリンガーはジェイクに言って、火打ち石と火打ち鉄《がね》を投げてよこした。「使えるか？」

「うん、できると思う」

ガンスリンガーは柳の森に向かったが、少年の声に足を止めた。そして身動きひとつしないで立ち止まっていた。

「闇は火花となって飛んでいけ、わたしの種馬はどこにいる？」少年がつぶやいている。つづいて、カチッ！　カチッ！　カチッ！　と火打ち石を打つ音が聞こえた。機械仕掛けの小鳥の鳴き声のように響いた。「横になって休んでもいい？　ここにいてもいい？　野宿に火のお恵みを」

おれが口ずさんでいたのを耳にしたのだ、ガンスリンガーは思った。全身に鳥肌がたち、びしょ濡《ぬ》れの犬のようにブルブルと震えそうになった。おれが火をおこすときに言っているのを聞いて覚えたのだ。だが、おれはそのようなことを言った覚えがない。こんなぐあいにおれは知らぬまに裏切りを働いてしまうのか？　ああ、ローランドよ、汝《なんじ》は、絆《きずな》のほぐれた悲しい世界にあって、このように細いながらも真の絆を断ち切ろうというのか？　そうすることになにか正当な理由があるのか？

あれはただの決まり文句にすぎない。

そうとも、だが、大昔のいいまわしだ。よき時代の言葉だぞ。

「ローランド？　だいじょうぶ？」

「ああ」ガンスリンガーはぶっきらぼうに言った。そのとき、煙の匂いがかすかに鼻を刺した。「火をおこしたな」

「うん」

少年はあっさりと答えた。ローランドは振り向かなくとも、ジェイクが得意そうに笑みを浮かべているのが手にとるようにわかった。

ガンスリンガーは歩きだし、柳の森を右手に見て進んだ。草地が登り斜面に向かって大きく開けている場所に来ると、かれは陰に後退し息をひそめてたたずんだ。ジェイクがふたたび火打ち石を打つ音が、かすかだがはっきりと聞こえた。ガンスリンガーは思わず微笑んだ。

かれは息を殺して待機した。十分、十五分、二十分と経過した。ウサギが三匹現れた。晩めしの主食だ。ガンスリンガーは銃をぬき、見事に三匹とも仕留めた。そしてその場で皮をはぎ、臓物をぬいてから、キャンプに持ち帰った。ジェイクは首尾よく火をおこしていて、火力は弱かったが、すでに湯が沸いていた。

ガンスリンガーは少年にうなずいてみせた。

「上出来だ」

ジェイクはうれしそうに頬を赤く染め、黙って火打ち道具をガンスリンガーに返した。シチューが煮えるあいだ、日暮れどきの最後の明かりを頼りに、いま一度柳の森へ踏み入った。そして一番近い泉のほとりで、湿地に根を張ったじょうぶな蔓草《つるくさ》を刈り取った。あとで、焚き火が燃えつきてジェイクが眠ってから、ロープをなうつもりだった。なにかのおりに役立つかもしれない。だが、明日になったらとりかかる登山は、さして困難ではないと直感が告げていた。〈力〉の力が作用しているように思われる。そしてもはや、そのことを奇異とは見なさなくなっていた。

蔓草の緑の乳液に両手を染めたまま、ガンスリンガーはジェイクの待っているところへ戻った。

ふたりは日の出とともに起きて、三十分で出発のしたくをした。朝食をとりながら、ガンスリンガーは草地でもう一匹ウサギを仕留めたいと思ったが、じっくり隠れ潜んでいる時間がなく、またウサギ自体も姿を見せなかった。残っている食料の包みはかなり小さくて軽かったので、それをジェイクは楽々と肩にかついだ。これまでの旅のおかげで、少年は目に見えてたくましくなっていた。

ガンスリンガーは泉からくんだばかりの新鮮な水の入った革袋をかついだ。蔓草でなったロープは輪にして腹に巻きつけた。ふたりは環状列石を大きく迂回《うかい》した（ガンスリンガーはジェイクが恐怖を思い出すのではないかと懸念したが、神殿を過ぎてそれを見おろすかたちの岩場に出ると、少年は環状列石にちらりと視線を投げただけですぐに、風上の空を舞う鳥に目をやった)。じきに樹木の丈は短くなり、緑は少なくなりだした。幹はよじれて節くれだち、根は湿り気を求めて大地とくんずほぐれつの大乱闘を演じているようだった。

「なにもかもがとっても古いんだね」小休止をとったとき、ジェイクは沈んだ面持ちで言った。「この世界にはなにか新しいものはないの?」

ガンスリンガーはにやりとして、ジェイクの脇腹を小突いて言った。

「おまえがそうだ」

ジェイクは弱々しく微笑んで言った。

「登りはきついかな?」

ガンスリンガーは、妙なことを言うやつだといわんばかりに少年を見つめた。

「山は高い。つらい登りになると思わないのか?」

ジェイクはガンスリンガーを見返した。その目は不安と当惑に彩られている。

「思わないよ」

ふたりは歩きつづけた。

Ⅷ

太陽は真上に登ったが、そこにとどまっている時間は砂漠を照りつけていたときとくらべると短く、早々に西に傾きながら、ふたりの登山者の影を地に落とした。前方の斜面から突出している岩棚は大地に埋まっている巨大な安楽椅子の肘掛《ひじかけ》に似ていた。登るに連れて、低木の茂みは黄色くなり、やがて枯葉となった。ついにふたりは、煙突のように深い亀裂《きれつ》に行きあたった。そこを避けて上へ進むには、短いもののほとんど垂直に切り立った崖《がけ》を這《は》い登らなければならない。しかし、太古の花崗岩《かこうがん》には階段のような断層の列ができていた。そして予測していたとおり、少なくとも登山の初めの一歩は簡単だった。ふたりは頂の一メートルほどの急斜面で小休止をとり、砂漠へと連なる山裾《やますそ》をふりかえった。砂漠は巨獣の黄色い前足のように麓《ふもと》を抱えこんでいる。さらにその向こうは、銀色の盾を伏せたように陽光をギラギラと照り返して、立ち昇る熱波に霞《かす》みながら地平線へとつづいている。ガンスリンガーはかすかに驚嘆の念を覚えた。おれはあの砂漠であやうく命を落とすところだったのだ。心地よい冷風に吹かれて立つこの場所から見おろすと、砂漠はたしかにとてつもなく広大だが、死の脅威をはらんでいるとは思えない。

ふたりはふたたび登りに専念した。もろい岩場をよじ登り、石英や雲母《うんも》が光る岩棚の急斜面を這うようにして進んだ。しがみつく岩は温かくて心地よかったが、風は冷たかった。午後遅く、ガンスリンガーは遠くかすかな雷鳴を耳にした。だが、そそりたつ岩壁にさえぎられて、向こう側の雨は見えなかった。

日が傾いて影が赤紫色に変わりはじめたころ、ふたりは、突き出た額のようになっている岩の下で野宿することにきめた。ガンスリンガーは毛布を広げて上と下を固定し、かなり傾いた掘っ立て小屋のような即席のテントをこしらえた。ふたりはその入り口に腰をおろし、空がしだいに外套《がいとう》を広げて世界を覆っていくのをながめた。ジェイクは岩《いわ》端《はな》に両脚をたらしてぶらぶらさせていた。ガンスリンガーは夜の一服のためにタバコを巻き、なかばおどけた表情でジェイクに視線を向けた。

「寝返りをうって落ちるなよ。地獄で目覚めることになるぞ」

「だいじょうぶ」ジェイクはまじめな顔で答えた。「おかあさんが言うには――」と言って、口をつぐんだ。

「なんと言うのだ？」

「ぼくは、死んでるみたいにピクリとも動かないで眠ってるんだって」

そう言いおえると、ジェイクはガンスリンガーを見つめた。少年の唇は涙をこらえて震えている――まだ、ほんの子どもなのだ、ガンスリンガーはそう思って胸が痛んだ。その痛みは、冷水を一気に飲んだときに前頭部を貫くそれと似ていた。まだほんの子どもなのに、なぜ？　愚かな問いかけだ。子どものころ、肉体や精神が傷ついたときに、コートに同じ問いをすると、ガンスリンガーの息子たちに修業を施す師である古風で傷だらけのこの戦闘機械はこう答えたものだ。

「〝なぜ〟というのはひんまがった言葉だ。まっすぐにできるもんじゃない……なぜなんて考えるな。しゃきっとしろ、めそめそするな！　しっかり大地を踏みしめるんだ！　一日は始まったばかりだぞ！」

「なぜ、ぼくはここにいるのかな？　どうしてここに来る前のことを忘れちゃったんだろ？」

「黒衣の男がおまえをここに呼び寄せたからだ。それと〈暗黒の塔〉のせいだ。塔は一種の……力の中心だ。時間における」

「わけわかんない！」

「おれもだ。だが、なにかが起こっている。それはおれ自身の時間にかかわることだ。〝世界は変転した〟と人は言う……だれもがずっとそう言ってきた。しかも、いまではその変転の速度がより速くなっている。なにかが時間に起きているのだ。時間が軟化している」

しばらくふたりは黙ってすわっていた。風はかすかだったが、まるで刃物の切っ先で突いているような鋭い冷たさを帯びていて、かれらの脚をなぶった。そして岩の裂け目を通過しながらうつろな響きを奏でていた。

「どこで生まれ育ったの？」

「いまでは存在していない場所だ。聖書は知っているか？」

「うん、ジーザスとモーゼ」

ガンスリンガーは微笑んだ。

「そのとおり。おれの故郷の名は聖書からとられた——ニュー・カナンと呼ばれていた。いわゆる、乳と蜜《みつ》の流れる地だ。聖書で語られているカナンでは、ブドウがとても大きく実って、橇《そり》で運ばなければならなかったらしい。おれの故郷ではさすがにそこまででかくならなかったが、とにかく実り豊かな国だった」

「ユリシーズのことも知ってるよ」ジェイクはためらいがちに言った。「その人も聖書に出てくるの？」

「かもな。おれは聖書を熱心に読んだことはない。だから確実なことは言えん」

「でも、ほかの同郷の人たち……おじさんの友だちとかは——」

「ほかにはだれも生き残っていない。おれが最後のひとりだ」

やせ細った三日月が昇りはじめ、ふたりのいる岩の斜面に光を投げかけた。

「きれいだった？　おじさんのふるさと……国は？」

「美しい場所だった。広大な野原と森林と川、朝には霧が立つ。しかしそんなのは単に景色がいいというだけのことだ。母がよくこう言っていた。ゆいいつほんとうの美とは、秩序と愛と光だと」

ジェイクはあいまいな返事をした。

ガンスリンガーはタバコを吹かしながら、あれからどのぐらいの歳月が流れたのだろうかと思った——夜ごと、中央の大広間は、ゆっくりとしたワルツや軽快なポルカを踊る何百という富裕な人々の姿であふれかえり、両親が自分のために選んだアイリーン・

リッターと踊りながら、彼女の瞳《ひとみ》はどんなに高価な宝石よりも美しく輝いていると思い、あたりを見れば、クリスタルのシャンデリアが高級娼婦《しょうふ》たちの結いたての髪とそのお相手の殿方の自嘲《じちょう》気味な笑顔をまぶしく照らし出していた。大広間はとほうもなく広かった。その光の広大な空間がいつ建てられたのか知る者はいなかった。それを言うなら、百近くもある城から構成されている〈中心地区〉自体の起源も記憶の彼方《かなた》にあった。ローランドがこの城郭を目にし、最後に別れを告げてからどのぐらいの歳月が経過したのかわからない。〈中心地区〉に背を向け、黒衣の男を追跡しはじめたときには胸が痛んだ。その時点ですでに、壁はくずれ、中庭には雑草がはびこり、大広間の太い梁《はり》にコウモリが群がり、そして回廊ではツバメが悠然と風を切って飛びかっていた。コートが弟子たちに弓術や射撃やタカ狩りを伝授した教練場は枯草や雑草や蔓草《つるくさ》にのっとられていた。かつてハックスが我が物顔に歩きまわり、湯気とおいしそうな料理の匂いが立ち込めていた広大な厨房《ちゅうぼう》は、奇怪なスロー・ミュータントのおぞましい巣窟《そうくつ》と化していた。そのバケモノどもは食料貯蔵庫の暗がりや柱の陰からローランドを覗《のぞ》き見ていた。以前の厨房に満ちていたビーフやポークの焼ける香ばしい匂いは、苔《こけ》や黴《かび》のじめついた臭気にとってかわられた。スロー・ミュータントでさえ寄りつこうとしない片隅には、白い巨大な毒キノコが生えていた。半地下のブドウ酒蔵の大きくて重厚な樫《かし》の扉は開いたままになっており、その奥から最悪の腐臭がもれていた。鼻がまがりそうなほどひどいその悪臭は老廃と腐敗の決定的な事実を象徴しているようだった。ブドウ酒の芳醇《ほうじゅん》な香りは酢の酸臭となってしまった。荒廃と腐臭に背を向けて南をめざすことはさほどつらくなかった——が、ローランドの心は傷ついた。

「戦争があったの？」

「それいじょうのことがな」ガンスリンガーは言って、短くなったタバコを谷底に投げ捨てた。「革命だ。おれたちは個々の戦いにはいつも勝っていた。ところが大局では負けた。つまるところ、勝ったやつなんていなかったのだ。勝者がいたとすれば、ゴミあさり人や戦場泥棒ぐらいのものか。そういうやつらにとっては、戦後は何年も収穫があったにちがいない」

「ぼくもその土地に住んでみたかったな」ジェイクはうらやましそうに言った。

「本気か？」

「うん」

「もう寝るぞ、ジェイク」

少年は、いまや薄ぼんやりとした影にしか見えなくなっていたが、横になると、むぞうさにかけた毛布にくるまって身体《からだ》を丸めた。それから一時間ほど、ガンスリンガーはジェイクの張り番をしているようなかたちですわりこみ、冷静に沈思黙考した。そのようにじっくりと事をかまえて思索するのはガンスリンガーらしくなかった。甘美な憂愁にふけるのもなかなかのものだと思ったが、物想いにふけったところで実際には何の役にも立たなかった。ジェイクに関する問題の解決策としては妖魔《ようま》の巫女《みこ》の言葉に従うしかない——とはいえ、いまさら尻尾《しっぽ》をまいて引き返すことはできない。状況は悲劇的様相をていしていたが、ガンスリンガーはそうとはみなしていなかった。かれにしてみれば、これはあらかじめ定められていた運命なのだ。この件に関して、最終的には冷静な沈思黙考ではなく、もって生まれた性格によって再確認すると、ガンスリンガーは夢も見ずにぐっすり眠った。

IX

翌日、ふたりは見上げる山並みに細くVの字に切れ込んだ峡谷を目指して進みつづけたが、登りはしだいに苛酷《かこく》になってきた。ガンスリンガーはゆっくり歩いた。まだいそぐことはない。踏みしめる乾ききった石に黒衣の男の足跡は見あたらなかったが、やつはこの道を先に進んだのだという確信があった——先日、ガンスリンガーとジェイクは、壁を這《は》う小さな虫けらほどの黒衣の男の姿を山裾《やますそ》から目撃していたからだ。それだけではない。やつの体臭が山から吹き降ろす冷たい風のそこかしこに漂っている。それは脂ぎって生臭く、悪魔草《デヴィル・グラス》と同じように鼻にツンとくる。

　ジェイクの髪がだいぶ長く伸びており、日焼けした首筋から肩にかけて巻き毛となっていた。少年は弱音を吐くこともなく、足取りもたしかで、岩の深い裂け目をまたぎ越し、切り立った壁を這い登るといったふうで、まったく高所恐怖症ではない。すでに二度、ガンスリンガーが往生した場所を先に軽々とこなしている。その際、ガンスリンガーはジェイクが固定してくれたロープの助けをかりてようやく登った。

翌朝、ふたりは冷たく湿った雲の中を進んだ。そのために、自分たちが登ってきた急斜面は真っ白く覆い隠されて見えなかった。あたりの岩のくぼみに雪の吹き溜《だ》まりが目につくようになった。雪は石英の輝きを放っていて、さわってみると砂のように固く乾いていた。その日の午後、雪の吹き溜まりのひとつに足跡を発見した。しばらくのあいだジェイクは、足跡を魅入られたように見つめていたが、やがておびえたような表情をして顔を上げた。まるでその足跡から黒衣の男がにゅっと生えてくると思っているかのようだ。ガンスリンガーは少年の肩をたたいて前方を指差した。

「行くぞ。日が暮れてきた」

その後、かれらは日の名残の中で野宿のしたくをした。場所は、山脈の中心にいたる隘路《あいろ》が峰を切り取っている狭間《はざま》の北東に張り出している広い岩棚だった。寒さが厳しく、吐く息が白く見えるほどだ。赤紫の残照を裂いて聞こえてくる湿潤な雷鳴は現実離れしていて、いささか薄気味悪かった。

さて、質問攻めにあうぞ、とガンスリンガーは思った。しかし、ジェイクからの問いかけはいっさいなかった。横になると、すぐに寝入ってしまったのだ。ガンスリンガーも少年にならった。そしてふたたびジェイクの夢を見た。少年は額に釘《くぎ》を打ち込まれた雪花石膏《アラバスター》の聖人の姿で登場した。ガンスリンガーはハッと息をのんで目を覚ました。高山の冷たく希薄な空気に肺があえいでいる。ジェイクはかたわらで寝ているが、その眠りは安らかではなさそうだ。苦しげに寝返りをうち、うわごとを言っている。夢の中でなにやら恐ろしいものに追いかけられているのだろう。ガンスリンガーは不安を抱いて横になり、ふたたび眠りについた。

X

ジェイクが雪の吹き溜まりに足跡を見てから一週間後、ふたりは短い時間、黒衣の男と対峙《たいじ》した。その瞬間、ガンスリンガーは、〈暗黒の塔〉そのものが持つ意味合いをほとんど理解したような気になった。瞬間が永遠へと広がっていくように思われたのだ。
ふたりは南東をめざしつづけ、巨大な山脈のなかばあたりと思われる地点にたどり着いた。そこから先は初めてほんとうに難儀な行程のように見えた（頭上には、氷をまとってのしかかるように張り出している岩棚や仰々しく天に突き出している柱石があって、ガンスリンガーは見ているだけで不快なめまいを覚えた）。ふたりはふたたび隘路を下りはじめた。やせこけた九十九折《つづらお》りの隘路をたどっていくと、峡谷の底へと出た。そこには氷の岸にはさまれた小川が流れていた。山頂から流れ下る水の勢いにはすさまじいものがあった。

その日の午後、少年は立ち止まって、小川で顔を洗っていたガンスリンガーをふりかえった。

「あいつの臭いがするね」

「ああ、おれも気づいていた」

前方には、山脈が築いた最後の防壁がそびえたっていた——頭を雲に隠した花崗岩《かこうがん》の一枚岩を乗り越えることは不可能だ。それでは小川の流れに沿って進めば、それはそれで広大な滝へと導かれ、鏡面のような断崖《だんがい》絶壁が待ち受けているかもしれない——袋小路《ふくろこうじ》におちいったか、とガンスリンガーは懸念した。しかし、ここの空気には奇妙にも遠くのものを近くに見せる作用が働いていた。高山ではよくある現象だ。けっきょく、ふたりが前方の広大な花崗岩の絶壁にたどりついたのは翌日のことだった。

ガンスリンガーはまたもや高鳴る期待に心がはやりはじめた。ついにすべては自分の掌中にあるという感じがした。この感覚は以前にも——何度も——体験していた。それでも走りだしたいほど気持ちが急《せ》くのを抑えるのに苦労した。

「待って！」

少年が不意に立ち止まった。ふたりは流れが急に曲がっている箇所にさしかかっていた。急流は巨大な砂岩の水に浸食された根元で逆巻き泡立っている。午前中のあいだ、ふたりは山脈の影の中を歩きとおしてきた。峡谷が狭まるにしたがって日が差し込む場所がなくなってきている。

ジェイクは激しく震えていた。顔色は真っ青だ。

「どうした？」

「戻ろうよ」ジェイクはささやくように言った。「早く引き返そう」

ガンスリンガーは眉《まゆ》ひとつ動かさなかった。

「おねがいだから、ねえ？」ジェイクはうつむきかげんで言った。たえがたい苦悩に顎《あご》がガクガク震えている。岩の厚い層を突きぬけて雷鳴がとどろいた。さながら地の底から聞こえるうなり声のようだった。頭上にわずかに覗《のぞ》く空は荒れ模様となり、寒気と暖気がせめぎあって暗雲が渦を巻いている。「ねえ、おねがいだから！」

少年は拳《こぶし》をふりあげた。それでガンスリンガーの胸をなぐりつけようとするかのような剣幕だった。

「だめだ」

ジェイクは愕然《がくぜん》とした。

「おじさん、ぼくを殺すつもりだね。ぼくは、最初にあいつに殺され、今度はおじさんに殺されるんだ。しかも、おじさんは、そのことを知ってるんだ」

ガンスリンガーは偽りの言葉が唇に浮上してくるのを感じたが、そのままそれを口にした。

「おまえに危害はおよばない」そしてさらにひどい嘘を口にした。「おれが守ってやる」

ジェイクは土気色の顔をしたまま、それいじょうなにも言わなかった。そして、しかたなく片手を差し出してガンスリンガーと手をつないだまま、急流の曲がり角に沿って向こう側へまわった。すると垂直の岩壁を背にして、黒衣の男が待ち受けていた。

黒衣の男はふたりの頭上五メートルほどのところに立っていた。岩を乱雑にくりぬいたような巨大な穴から轟々《ごうごう》と流れ落ちる瀑布《ばくふ》の右手だ。姿なき風がフード付きの黒衣をはためかせている。男は片手に杖《つえ》を持っていた。もう一方の手をふたりに差し伸べると、おどけた歓迎の身振りをした。その姿は預言者のようだった。雲が乱れ流れる空の下、岩棚にすっくと立った黒衣の男は、不運を告げる預言者であり、その声は大預言者エレミアのものかと思われた。

「ガンスリンガー！　よくぞいにしえの予言を成就したな！　まことにめでたい、よき日だ、慶賀のいたり！」

黒衣の男は声をあげて笑い、お辞儀をした。その笑い声は滝の轟音《ごうおん》を圧して岩壁にこだました。

考えるより早く、ガンスリンガーは二丁拳銃《けんじゅう》をぬいていた。右手にいたジェイクはおびえ、ガンスリンガーの背中に隠れて小さくなった。

自身の熟練した射撃の技を発揮する心のよゆうもなく、指が勝手に動いて引き金をしぼり、たてつづけに三発撃った——銃声は風と水の音をつらぬいて、周囲にそびえ立つ岩壁にこだました。

黒衣の男の頭上で花崗岩が砕け散った。二発目は頭巾《ずきん》の左端をかすめ、三発目は右にそれた。三発とも見事にはずれた。

黒衣の男は大笑いした――遠ざかっていく銃声のこだまを挑発するような満身の高笑いだった。

「長の歳月にわたって探してきた答えを、そんなにいともたやすく消してしまうつもりなのか、ガンスリンガー？」

「降りてこい」ガンスリンガーは言った。「おれの言うとおりにしろ。それですっかり答えは手に入る」

ふたたび黒衣の男は小バカにしたような笑い声を放った。

「おまえの銃弾をこわがっているのではない、ローランド。おれがおそれているのは、答えというものに対するおまえの考え方だ」

「ここにこい」

「この山の向こう側で話そう。そこでじっくり語り合おうではないか」そしてジェイクにちらりと視線を向け、こう付け加えた。「ふたりだけでな」

ジェイクはか細くすすり泣きながらあとずさりした。すると黒衣の男は袖《そで》をコウモリの翼のようにひるがえしてふたりに背を向けた。そして激流の噴出している岩の洞窟《どうくつ》へと姿を消した。ガンスリンガーは獰猛《どうもう》な意思をなんとかなだめ、黒衣の男の背中に弾丸をお見舞いするのを思いとどまった――長の歳月にわたって探してきた答えを、そんなにいともたやすく消してしまうつもりなのか、ガンスリンガー？

かくて風と水の音以外はなにも聞こえなくなった。何千年もの昔からこの荒涼たる場所に住みついていた音だ。だが、黒衣の男はそこにいたのだ。最後に黒衣の男を垣間見《かいまみ》てから十二年の歳月を経て、ようやくローランドはいま一度、あいつと間近で出会い、言葉をかわした。ところがあいつは、バカにした笑い声をあげたのだ。

山の向こう側でじっくり語り合おうではないか。

ジェイクが身体を震わせてこちらを見上げていた。一瞬、ガンスリンガーは少年の顔にタルの町の情婦アリスの面影が二重映しとなって現れるのを見た。彼女の額の無残な傷は無言のうちにガンスリンガーを責めているようだった。とたんにガンスリンガーは、ジェイクとアリスに嫌悪を感じた（アリスの額の傷と夢の中のジェイクの額に打ち込まれていた釘の位置がまったくおなじであることを、ガンスリンガーが気づくのはまだ先のことである）。おそらくガンスリンガーの想いを察したのだろう。ジェイクは悲しげなうめき声を発した。それもつかのまのことで、やがて少年は唇をぐっと固く結んで声を押し殺した。勇気ある見上げた男だ。それなりの時間があたえられれば、この少年もまたひとかどのガンスリンガーとなるだろう。

ふたりだけでな。

ガンスリンガーは身体のどこか奥深くで不浄なとてつもない渇きを感じた。水や酒などではいやされることのない渇きだ。伸ばせば手の届きそうなところで世界が震撼《しんかん》していた。堕落をまぬがれようと、どうにか本能的な方法で自制したが、その一方で、そんな努力はむだであり、いつだって報われることはないということを冷静な意識は知っていた。最終的には、〈力〉に導かれるしかないのだ。

　正午になっていた。ガンスリンガーは天を仰ぎ、これが最後とばかりに、自身の正義というあまりにも脆弱《ぜいじゃく》な太陽に雲の流れる荒天の移ろいやすい昼の光を受けさせた。裏切りに対する報償を銀貨で支払うやつなどいない。ガンスリンガーは思った。裏切りの代償は常に肉体に求められるのだ。

「ついてくるか、それとも残るか」

　この問いかけに、ジェイクはおかしみのないこわばった薄笑いで応じた——ガンスリンガーの父の笑い方だった。少年がそれを知っていたとしたらの話だが。

「ここに残るほうがぼくのためだ。ひとりぼっちでもだいじょうぶ。この山奥の中でも。そのうちだれかがやってきて助けてくれる。そしてケーキやサンドイッチをもらえる。魔法瓶に入ったコーヒーもね。そう言いたいんでしょ？」

「ついてくるか、それとも残るか？」

　ガンスリンガーはくりかえした。そのとき、心の中でなにかが生じた。迷いの消滅した瞬間だった。目の前にいる小さな姿はジェイクであることをやめ、利用して使い捨てるためだけの人格を持たない少年となった。

　風の吹きすさぶ静寂の中でなにかが悲鳴をあげた。ガンスリンガーと少年はともにそれを耳にした。

ガンスリンガーは歩きはじめた。しばらくして、ジェイクがあとにつづいた。ふたりは鋼の冷たさをおびる滝の横のくずれやすい岩場を登り、さきほど黒衣の男がいた岩棚に立った。そして黒衣の男が姿を消した洞窟に足を踏み入れた。暗黒がふたりを呑《の》み込んだ。

第四章　スロー・ミュータント

I

ガンスリンガーは、夢の中で話している人のように、抑揚をつけてゆっくりとジェイクに話しかけた。

「その晩、おれたちは三人だった。カスバートとアラン、そしておれだ。おれたちはそこにいてはいけないことになっていた。まだ子どもだったからだ。俗に言う、まだ、おむつがとれてないというやつだ。もしそんなところにいるのが見つかったら、コートに血ヘドが出るほど殴られただろう。だが、そんなことにはならなかった。まあ、いずれにしろ、それまでおれたちと同じことをして現場を押さえられたドジはいなかったけどな。男の子は、自分のおやじのズボンをこっそりとはく。そうして鏡の前で大人ぶってみせ、またこっそりとハンガーにかけ戻しておくもんだ。それと同じような感覚だった。おやじのほうでもズボンのかけてある位置がちがうことに気づいていても知らないふりをする。あるいは、靴墨で書いた髭《ひげ》のあとが息子の鼻の下に残っていても見て見ぬふりをする。おれの言ってることがわかるか？」

ジェイクはなにも言わなかった。それを言うなら、日の光がとだえてから、ひと言もしゃべっていない。かたやガンスリンガーは少年の沈黙を埋めようと夢中になってしゃべりまくっていた。山腹の洞窟から暗黒の地底へと足を踏み入れたさい、ガンスリンガーはふりかえらなかったが、ジェイクは光を惜しんでふりむいた。ガンスリンガーはジェイクのやわらかくて艶《つや》のよい頬に映る日の移ろいを読み取った。かすかなバラ色は乳白色に変わり、やがて青みがかった銀色から黄昏《たそがれ》の群青色へと移り、ついに闇に包まれて何も見えなくなった。ガンスリンガーは松明《たいまつ》を点《つ》け、そのかりそめの明かりをたよりに、ふたりして洞窟の奥へ向かっていた。

ようやくふたりは野宿をした。先を行く黒衣の男の物音はしない。おそらく、かれもまた足を休めているのだろう。あるいは、足元を照らす明かりもなしで、闇の洞窟を浮遊するように突き進んでいるのかもしれない。

「〈種蒔《たねま》き期の夜会舞踏会〉——米にちなんだコマラという名の踊りを踊るのだ——が年に一度、春を祝う行事として、〈グレート・ホール〉で開催された」ガンスリンガーは話をつづけた。「正しくは、〈ホール・オブ・グランドファーザー〉と言ったが、おれたちは単に〈グレート・ホール〉、もしくは、〈ウェスタード・ホール〉と呼んでいた」

地下水の滴る音が聞こえた。

「求愛の儀式だ。春の踊りがどれもそうであるようにな」ガンスリンガーは鼻でせせら笑った。その笑い声は洞窟の冷たい壁に反響して、狂人の引きつった笑いのように聞こえた。「物の本によれば、大昔には春を迎える祭典であり、ときには〈新生大地〉とか〈新米コマラ〉と称していたらしい。だが、文明社会になって、まあ、その……」

声がとぎれた。ありきたりの言葉では、いま自分が語っているものの本質の変容を表現することができなかったのだ。ロマンスの死、その不毛な形骸《けいがい》化、肉欲の亡霊、虚飾と儀式の人工呼吸によって生きながらえている世界などを、いったいどのように語れというのだ。〈種蒔き期の夜会舞踏会〉で行なわれる欺瞞《ぎまん》に満ちた求愛の型どおりのステップ。ガンスリンガーにしてみれば、当時、なんとなく直感で知るしかなかった真実にして狂おしい愛の葛藤《かっとう》は、そうしたいつわりの求愛のステップに取ってかわられてしまったのだ。かつて王国を建設し維持してきた真の情熱は見かけだおしの華麗な儀式に場を奪われた。かつてガンスリンガーは、真実の愛をスーザン・デルガドといっしょにメジスで見出《みいだ》したことがある。もう一度見失うためのものでしかなかったが。かつて王がいた。そのようにジェイクに語りおこしてもよかったのだ。エルドという名の王が。その血筋は細々とした弱々しいものとなったが、それでもおれの中に流れている。しかし、王たちは堕落した。軽佻浮薄《けいちょうふはく》なこの世界でな。

「ようするに、儀式といってもも退廃的なものとなってしまったのだ」ガンスリンガーはようやく口を開いた。「猿芝居。余興だな」

ガンスリンガーの声には世俗に対する無意識の嫌悪感と世捨て人の悲哀がにじみでていた。明るい場所であったなら、その顔にけわしさと憂いに彩られた純粋な非難の表情を見て取ることができただろう。かれ生来の気丈な性格は歳月の流れによってさえぎられることも減じられることもなかった。想像力が欠如しており、情に左右されることのないその厳格な顔つきは尋常ではない。

「そのダンスパーティ」ガンスリンガーはつづけた。「〈種蒔き期の夜会舞踏会〉……」

ジェイクは黙ったままだった。ひと言も口をはさまない。

「クリスタルのシャンデリアがいくつもあった。仰々しいガラス細工の電灯だ。大広間は光にあふれていた。光の孤島といった感じだった。

おれたちは古いバルコニーのひとつに忍び込んだ。そこはかなり老朽化が進んでいたので危険だと言われていて、立ち入り禁止のロープが張ってあった。だが、おれたちは子どもだ、子どもはしょせん子どもで、だから子どもじみたことをするものと相場はきまっている。おれたちにとっては、なにもかもが危険だった。だからといって、それがなんだ？　おれたちが死ぬわけがない、そんなふうに思ってたよ。たがいに名誉ある死について話し合うときでさえな。

おれたちはみんなの頭上にいた。だから大広間のすべてを見わたすことができた。口をきいたかどうか覚えていない。おれたちはただ、眼下の様子に目をこらしていた。

大きな石のテーブルがあって、ガンスリンガーたちと連れの女どもがそこで食事をとりながらダンスを見物していた。数名のガンスリンガーも踊っていたが、ほんのわずかだった。しかもそういったやつは若輩もののガンスリンガーだった。その踊り手のなかに、ハックスの処刑に立ち会ったガンスリンガーがいたように思う。年配のガンスリンガーたちはみなすわっていた。おれが見たところ、やつらは当惑しているようだった。煌々《こうこう》とした明かりの中にいて、文明化された人工の光に照らされてな。ガンスリンガーは尊敬され、恐れられた用心棒だ。しかし、しとやかな女性を伴った騎士団のまえでは小間使いのようなものにすぎない。

料理が盛られた円卓が四つあって、これがたえず回転している。下っ端の料理人たちが夜の七時から明け方の三時まで、調理場と円卓とのあいだをひっきりなしに往来していたよ。円卓は時計回りに回転していた。ロースト・ポークやビーフ、ロブスター、チキン、焼きリンゴなどの匂いがおれたちのいるバルコニーまで立ち昇ってきた。円卓が回されるたびに、匂いが変わったよ。アイスクリームやキャンディもあった。串焼《くしや》きの肉からものすごい炎が上がっているのも目にしたっけ。

魔道師のマーテンはおれの母と父の横にすわっていた――バルコニーの高みからだって、この三人の姿は見わけられた。一度、母とマーテンは踊った。ゆっくりと輪を描いて。すると、ふたりのためにまわりのみんなはさがって場所をあけ、ふたりが踊り終えると拍手した。ガンスリンガーたちは拍手しなかったが、父はおもむろに立ち上がり、両手を母に差し伸べた。母もまた両手を差し伸べながら、口元に笑みを浮かべて父のところへ戻ってきた。

それが転変のはじまりの瞬間だった。なにやら重力の向きが変わったような感じがした。おれたちが潜んでいた高みからでもそのことがわかった。そのときまで父は、かれの〈カ・テット〉の支配者、つまり、銃によって結ばれた仲間たちの指導者であり、〈内世界〉のすべてではないとしても、ギリアドの王になる男と目されていた。そのことはみなが知っていた。そしてマーテンはだれよりもそのことを承知していた。ただし、おそらくひとりだけ……ゲイブリエル・ヴェリッスをのぞいては」

ジェイクがようやく口を開いた。それもめんどうくさそうに。

「その女の人、おじさんのおかあさん？」

「ああ。ウォーターズ一族のゲイブリエル、アランの娘、スティーヴンの妻、そしてローランドの母親だ」

ガンスリンガーは両手を広げ、まあ、ざっとそんなわけだが、文句あるか？　と言っているようなしぐさをしてみせてから、ふたたび両手を膝《ひざ》の上に置いた。

「おれの父は光の最後の王だった」

ガンスリンガーは自分の両手に視線を落とした。ジェイクはもうなにも言わなかった。

「ふたりがどんなふうに踊ったか覚えている」ガンスリンガーは話をつづけた。「母とマーテン、魔道師にしてガンスリンガーの相談役マーテンのふたりの踊る姿を。古風な求愛のステップで、寄ったり離れたりしながらゆっくりと輪を描いて踊っていた」

かれは微笑みながら少年を見た。

「だが、それはたいしたことではない。力はすでに父からマーテンに移っていたからだ。そのことはだれもが知らぬうちに理解していた。そして母は権力を新たに手に入れてふるう者に身も心もからめとられていた。そうだろ？　その証拠に、母は踊りおえたあとで父のところへ戻ったよな？　そして差し出された両手を握ったんだ。そのときみんなは父のために拍手したか？　にやけた男たちと連れのウスバカ女どもの拍手喝采《かっさい》で広間が割れんばかりになったか？　え？　どうなんだ？」

闇の中、遠くで岩清水の滴る音がした。少年は黙ったままだ。

「ふたりの踊る姿を覚えてるよ」ガンスリンガーは声を落として言った。「どんなぐあいに踊ったかを」

かれは見えるはずもない洞窟《どうくつ》の天井を見上げた。一瞬、叫びだすかと思われた――微生物のようなかれらの小さな生命を石の胎内にはらんだ無感覚の花崗岩《かこうがん》の大集積に向かい、闇雲に食ってかかり、罵詈雑言《ばりぞうごん》のかぎりをぶちまけるのではないかと思われた。

「父親を死にいたらしめる短剣をつかみえるとは、いったいどんな手なのだ？」

「ぼく、疲れたよ」

ジェイクはそれだけ言うと、また固く口を閉ざした。

ガンスリンガーは押し黙った。少年は片手を頰にあてがって横たわった。小さな焚《た》き火の炎がまたたいた。ガンスリンガーはタバコを巻いた。かれの記憶の中では、いまだにシャンデリアの輝きは色あせていないようだった。時間という灰色の大海の前に希望もなくすでに残骸《ざんがい》と化した国にうつろに響く栄華の雄叫《おたけ》びも聞こえているようだ。光の孤島を思い出すことは、ガンスリンガーにとってひどく苦痛だった。できれば目撃したくなかった。父親が妻を寝取られるところを。

かれは口から吐いたタバコの煙を鼻で吸いながら、寝ている少年に目を落とした。おれたちはこの地中で大きな輪を描いているのではないか、とガンスリンガーは思った。何度も何度も同じ場所をぐるぐるまわっているだけなのだ。闇の底での堂々めぐり。日の光の呪い。

ふたたび日の光を目にするのはいつのことやら。

ガンスリンガーは眠った。

かれがゆっくりとした規則正しい寝息をたてはじめると、少年は目を開き、恋煩いをしているようなまなざしでガンスリンガーを見つめた。焚き火の最後の明かりが一瞬、少年の瞳《ひとみ》に映って消えた。少年もまた眠りに落ちた。

II

ガンスリンガーは変化のない砂漠を旅するうちに、ほとんど時間の感覚を失っていた。

そしてわずかに残っていたその感覚も、今度は光のない洞窟の中で失ってしまった。時を計る手段を失ったいま、時間の観念は無意味となったので、そんなものはきっぱり捨て去った。ある意味では、かれらは時間の流れの外にいた。一日は一週間かも知れず、一週間は一日かもしれなかった。ふたりは歩き、眠り、腹のたしにまったくならないささやかな食事をとった。旅のゆいいつの道連れは、岩をうがって休むことなく流れつづける地下水の音だけだった。ふたりはその音を道しるべに進み、鉱物をふくむ浅瀬でのどをうるおした。その際、腹をくだしたり、ひょっとして命取りになるかもしれないものが入っていないことを願うしかなかった。ときおり、ガンスリンガーは水底に人魂《ひとだま》を思わせる妖《あや》しい光が揺れるのを目にしたように思った。おそらくそれは、まだ光を忘れていない脳が投射する錯覚にすぎないのだろう。とはいえ、かれは用心して、流れに足を入れるなと少年に注意した。

ガンスリンガーの頭の中の距離計はしっかりしていた。

地下水の流れに沿った小道（実際にそれは道だった――人が通れるほどの幅にいささかくぼみがつけられ地ならしされていた）は常に上り坂で、水源に向かっていた。一定の間隔を置いて、リングボルトの打ち込まれた切り石が立っていた。おそらくかつて、牛や馬車馬をつないだのだろう。それぞれの石には、酒のだるま瓶をかたどった鉄製の笠《かさ》をかぶせられた電灯がすえつけられている。しかし、どれも明かりは灯《とも》っていなかった。

洞窟に入ってから三度目の寝る前の休息をとっているあいだに、ジェイクはひとりでその場を少し離れた。ジェイクが用心しながら進むにつれて小石のたてるかすかな音がした。

「気をつけろ。自分の鼻先さえ見えないのだから」

「這《は》ってるからだいじょうぶ。あれっ……なんだろ？」

「どうした？」

ガンスリンガーは上体を起こし、銃に手をかけた。

わずかな間があった。ガンスリンガーは暗闇にむなしく目をこらした。

「これ、線路だと思うな」少年は自信なさそうに言った。

ガンスリンガーは立ち上がると、爪先《つまさき》で地面を探りながら声のするほうへ進んだ。

「ここだよ」

手が伸びてきて、ガンスリンガーの顔にそっと触れた。ジェイクはローランドより闇に慣れていた。少年の目は透明かと思われるほど瞳孔《どうこう》が広がっていた。ガンスリンガーがそのことに気づいたのは、松明《たいまつ》をほそぼそと灯したときだった。洞窟内には燃やすものがない。蓄えもすべて灰になるのは時間の問題だ。ときには明かりをつけたいという気持ちが激しい欲望にまでなった。ふたりは、人は食べ物に対するのと同様に明かりに対しても飢餓感をつのらせるものだということを発見した。

ジェイクは湾曲した岩壁のところに立っていた。その壁面には樽板《たるいた》に似た鉄の帯がふたつ平行して闇の奥へとつづいている。それぞれの帯には黒い球体がついていて、かつては電極の導体であったと思われる。そして洞窟の床からほんの数インチ上に、磨きあげたような軌条が走っていた。かつてこの鉄道線路をなにが通っていたのだろう？　ガンスリンガーは、流線型の電動式弾丸列車しか想像できなかった。きっとそれは、恐怖におののく見開いた目のような探照灯から放つ光で常夜の闇を切り裂きながら線路を驀《ばく》進《しん》したのにちがいない。とはいえ、ガンスリンガーは実際にそのようなものを目にしたことはない。しかし、過ぎ去った世界の遺物は数多くある。ちょうど妖魔《ようま》のように。かつてガンスリンガーは、ある隠者と出会ったことがある。その男は、太古のガソリン・ポンプを所有していることで惨めな牛飼いたちを相手にインチキ宗教の教祖に成り上がっていた。隠者は片手でポンプを抱き寄せるようにしてうずくまり、支離滅裂な愚にもつかない説教をした。そしてときおり、ボロボロになったゴムホースの先のまだ錆《さ》びていない鋼鉄のノズルを股間《こかん》から突きだしてみせた。ポンプには、はっきり読める（錆びて汚れていたが）文字が記されていた。意味はわからないが伝説的な言葉である――〈AMOCO　無鉛ガソリン〉。かくてアモコのポンプは雷神のトーテムとなった。エンジンの音が雷鳴のように聞こえたからである。そして無知蒙昧《むちもうまい》な牛飼いの群れは、その雷神を崇拝して羊を惨殺した。

難破船だ、ガンスリンガーは思った。かつては海だった砂漠から突き出ていた価値のないぶざまな残骸にすぎない。

そして今度は鉄道か。

「こいつをたどっていこう」

少年はなにも答えない。

ガンスリンガーは松明を消した。そしてふたりは眠りについた。

ローランドが目覚めたとき、すでにジェイクは起きて線路の片側にすわり、闇の中、見えないにもかかわらず、ガンスリンガーを見つめていた。

ふたりは盲人のようにして線路をたどっていった。ローランドが先導し、そのすぐあとにジェイクがつづいた。その行程は、まさに盲人が歩くようにというべきで、たえずふたりは線路を手すりででもあるかのように、足で触れながら前進した。たえまなく右手に聞こえる水の流れる音もまた、かれらのよき導き手となった。ふたりは終始無言だった。そのようにして、かれらは二度の眠りをはさんで歩きつづけた。ガンスリンガーは筋道をたててものを考えたり、予定を立てたりする意欲を失った。かれは夢も見ずに泥のように眠った。

三度の眠りを経て、歩き続けること四度目にして、かれらは手動車《ハンドカー》に突き当たった。

ガンスリンガーはハンドカーに胸をぶつけ、ジェイクはガンスリンガーとは反対側のレールに沿って歩いていたが、額を思いきり打ちつけ、叫び声をあげて倒れた。

ガンスリンガーはすかさず明かりを点《つ》けた。

「だいじょうぶか？」思わず怒りが含まれたきつい口調になってしまったので、かれは眉《まゆ》をしかめた。

「うん」

少年は頭をこわごわ抱えると、ほんとうにだいじょうぶなのかどうか一度だけ振ってみた。ふたりは自分たちが激突したものを振り返って見た。線路上に黙って居座っていたのは四輪の台車だった。中央にはシーソー式のハンドルが付いていて、歯車の接合部に連結している。ガンスリンガーは、いったいどうしてこんなものがここにあるのかすぐにはひらめかなかったが、ジェイクには一目でわかった。

「ハンドカーだ」

「なに？」

「ハンドカーさ」少年はじれったそうに言った。「古いマンガに出てくるようなやつ。いい、見ててよ」

ジェイクは台車にあがってハンドルを手に取り、それをなんとか押し下げた。全体重をかけての大仕事だった。ハンドカーはレールを音もなくゆっくりと三十センチ進んだ。

「上出来だ！」機械仕掛けの声がかすかに聞こえた。ふたりは飛び上がらんばかりに驚いた。「いいぞ、その調子……」弱々しい機械仕掛けの声は止まった。

「ちょっと重たいな」ジェイクは言い訳がましい口調で言った。

ガンスリンガーはジェイクの横に乗ると、ハンドルを力まかせに押した。ハンドカーはいとも従順に前進して止まった。

「いいぞ、もう一度！」機械仕掛けの声が声援を送った。

車軸の回転が足の裏に伝わった。この操作は気分がいい。機械仕掛けの声も悪くない（もはやたいして聞いていなかったが）。中間駅のポンプを勘定にいれなければ、この数年で、いまだにちゃんと作動する機械を目にしたのはこれが初めてだった。しかし、心穏やかではない気分にもさせられる。こいつは、自分たちをより早く運命の瞬間へと連れて行くからだ。おれたちがこの乗り物を見つけるように黒衣の男が手をまわしたことに疑いの余地はない。

「簡単だろ、なっ？」

ジェイクはムカついた声音で言った。沈黙が深くなった。ローランドの耳には自分の心臓や肺の音が聞こえる気がした。実際、聞こえるのは水滴の音だけで、あたりに静寂が支配していた。

「どっちかいっぽうで漕《こ》いでよ。ぼくはその反対側で漕ぐから。でも、ハンドカーが順調に走るまでひとりで漕いでね。勢いがついたら、ぼくも手伝うよ。さいしょにおじさんが押して、つづいてぼくが押す。かわりばんこに押すんだ。そうしたらいちいち止まらないでぐんぐん進むから。わかった？」

「承知した」ガンスリンガーは両の拳《こぶし》を力いっぱい握り締めた。

「でも、勢いに乗るまではひとりで漕いでよ」ジェイクはガンスリンガーを見つめながらくりかえした。

不意にガンスリンガーの脳裏に、〈種蒔《たねま》き期の夜会舞踏会〉から一年かそこらのちの〈グレート・ホール〉の光景が鮮明に浮かびあがった。その当時、〈グレート・ホール〉は市民蜂起《ほうき》と反乱、そして略奪によって瓦礫《がれき》と化していた。その光景につづいて、タルの町の額に傷のある女アリスの面影が瞼《まぶた》に浮かんだ。彼女はガンスリンガーの銃弾によってなんの理由もなく倒された……かれが反射的に引き金を引いたというのが理由にならなければだが。そのつぎに、カスバート・オールグッドの顔が脳裏をよぎった。あの忌まわしい角笛を吹きながら、自分の死に向かって笑顔を浮かべて丘を駆け下りていった盟友……そのカスバートにかわって、今度は初恋の女性スーザンの面影が想起された。涙を流して苦悶《くもん》に歪《ゆが》んだ顔が。みな我が古き友だ、とガンスリンガーは思い、不気味な笑みを浮かべた。

「よし、行くぞ」

ガンスリンガーがハンドルを押し下げはじめた。そしてシーソー式ハンドルの支柱に沿って片手でまさぐると、機械仕掛けの声が言いだした（「いいぞ、もう一度押せ！その調子、もう一度押せ！」）。そしてついに、お目当てのものを探し当てた。ボタンだ。ガンスリンガーはそれを押した。

「あばよ、相棒！」機械仕掛けの声が陽気に言った。そしてふたたび地の底は沈黙に閉ざされた。

Ⅲ

かれらは闇を突っ走った。いまやレールを足で探りながら歩いていたときとはくらべものにならないほどの速さだ。機械仕掛けの声は一度だけ言った。クリスプを食べたほうがいいぞと。そして、シンドイ一日の最後にいただくものとしてはラーチーズに勝るものはない、と言った。そのあとは二度としゃべらなかった。

ハンドカーは、ひとたび長い眠りから目覚めると、すべるように走った。ジェイクは懸命になってハンドルを押した。ガンスリンガーは少年に少しはハンドルをまかせたものの、大きくて厚い胸板を上下させて、ほとんどは自分ひとりで漕いだ。右手を流れる地下水がかれらの道行きの仲間だった。ときおり、ふたりに接近したかと思うと、また遠のいていった。いちど水の流れは大きくうつろな響きを洞窟《どうくつ》にこだまさせた。まるで、大伽藍《だいがらん》の拝廊を通過したかのようだった。またときには、消えてしまったかと思われるほどかすかな音になったこともあった。

ハンドカーが速度をあげて前進することで頬にあたる風が視力のかわりとなって、かれらはふたたび時間の感覚を取り戻した。ガンスリンガーはハンドカーの速度を時速二十キロ程度と見積もった。たいていは平坦《へいたん》だったが、それとわからないほどの上り坂は身体《からだ》にこたえた。ハンドカーを降りて休むときは、ガンスリンガーは石のように眠った。ふたたび食料が乏しくなったが、ふたりともそんなことには頓着《とんじゃく》しなかった。

ガンスリンガーは来るべき破局に神経をとがらせていたわけではなかった。それはハンドカーを漕ぐ肉体的疲労と同じぐらい現実のもの（そして増大していくもの）として感じられた。ふたりは始まりの終わりに接近していた……あるいは、少なくともガンスリンガーにとっては。かれにしてみれば、開幕数分前の舞台中央に立つ役者の心境だった。セリフを心にしっかりときざみこみながら、舞台の自分の配置場所についている。幕の向こう側で、観客がプログラムをめくる音や席に着くざわめきが聞こえる。ガンスリンガーは腹にしこりのようにかたまって居座っている不吉な予感をぐっとこらえていた。だから、眠りに誘《いざな》ってくれる肉体的疲労がありがたかったし、寝るときは死体のように眠った。

ジェイクはさらに寡黙になった。だが、スロー・ミュータントに襲撃される少しまえのことである。仮眠をとろうとハンドカーを停止させて休んでいると、ジェイクは気恥ずかしそうに、ローランドが大人になったときのことをたずねてきた。

「もっと聞きたいんだ」

ガンスリンガーはハンドカーに背中をもたせかけながら、残りわずかなタバコをくわえていた。ジェイクが声をかけてきたとき、ガンスリンガーは例によってなにも考えずにまどろんでいた。

「なぜ、そんなことをまだ知りたいんだ」ガンスリンガーは気をよくしてたずねた。

少年の声は気恥ずかしさを隠そうとしているかのように、妙に依怙地《いこじ》なところがあった。

「聞きたいだけだよ」そして一瞬の間をおいてから、こうつけくわえた。「いつも考えてるんだ、大人になるってどんなことかって。でも、それについて世間で言われてることって、ほとんどが嘘八百だよね」

「おまえが耳にしたのは、おれの言う大人になるということとはちがうな。思うに、一人前の男になるのと、ただ年をくって大人になるのとは――」

「おじさんが師匠をやっつけたときのことだよ」ジェイクは冷ややかにいった。「ぼくが聞きたいのは」

ローランドはうなずいた。ああ、そうだろうとも、おれの試練の日のことだ。その話ならどんな少年だって聞きたがる。

「おれのほんとうの成長の儀式は父の命を受けて遠方に送り出されたときにはじまった。その旅の途上のいろんな場所で、一歩一歩、おれは大人になっていった」ガンスリンガーは間をおいた。「たとえば、不在人間が縛り首になるのを見た」

「不在人間？　なんのこと？」

「感じるが、目に見えない人間のことだ」

ジェイクはうなずいた。理解したらしい。

「透明人間だね」

ローランドは両の眉《まゆ》をあげた。そのような言葉を耳にするのは初めてだったからだ。

「普通、そう言うのか？」

「うん」

「ならば、そう呼ぶとしよう。とにかく、人々はおれによけいな手出しをしてほしくなかった——もしおれが事に首を突っこんだら、自分たちは呪われると思ったんだな。しかし、その野郎は強姦《ごうかん》にちょいと味をしめた。強姦の意味はわかるか？」

「うん。きっと、その透明人間は簡単にそれができたんだろうね。でも、おじさんはどうやって、そいつを捕まえたの？」

「その話はまたいつの日にか」そのいつの日にかは来ないだろう。そのことをガンスリンガーもジェイクも知っていた。「その一件の二年後、キングズタウンという場所で少女と別れた。おれはそうしたくなかったが——」

「ぜったいにそうしたかったんだよ」口調は穏やかだが、声音に軽蔑《けいべつ》が含まれていた。「〈暗黒の塔〉を探しあてないといけないんだもんね、そうでしょ？　馬に乗って進むのだ！　ぼくのとうさんの働いているネットワークで放送しているカウボーイみたいにね」

ローランドは闇の中で顔がほてるのを感じた。しかし、話をつづけたとき、声は平静だった。

「あれもその一部だったのだと思う。おれの成長の儀式の一部という意味だ。その場その場ではけっしてわからない。あとになって初めて、大人になるための一歩だったということがわかるのだ」

ガンスリンガーは落ち着かない気分で悟った。おれは少年が聞きたがっている話を避けている。

「大人になるということもまたそういうものだ。あとになってそれとわかる」かれはやっとの思いで口にした。「成長の儀式には型がある。ほとんど様式化されている。ダンスのように」と言って、バッの悪そうな笑い声を放った。

ジェイクはなにも言わなかった。

「一人前になるには戦いでそのことを証明しなければならなかった」

ガンスリンガーは、ようやく本題に入った。

Ⅳ

夏、酷暑だった。

その年、市の立つ日にあたる〈豊穣《ほうじょう》の大地〉は、吸血鬼の花嫁のようにやってきて、小作農の土地と作物を枯らし、ギリアドの城下町を白茶けた不毛の地と化した。街から数マイル離れた文化果つる西方の国境地帯近くでは、すでに戦いの火蓋《ひぶた》は切られていた。戦地に関する報告はみなかんばしくなかったが、それさえもギリアドにしっかりと腰を据えていた猛暑には青ざめたほどだ。ウシたちは家畜飼育場の柵《さく》の中でうつろな目をして寝そべっていた。ブタどもは生殖行為への欲求をなくし、あまつさえ、来る秋の祭りにそなえて研がれている肉切り包丁の音にも無関心のようすで騒がしく鼻を鳴らしていた。人々は常に変わらず、税金や徴兵制について不平不満をもらしはするものの、悪政の空虚な受難劇の渦中に巻きこまれてしまったいまとなっては、もはやあきらめの境地だった。中央の権力機構は、足で踏まれて水洗いされ、パタパタとぞんざいに振られて水払いをされ、それから吊《つ》るして干されたボロ切れ同然の敷物のようだった。世界の胸元に最後の宝石を留めていた糸がほつれだしていた。物事がバラバラになりはじめていたのだ。そして日食を控えた盛夏、大地はうだるような暑さに息もたえだえのありさまだった。

少年はそうしたことを感じ取っていたが、理解はしていなかった。そしていま、かれは自分の生まれ育った石造りの館《やかた》の上階をぶらついていた。満たされることを待ち望んでいる、無知で危険な年頃だった。

腹をすかせた少年たちにいつも軽食をくれた料理長が絞首刑になってから三年の歳月が経っていた。十四歳になったローランドは背が伸び、肩幅は広く、腰つきはがっしりとしていた。いまかれは上半身裸で、色あせたデニムのズボンだけを身につけている。

想像されたとおりの身体つきになっていた。瘦身長軀《そうしんちょうく》で脚が長い。まだ童貞だったが、ウエストタウンの商人のふたりのふしだら娘がかれに色目を使っていた。そうした娘たちの所作に、かれの下半身は反応した。しかもその下半身の疼《うず》きは日増しに強くなっている。ひんやりとした廊下にいても、身体がほてって汗ばむほどだった。

前方には母親の居室がある。ローランドはそちらに向かっていたが、ただ通りすぎて屋上に行くつもりだった。そこならかすかに風も吹いており、手で自分自身を慰めることもできる。

ドアを通りすぎたとき、呼び止められた。

「おい、小僧」

マーテンだった。父の相談役にして魔道師だ。あまりにも乱れただらしない格好をしている——下半身は股間《こかん》の形もあらわなタイツと見まがうほど細身のホイップコードの黒ズボン、そして上半身にはツルンとした胸を半分はだけた白いシャツを身につけていた。髪もくしゃくしゃに乱れている。

ローランドは黙ってマーテンを見つめた。

「入れ、入ってこい！　廊下に突っ立っているんじゃない！　おまえの母君が話をしたいと言っておる」そう言う口は笑っていたが、表情は不可解な、なにやら人を小バカにしたような笑顔になっている。その嘲笑《ちょうしょう》的な面《つら》の下——そして両目の中——にあるのは冷酷さだけだ。

実際には、母親はローランドに会いたがっているようではなかった。彼女は居間の大きな窓辺に置かれた背もたれの低い椅子にすわっていた。その場所からは、中庭の日にさらされて熱くなった石畳が見おろせる。母親はだらしなく部屋着をはおっていたが、ずり落ちて片側の白い肩があらわになった。彼女はローランドに一度だけ目をやり、川《かわ》面《も》に映える秋の陽のような一瞬のきらめきをはらんだ悲しげな笑みを見せた。それからあとは、息子のことより自分の両手をまじまじと見つめていた。

近ごろでは、母親の姿をめったに見かけることがない。子守り歌の幻想〈十七《チューシット》、十八《チーシット》、十九《チャーシット》〉も記憶から消え失《う》せかけていた。それでも、母親は最愛の未知の女性《ひと》だ。そのとき、ローランドは得体の知れない恐れを抱き、父親の右腕であるマーテンに対して漠然とした憎しみがふつふつと湧いてくるのを感じた。

「元気なの、ロー？」母親がローランドに物静かな口調でたずねた。マーテンは母親のかたわらに立ち、骨太のいかがわしい手を彼女の白い肩とうなじの曲線が出会うあたりに置きながら、薄笑いを浮かべて親子をながめている。笑うとマーテンの茶色の目はほとんど真っ黒になった。

「はい」

「勉強の調子はどう？　ヴァネイをよろこばせてるの？　コートは？」後者の名前を言ったとき、母親の唇がゆがんだ。まるでなにか苦いものを口にふくんだように。

「努力しています」

ローランドがカスバートのような切れ者ではなく、さらにはジェミーほどにも頭の回転がよくないことは当の親子自身よく知っている。ローランドは天才でも秀才でもない。地道に努力をかさねて成長する人間なのだ。アランでさえ、勉強に関してはローランドより上だった。

「デイヴィッドは？」母親はローランドがタカを寵愛《ちょうあい》していることを知っていた。ローランドはマーテンをにらみつけた。あいかわらず父親然とした態度で薄笑いを浮かべながらこちらをながめていたからだ。

「盛りはすぎました」

母親は眉をしかめたようだった。一瞬、マーテンは顔を曇らせ、彼女の肩をきつくつかんだ。すると母親は日差しのまぶしい外に目を向けた。すべては親子の会話を始める前の状態に戻った。

見えすいた猿芝居だ、ローランドは思った。つまりはばかしあい。はてさて、だれがだれをもてあそんでいるのやら。

「おまえ、額に傷があるな」マーテンは薄笑いをたやさずに言いながら、最近コートに強打されてできた跡（愛の鞭《むち》に感謝）を指さした。「おまえは父親のような戦士になるのか、それともただのノロマか？」

母親は、今度ははっきり顔をしかめた。

「両方だ」ローランドはマーテンをじっと見つめ、うんざりしたような笑みをもらした。

この部屋でさえ猛烈に暑い。

マーテンは不意に真顔になった。

「もう屋上に行っていいぞ、小僧。そこで用があるのだろ」

「母はまだわたしに立ち去ってよいと言っていない、下郎！」

マーテンは乗馬鞭で打ちすえられたかのように顔をゆがめた。いや、ローランドは母親が恐怖におののいているようなうめき声を発するのを耳にした。息子の名前をそっと口にしたのだ。

だが、ローランドはうんざりしたような笑みを顔に張りつかせたまま前に進み出た。

「わたしに忠誠を誓うか、下郎？　おまえが仕える我が父の名において？」

マーテンは怒りを覚えながらも信じられないといった表情で少年を凝視した。

「もう行け」マーテンはおだやかに言った。「ひとりでシコシコやってろ」

ローランドはいささか薄気味の悪い笑みをもらして退室した。

ドアを閉じて廊下に出ると、母親のむせび泣く声が聞こえた。死の到来を知らせる女の妖怪《ようかい》バンシーの泣き声のようだった。するとそのとき、信じがたいことに、父の相談役でしかない男が母親の頬を張り飛ばし、メソメソするなと叱責《しっせき》する声が聞こえた。

メソメソするな！

つづいてマーテンの高笑いが聞こえた。

ローランドは、それでもまだ笑みを浮かべながら試練の場へ向かった。

V

ジェミーは商店街から戻ってくると、修練場を横切っていくローランドを見かけた。そこでかれは、街で耳にしたばかりの西国の反乱と流血沙汰《ざた》に関する噂話を少年に伝えようと駆け寄ろうとした。だが、勢いをそがれた。声をかけることもできなかった。ジェミーとローランドは幼馴染《おさななじ》みで、子どものころから競い合い、殴り合いの喧嘩《けんか》をし、また、ともに生まれ育った城郭内を数えきれないほど何度も探検をしてきた仲だった。

ローランドはジェミーのことを見向きもせず、苦渋に満ちた笑みを浮かべたまま肩をいからせて通りすぎた。目指すはコートの小屋だった。そのあばら家のすべての窓は午後の酷暑を締め出すためにカーテンが引かれていた。コートは午後の昼寝の最中だった。夕方ともなれば、下町の迷路のように入り組んだいかがわしい界隈《かいわい》に出向き、売春宿を渡り歩くために鋭気を養っているのだ。

直感が閃《ひらめ》き、ジェミーはこれからなにがおころうとしているのか瞬時に悟った。そして戦慄《せんりつ》と恍惚《こうこつ》に引き裂かれて、ローランドのあとを追うべきか、他の仲間のところに行こうかと判断に迷った。

呆然《ぼうぜん》自失状態をぬけ出すと、ジェミーは母屋《おもや》に向かって走りながら叫んだ。

「カスバート！　アラン！　トーマス！」

その叫び声は、灼熱《しゃくねつ》の中ではいかにも小さくて弱々しく聞こえた。以前から仲間の少年たちは、この年頃に特有の直感で悟っていた。ローランドは自分たちのだれよりも先に一線を越えるだろうと。しかし、それにしても時期尚早《しょうそう》だ。

ローランドの不敵な薄笑いは、戦争や反乱、妖術《ようじゅつ》に関するどの情報よりもジェミーを激しく動揺させた。その笑みは、歯のない口がハエのたかったレタスの塊に話しかけるよりも多くを語っていた。

ローランドは武術の師匠の小屋に到着すると、ドアを蹴飛《けと》ばした。ドアは勢いよく開き、粗末な壁の漆喰《しっくい》にけたたましく激突してはねかえった。

ローランドはこれまでその小屋の中に入ったことはなかった。入り口の向こう側はひんやりとして薄暗い質素な台所だった。テーブルが一台。背もたれのまっすぐな椅子が二脚。戸棚がふたつ。色あせたリノリウムの床にはアイスボックスとナイフの吊《つ》り下げられた調理台とテーブルを結んで黒い道筋ができている。

そこには公人の私生活があった。三世代にわたって子どもたちを手荒く可愛がり、そのうちの何人かをガンスリンガーに仕立てあげたコート。同時にかれは、夜ごとに酒を浴びるほど飲み、女と乱交のかぎりをつくす。そんな男のいっときの避難所がこの小屋だった。

「コート！」

ローランドはテーブルを蹴飛ばした。テーブルは部屋を突っ切って調理台に激突した。その結果、壁の棚に並べてあった包丁がなだれ落ちた。

奥の一室で人の動く気配がして、寝ぼけているような咳払《せきばら》いがした。ローランドは室内に踏み込まなかった。見えすいた小細工だとわかっていたからだ。コートは入り口のドアが開けられたとたんに飛び起き、侵入者の首根っこをへし折ってやろうと、隻眼を鋭く光らせてドアの陰に身を潜めているのにちがいない。

「コート、用がある、下郎！」

いまやローランドはハイ・スピーチ語で話しかけた。それを耳にしたコートがドアを勢いよく開けた。下着のパンツ一丁しか身につけていないこの男、がに股《また》で背が低く、頭のてっぺんから爪先《つまさき》まで傷だらけだが、筋肉の塊のような身体《からだ》つきをしている。腹は妊婦のように丸々と出っ張っているが、ローランドはこれまでの経験から、それが鋼のように固いことを知っていた。へこんで傷だらけの坊主頭を振りたてながら、コートは視力のあるほうの目で少年を睨《にら》みつけた。

ローランドは礼儀正しく頭を下げてから言った。

「もう汝に教わることはなにもない、下郎。今日は我が教えてやろう」

「時期尚早だぞ、ひよっ子」コートは平然と言い放ったが、相手にあわせてハイ・スピーチ語を口にした。「少なく見積もっても二年早い。一度だけきくぞ。本気なのか？」

少年はおぞましいほどに痛々しい笑みを浮かべただけだった。だが、コートにとっては、これまでにも名誉かさもなくば不名誉かの戦いを挑んできた少年たちの傷つき血まみれになった顔に同様の笑みを何度も見てきたので、それでじゅうぶんだった——いや、おそらく、そうした笑みだけがコートの信じることのできる答えであったろう。

「実に残念だ」師はなかばひとりごとのように言った。「おまえはとりわけ見込みのある弟子だった——この二十四年間のうちで最高に筋がいい。だから、おまえが足腰も立たぬほど打ちのめされ、この地から追放されるのを見るに忍びない。だが、世界は変転した。いまや苦境の時代が迫っている」

ローランドはあいかわらず黙っていた（それに、求められたとしても、自分の行動を理路整然と説明することはできなかっただろう）が、初めて不気味な笑みがいささかやわらいだ。

「それでも、血筋というものは厳としてある。西方に反乱や妖術があろうとなかろうとな。おれは下郎の身。おまえの命令に従わねばなるまい。ほれ、こうして頭をさげよう——これが最初で最後かもしれないが——心をこめて」

これまで少年をひっぱたき、蹴飛ばし、血まみれにし、ののしり、バカにし、梅毒の根源とまで言い放ったコートがローランドの前に片膝《かたひざ》をついて頭《こうべ》を垂れた。

ローランドは畏敬《いけい》の念に打たれ、コートの無防備のがさついたうなじに触れて言った。

「立て、下郎。感服した」

コートはゆっくりと立ち上がったが、岩に穴をうがったような無表情な顔の背後には苦悩が隠されているのかもしれなかった。

「時間のむだだ。なかったことにしろ、浅はかな小僧。おれもいまの誓いを取り消そう。前言を取り消して、時期を待て」

ローランドは黙ったままだった。

「よし、いいだろう。本心ならば、そのようにしてやる」コートの声音がそっけなくぶっきらぼうになった。「立ち合いは一時間後。武器はおまえの好きにしろ」

「そっちは棍棒《こんぼう》か？」

「いつもどおりだ」

「これまでに何度、その棍棒を取り上げられたのだ、コート？」

この問いかけは、すなわち、これまでに何人の少年が〈グレート・ホール〉の裏手の試合場でコートと戦い、ガンスリンガーの実習生となることを認められたのかということである。

「今日は、棍棒がおれの手から離れることはない」コートは噛《か》んで含めるように言った。「残念だな。機会は一度しかないのだぞ、小僧。功をあせった罰は無能に対するそれにも等しい。しかるべき時期が来るのを待つことができんのか？」

ローランドは、自分にのしかかるように立っていたマーテンの顔を思い起こした。あの笑み。そして背後でドアが閉じられたあとに聞こえた、母親の頬がひっぱたかれる音。

「できん」

「よかろう。で、武器は？」

ローランドは答えなかった。

コートは乱杭歯《らんぐいば》をのぞかせてにたりと笑った。

「まずは知恵くらべか。よし、一時間後だ。父と母、そして友人たちと二度と会えなくなるということがわかってるのか？」

「流浪の身となることがどのようなものか承知している」ローランドは落ち着きはらった口調で言った。

「なら、行け。そして父親の顔をじっくり想起しろ。少しはためになるだろうて」

ローランドは後も見ずに立ち去った。

VI

納屋の地下は嘘のように涼しく、黴《かび》や湿ったクモの巣の臭いが漂っていた。細い窓から筋となって射し込んでいる太陽の光に埃《ほこり》が舞っていたが、日中の灼熱までは侵入していない。ローランドはタカをこの地下の穴蔵で飼っており、タカはこの場所に満足しているようだった。

盛りのすぎたディヴィッドはもはや大空で獲物を狩ることはない。羽も三年前のような猛禽《もうきん》特有の光沢は失われている。だが、いまだに眼光は鋭く、なにものにも動じるようすはない。タカとは親しくなれないと人は言う。自分がなかばタカであるか、孤高の存在で、友もなく、もとよりそんなものは必要とせず、この世を仮の宿として生きる者しか手なずけることはできない。タカは愛や道徳などには無関心なのだ。

いまやディヴィッドは年老いたタカだ。ローランドは、自分自身は若きタカであることを願った。

「やあ」ローランドはやさしく声をかけて、止まり木に手を伸ばした。

タカは目隠しの頭巾《ずきん》をはずされ、おとなしく少年の腕に乗り移った。ローランドは、もういっぽうの手をポケットに突っこんで干し肉を取り出した。タカはそれを少年の指のあいだから手際よくくわえ取ると、すぐさま飲み込んだ。

ローランドは細心の注意を払ってディヴィッドをなではじめた。この光景を見たら、おそらくコートのやつ、我が目を疑うだろう。それに、おれの通過儀礼の機が熟していることも信じられないだろう。

「今日、おまえは死ぬ」ローランドはタカをなでながら言った。「おまえを仕込むために使った多くの鳥と同じように、おまえは犠牲になるんだ。おぼえているか？　忘れたか？　まあ、どうでもいい。今日からは、このおれがタカだ。毎年のこの日、おまえを追悼して、空に向けて銃砲を撃ってやる」

ディヴィッドは少年の片腕に止まり、まばたきもせずにじっとしている。自分の生死には無頓着《むとんちゃく》だった。

「おまえは年老いた」ローランドは思案げに言った。「それに、おそらくおれの友だちでもない。一年前なら、ちっぽけな干し肉ではなくおれの目玉を狙っただろう。そうだろ？　おれがおまえを試合場に連れて行ったら、コートは嘲笑《あざわら》うだろうよ。だが、おれたちがいっしょになって接近できれば……あの用心深い男に接近できれば……あいつがまんまとだまされるとしたら……それはおまえが年老いたからか、それともおれのことを友だちだと思っているからなのか？」

デイヴィッドは答えなかった。

ローランドはタカに目隠しの頭巾をかぶせ、止まり木の端にかけてあった足緒を手に取った。そしてタカを腕にのせたまま納屋を出た。

Ⅶ

〈グレート・ホール〉の裏手の試合場は、本来は武術を行なう場所ではなく、密生した生け垣の壁に挟まれた芝生の回廊地帯にすぎなかった。だが、コートやその前任者のマークも知らないほどはるか以前から、その細長い地帯は通過儀礼の果し合いの場として使われていた。ちなみに、コートの前任者マークは、まさにその場所で、血気盛んな少年の短剣に突かれて命を落としている。多くの少年たちが師匠の登場する東のはずれから一人前の男として退場した。東のはずれは〈グレート・ホール〉に面しており、光に満ちた世界の文明と陰謀へと通じている。それよりも多くの少年たちが打ちのめされ血だるまとなり、もと来た西の端へと尻尾《しっぽ》をまいて退散した。以後かれらは生涯一人前の男と認められることはない。その西の端は農場と農奴小屋の集落へと通じている。その集落の向こう側には人跡未踏の森林地帯が広がっており、その向こうには伝説の王国ガーランがあり、そこを越えるとモヘイン砂漠が横たわっている。一人前の男の仲間入りを果たした少年は無知蒙昧《むちもうまい》と闇の世界から義務と光の世界へ進み出る。打ちのめされた少年は脱落者となるしかない。それも永遠に。芝の回廊は競技場のように整然と刈り取られ、緑がまぶしかった。距離は正確に四十五メートル。中央に芝がすっかり刈り取られて地肌の見えている区画がある。そこが果し合いの場だ。

いつもなら東と西のはずれは緊張した親類縁者や野次馬でいっぱいだった。ふつう、通過儀礼がいつごろ行なわれるかは正確に予想されるからである——十八歳がもっとも妥当な年齢とされていた(通過儀礼の戦いを二十五歳までに行わなかった男性はたいてい、戦いと試練の有無をも言わせぬ手きびしい現実に立ち向かうことのできない者として、生涯無名のままおわる)。しかしその日、試合場にはジェミー・ド・カリーとカスバート・オールグッド、アラン・ジョンズ、そしてトーマス・ホイットマンしか見物に来ていなかった。かれら四人はローランドの入場する西側のはずれに肩を寄せ合い、恐怖にあえいでいた。

「武器はどうした、バカたれ！」必死の形相のカスバートがけわしい声でささやいた。「忘れたのか！」

「武器はある」ローランドは答えながら、意識の片隅でぼんやりと思った。この狂気の沙汰《さた》は、すでに館《やかた》内部に伝わり、母の耳に届いているだろうか――同時に、マーテンにも。父は狩猟に出ていて、この数日は戻らない。それが残念だった。というのも、父ならば、今回の自分の愚行を、容認してもらえないとしても、わかってくれるだろうと思ったからだ。「コートは来ているか？」

「コートならここにいる」

芝の回廊の東の端から声が届き、コートが現れた。レスリング選手のいでたちだ。目に汗が滴らないように、額に幅広の革の鉢巻をしている。また、背筋をしゃんとさせるために薄汚い腰帯を締めている。片手には棍棒《こんぼう》を持っていた。一端は槍《やり》のように鋭く、逆の端はぶあついへらのようになっている代物だ。コートはしきたりどおりの問答を唱えはじめた。それはエルドの王の時代にまでさかのぼる父祖たちによって選ばれ、少年たちのだれもが知っており、一人前の男になる日にそなえて幼少のころより暗唱している儀礼の文句である。

「少年よ、汝《なんじ》はここに真剣な気持ちでやって来りしか？」

「我は厳粛な目的のために来れるなり」

「父の家より追放されたる者として来りしか？」

「いかにも」

コートを倒すまでは勘当の身である。もしこの果し合いに負ければ、永劫《えいごう》に流浪の身となる。

「望みの武器を携え来しや？」

「いかにも」

「では、その武器は？」

相手の武器をたずねるのは師匠の特権である。投石器か槍か弓かによって、とっさに戦法を案ずることができるというわけだ。

「我が武器はディヴィッド」

ほんの一瞬、コートの問答がとぎれた。驚いたのだ。ひょっとするとうろたえたのかもしれない。好都合だ。

そうであってほしい。

「ならば、本意で我と立ち合うのだな？」

「しかり」

「だれの名において？」

「我が父の名において」

「汝の父の名をなのれ」

「スティーヴン・デスチェイン、エルド王の血を受け継ぐ者なり」

「ならば、ぬかるな、いざ、立ち合わん」

コートは棍棒を持ちかえながら、芝の回廊の中央へと向かった。少年たちは、自分たちの仲間であるローランドが師匠と対峙《たいじ》するために進み出ると、小鳥のようにおののきながら吐息をついた。

我が武器はデイヴィッド。

コートはおれの言ったことがわかっているのか？　かりにそうだとしたら、なにからなにまでお見通しなのだろうか？　もしこちらの手の内を読まれてしまっているのだったら、すでにおれの負けだ。こちらの作戦は相手の度肝をぬくことだ――あとは老いたタカにどれほどの力が残っているかだ。おれがコートに棍棒で頭をかち割られているというのに、タカは無関心をきめこみ、おれの腕に呆《ほう》けたようにじっと止っているだけかもしれない。あるいは、灼熱《しゃくねつ》の天空高く飛び去ってしまうのだろうか。

ふたりは回廊の中央に向かってじりじりと間合いをつめた。ローランドはタカの目隠し用の頭巾を感覚を失った指ではずし、芝に落とした。するとコートが足を止めた。老戦士の視線がタカに止り、驚愕《きょうがく》に両目が見開かれた。そして遅まきながら相手の戦法を理解した。そう、いまになってようやく悟ったのだ。

「ああ、たわけたハナタレ小僧だ」コートはうめくように言った。不意にローランドは、そう言われたことに怒りを覚えた。

「かかれ！」ローランドは叫びながら、タカの止っている腕をあげた。

デイヴィッドは強靭《きょうじん》な翼を一度、二度、三度と羽ばたかせると、褐色の弾丸と化してコートの顔面に突撃し、鉤爪《かぎづめ》で引っかき、くちばしで突き刺した。灼熱の宙に赤い滴が舞った。

「いいぞ！ ローランド！」カスバートが有頂天になって叫んだ。「先制点だ！ 最初にやつに血を流させてやったぜ！」そう言うと、一週間は残りそうなあざができるぐらい勢いよく自分の胸をたたいた。

コートは体勢をくずしてあとずさった。硬質材の棍棒が持ち上げられたが、頭上でむなしく空《くう》を切るだけだ。タカは大きく羽ばたきながら波打つように動いた。

かたやローランドは両肘《りょうひじ》を腋《わき》の下で締め、腕を伸ばして拳《こぶし》を突き合わせた逆Vの字形の構えをとって矢のように突進した。絶好の機会だ。これを逃したら自分に勝ち目はない。

それでもコートの動きは素早かった。タカに視野のほとんどを奪われているにもかかわらず、今度は棍棒のへら状になった先端を持ち上げると、形勢逆転となりうるゆいいつの行動に打って出た。まったく動じることなく、自分の顔めがけて二の腕の筋肉が盛り上がるほど手加減せずに三度強打したのだ。

デイヴィッドは骨を折られ、身をよじりながら落下した。片翼がはげしく地面をたたいた。猛禽《もうきん》の冷酷な目が武術指南の血みどろの顔をにらみつけた。コートの悪いほうの目は眼窩《がんか》から飛び出さんばかりに腫《は》れ上がっていた。

ローランドの蹴《け》りがコートのこめかみに見事にきまった。これで勝敗はついたかと思われたが、そうは問屋がおろさなかった。一瞬、コートの顔がうつろになった。すぐさま、かれは身体《からだ》を投げ出しながら、少年の足を取った。

ローランドはうしろに飛びのいたものの、自分の足につまずき、背中からひっくりかえってしまった。遠くでジェミーのうろたえた金切り声が聞こえた。

コートは少年に飛びかかり、一気に決着をつけようと身がまえた。もはやローランドは優勢ではなかった。ふたりともそのことはわかっていた。一瞬、両者は睨《にら》み合った。師匠が弟子の上に覆いかぶさるように立っている。その顔は左半分が血みどろで、悪いほうの目はいまや腫れ上がってほとんど閉じており、わずかに白い亀裂《きれつ》が見えるのみ。今夜ばかりは女郎部屋めぐりも控えなければなるまい。

何かが少年の手をひっかいていた。デイヴィッドだった。近くにあるものを闇雲にひっかいたり突っついたりしてもがいている。両の翼は折れていた。それでも生きているとは信じがたい生命力だ。

ローランドは、手首を鋭いくちばしでズタズタに引き裂かれるのものともせず、タカを石ころでもあるかのようにつかんだ。そして両腕を翼のように広げて躍りかかってくるコートめがけて投げつけた。

「いけ！　デイヴィッド！　殺せ！」

そのとき、コートが太陽を背に隠してローランドにのしかかった。

Ⅷ

タカはふたりにはさまれてもがいた。ローランドは目をつぶそうとする節くれだった親指を察知し、顔を左右に振った。同時に、股間《こかん》を狙うコートの膝蹴《ひざげ》りを防ぐために両の腿《もも》をぴったり合わせて上げた。そうしながら、コートの木の幹のような首に強烈な手刀を三度お見舞いした。まるで畝のある石をたたいているような感じだった。

やがてコートは低く太いうめき声をあげ、身体を震わせた。ローランドは、コートが不覚にも落とした棍棒に手を伸ばすのを目の端にとらえ、その武器を死に物狂いで思い切り遠くへ蹴飛《けと》ばした。ディヴィッドはコートの顔面に張りついて右耳に爪を立てた。そして、もういっぽうの脚で右頬を容赦なくめちゃくちゃに切り裂いた。生温かい血がローランドの顔に飛び散った。銅を断ち切るときの臭いがした。

コートの鉄拳《てっけん》がタカに炸裂《さくれつ》し、背骨を粉砕した。つづく一撃で首をへし折り、ありえない角度にねじまげた。それでも鉤爪はコートの耳から離れなかった。いや、もはや側頭部には耳はなく、ただ真っ赤な穴が開いているだけだ。三発目の拳がふるわれ、タカは遠くに吹っ飛んだ。ようやく、コートは視界を取り戻した。

その刹那《せつな》、ローランドの渾身《こんしん》の力を込めた手刀が鼻柱を直撃した。コートの鼻梁《びりょう》の骨が砕けて鮮血がほとばしった。

コートはズボンを引きずりおろしてうろたえさせるために、少年の尻《しり》につかみかかってきた。ローランドはその手を逃れて横に転がり、ついでにコートの棍棒《こんぼう》を拾うと、片《かた》膝《ひざ》をついて立ち上がった。

コートも立て膝をしてニタリと笑った。信じがたいことに、ふたりは果し合いが始まった当初と同じように対峙していた。ただし、両者の立ち位置は逆になっている。コートはいまやローランドが入場してきた側にいた。そして老戦士の顔には血が滝のように流れ落ちている。視力のあるほうの目が眼窩で激しくぶれている。焦点が定まっていないのだ。鼻はつぶれておぞましい角度にまがっている。両頰は皮膚がベロリとはがれてたれていた。

ローランドは棍棒を握ると、一発逆転を狙う打者が投球を待つようにかまえた。

コートは踏み込むような素振りを二度見せてから、一気に突進してきた。

そんな子供だましに引っかかるローランドではなかった。もとより、コートもそれが稚拙な見せかけであることは承知していた。待ち構えていたローランドは棍棒を水平になぎ払い、コートの頭蓋骨《ずがいこつ》をもろにとらえた。鈍い音がした。コートは横ざまに倒れながら、うつろな焦点の定まっていない表情で少年を見つめた。口の端から一筋の唾液《だえき》が流れた。

うな感じがした。

「降参か、死か」ローランドはそう言ったものの、口の中に濡《ぬ》れた綿がつまっているよ
コートは薄笑いを浮かべた。すでにほとんど意識を失っているようだ。このあと、コートは一週間昏睡《こんすい》状態におちいり、自分の小屋で手当を受けることになる。だがいまは、おのれの非情で一点の曇りもない意志の力を総動員して持ちこたえていた。コートは問答が必要とされていることを少年の瞳《ひとみ》の中に見て取った。自分と相手のあいだに流血の垂れ幕があっても、少年が問答の行なわれることを必死に求めていることは理解できた。

「降参だ、ガンスリンガー。笑って白旗をあげよう。汝《なんじ》はこの日を父とそのすべての父祖の顔として心に銘記せよ。実に見事であった!」

そしてコートは目を閉じた。

ガンスリンガーはやさしく、だが、執拗《しつよう》にコートを揺さぶり起こした。いまや他の少年たちがローランドのまわりにやってきていた。かれらは震える手でローランドの背中をたたき、胴上げをしようとした。が、少年たちは恐ろしくなってあとずさりした。自分たちとローランドとのあいだに新たな溝を感じたのだ。しかしながら、これは奇妙なことではない。それというのも、ローランドと他の少年たちとのあいだには常に溝があったのだから。

コートが瞼《まぶた》を震わせながら目を開いた。

「鍵《かぎ》をよこせ。元来おれのものを手に入れる。そいつが必要だ」

ローランドの言う〝おれのもの〟とは銃のことだった。といっても、父の重厚な拳《けん》銃《じゅう》――白檀《びゃくだん》の銃把のある代物――ではなかったが、銃を手に入れることにかわりはない。銃の携帯はかぎられた者にしか許されていない。古来の規則によって、いまやローランドは乳離れをして、小屋の地下にある銃器庫へ入室することができる。そこでガンスリンガーの見習い用の銃を腰に下げるのだ。それは鋼鉄とニッケルの重量ばかりある不格好な銃だった。だが、ローランドの父もまたそのようにして見習い時代を経て、いまや支配者となっている――その実情はともあれ、少なくとも名目上は。

「では、そこまで思いつめていたのか？」コートは夢うつつの口調でつぶやいた。「そこまでせっぱつまっていたのか？　ああ、そうだろうとも。でなければ、これほどの無茶はできん。ともあれ、おまえの勝ちだ」

「鍵をわたせ」

「タカを用いるとは見事な戦法だった。りっぱな武器だ。あのアホ鳥を仕込むのにどのぐらいかかった？」

「デイヴィッドを飼いならしたわけではない。味方につけただけだ。鍵をよこせ」

「ベルトの下だ、ガンスリンガー」

コートはふたたび目を閉じた。

ガンスリンガーはコートのベルトの下に手を伸ばし、太鼓腹に触れた。鋼のような筋肉の塊だったのが、いまでは単なる水ぶくれのようだ。鍵は真鍮《しんちゅう》の輪に通してあった。

ガンスリンガーは鍵を握りしめた。それを宙高く差し上げて勝利の雄叫《おたけ》びをあげたい衝動を抑えるのにひと苦労した。

ガンスリンガーは立ち上がり、ようやく友人たちに振り向いた。そのとき、コートがかれの足をまさぐった。一瞬、コートの最後の悪あがきかと思い、ガンスリンガーはハッとして身がまえた。だが、コートはかれを見上げて、こわばった指で差し招いただけだった。

「おれはもう眠る」コートはおだやかな口調でささやいた。「ぐっすりとな。ひょっとすると、そのまま目覚めないかもしれん。まあ、おれの知ったこっちゃない。もう、おまえに教えることはないからな、ガンスリンガー。おまえはおれを追い越した。おまえの父親は最年少で通過儀礼をやりとげたが、おまえはそれより二年早い。だが、ひとつだけ忠告させてくれ」

「なんだ？」ガンスリンガーは性急に問いただした。

「がっついた目つきをするんじゃねえよ、くそガキ」

コートの驚いたことに、ローランドは命じられたとおりにした（ただし、友人たちはかれの背中しか見えないので、そのことを知るよしもなかった）。

コートはうなずいてから、ひと言ささやいた。

「待つのだ」

「なにを？」

コートは自分の言葉に重みを添えて口にするために力をふりしぼった。「噂や伝説にあらかじめ一人歩きをさせろ。その手のことを広めたがる輩《やから》はいくらでもいる」と言って、ガンスリンガーの背後にいる仲間にちらりと視線を投げた。「ことによるとバカげているかも知れん。だが、人の口の端《は》にのぼるおまえの分身の顔に髭《ひげ》を生やしてやれ。そいつを物々しいやつに創りあげてしまうことだ」コートは薄気味悪い笑みを浮かべた。「じっくり時間をかければ、おまえに関する噂や伝説は魔道師をも呪縛《じゅばく》するやもしれん。どうだ、おれの言ってることがわかるか、ガンスリンガー？」

「ああ、だと思う」

「では、おまえの師としてのおれの最後の助言を聞き入れてくれるか？」

ガンスリンガーはしゃがみこんだまま、踵《かかと》に重心を置いてうしろに揺れ動いた。これはのちに大人になってから思案にふけるときのかれの姿勢となった。ガンスリンガーは暗紫色に染まっていく天を仰いだ。日中の暑さは弱まり、西空の積乱雲が雨の到来を告げていた。数キロ彼方《かなた》の山裾《やますそ》のなだらかな斜面を稲妻がつらぬいた。その山の向こう側は、いまや流血と不条理の源泉となっている。かれは骨の髄まで疲れきっていた。

ガンスリンガーはいま一度、コートの顔を見た。

「今夜、タカを葬る。それがすんだら下町に行って、あんたが来なくて気をもんでいる娼婦《しょうふ》たちに事の顚末《てんまつ》を知らせてやるよ。たぶん、おれもちょいと気晴らしに女を抱くだろう」

コートは苦しげに薄笑いを浮かべ、そのまま眠りに落ちた。

ガンスリンガーは立ち上がって、背後の仲間に振り向いた。

「担架を作って、こいつを小屋に運んでやれ。それから看護師をひとり呼んでこい。いや、ふたりだ。いいな？」

仲間の少年たちはあいかわらずローランドを見つめていた。この緊迫した間をそくざに破る者はだれひとりとしていなかった。かれらはローランドが炎の光冠に包まれることを、あるいは魔術的な変身を行なうことを期待していたのだ。

「看護師をふたりだ」

ガンスリンガーはくりかえしてから微笑んだ。友人たちも笑った。おどおどしながらだが。

「このごうつくばりの家畜商人め！」カスバートが不意に大声を張り上げて、ニヤリとした。「おいしい肉をひとりじめしたばかりか、おれたちに骨一本も残さないとはな！」

「機会はまだある」ガンスリンガーは古いことわざを持ち出して微笑んだ。「アラン、尻の重いやつだな！　さっさとそこのお荷物を運べよ」

アランは担架を作りだした。トーマスとジェミーはそろって館《やかた》にある診療室へ向かった。

ガンスリンガーとカスバートは顔を見合わせた。ふたりはこれまでずっと親友だった——あるいは、おたがいの性格が許すかぎり親友と認めあってきた。カスバートの目には、思慮深くて偏見のない光が宿っていた。だからガンスリンガーは、おまえは流浪の身にならないように、通過儀礼の試合は一年、ないしは一年半は先にしたほうがいいと言いたかったが、その言葉をやっとの思いで飲みこんだ。なにしろ、ふたりはこれまで厳しい試練をともに乗り越えてきた仲だ。先輩風を吹かしているとも取られかねない表情を浮かべずに、そうしたことを口にして、なにをいまさら兄貴ぶってるんだと受け取られたくなかった。おれも策をろうするようになったと思い、ガンスリンガーはいささか自分自身にうんざりした。そこで、マーテンと母親のことを考えた。そして親友に偽りの笑顔を向けた。

おれは一番乗りを果たしたのだ。ガンスリンガーは、はじめてしみじみと実感した。以前からそうなることを何度も夢見てきたが、あらためて思う。自分は先頭に立つ人物なのだと。

「行くぞ」ガンスリンガーは言った。

「よろこんでお供します、ガンスリンガー」

ふたりは生け垣に囲まれた芝の回廊を東のはずれから出た。早くもトーマスとジェミーが看護師を連れて戻って来るところだった。胸に真紅の十字を染めぬいた夏用の薄い白衣を着たふたりの看護師が幽霊のように見えた。

「タカを埋めるのを手伝おうか？」カスバートがきいた。

「ああ。そうしてくれるとうれしい、バート」

その後、夜になると雷雨が突然降りだした。沈没船を浮上させるための浮き箱に似た巨大な雲が空を走り、稲妻が下町の入り組んだ通りを青白く染めた。柵《さく》につながれた馬たちがうなだれて尾を力なく垂らしているあいだ、ガンスリンガーは女を拾い、床を共にした。

あっというまだが、すばらしい体験だった。事がおわると、ふたりはひと言もかわさずに並んで横たわった。雹《ひょう》がつかのま、ものすごい勢いで降りはじめた。階下のどこか遠くで、だれかがラグタイム・ピアノで『ヘイ・ジュード』を弾いていた。ガンスリンガーの意識はおのれの内なる世界へと向かった。雹の降る閉ざされた沈黙の中で眠りに包まれる寸前、ガンスリンガーは初めて思った。おれは最後のガンスリンガーなのかもしれない。

IX

ガンスリンガーは事のすべてを語ったわけではなかったが、おそらく話のあらかたは伝わったのにちがいない。ジェイクが非常に感受性の鋭い少年で、アランと比較しても遜色《そんしょく》なく、いわゆる〈触覚《タッチ》〉と呼ばれる精神感応のような、共感のような才能があることに、以前からガンスリンガーは気づいていた。

「寝たのか？」

「ううん」

「おれの話したこと、理解できたか？」

「理解できたか、だって？」少年はせせら笑うような口調で言った。「理解できたか、だって？　ぼくをおちょくってるの？」

「いいや」

ガンスリンガーは自分が守勢にまわっている気がした。かれはこれまで自分の成長の儀式のことを人に語ったことがなかった。果し合いに関して、我ながらいまひとつ納得できなかったからだ。もちろん、タカはりっぱな武器だった。にもかかわらず、卑怯《ひきょう》なやり口だ。背信行為だ。思えば、あれがこれまで数多くくりかえしてきた卑劣な裏切り行為の初めの一歩だった。教えてくれ――おれは、ほんとうにこの少年を黒衣の男の足元に投げ出そうとしているのか？

「ちゃんと理解したよ」ジェイクは答えた。「ようするに、それって駆け引きや策略やだましあいだらけのゲームだったんでしょ？　いつだって大人はゲームをしなくっちゃいけないってことだよね？　なにもかも、あらたなゲームのための言い訳でしかないってことでしょ？　人間って、成長するの、それともただ年を取るだけなの？」

「おまえにはわからないことがある」ガンスリンガーはじわじわとわきあがってくる怒りを抑えながら言った。「まだ子どもなんだから」

「だよね。でも、ぼく、おじさんにとって自分がなんだか知ってるよ」

「なんだと言うんだ?」ガンスリンガーは強い口調できいた。

「ポーカーのチップさ」

ガンスリンガーは手ごろな岩を見つけて、少年の頭をかち割ってやりたい衝動にかられた。だが、物静かな口調でこう言った。

「もう寝ろ。子どもはしっかり睡眠をとらなくっちゃいけない」

そのとき、過ぎし日のマーテンの言い草が想起された。もう行け、ひとりでシコシコやってろ。

ガンスリンガーは闇の中で身体《からだ》をこわばらせてすわっていた。これから訪れるだろう自己嫌悪におびえ(生まれて初めての感覚だ)、恐ろしくて呆然《ぼうぜん》としていた。

X

つぎに目覚め、ハンドカーで進んでいるあいだに、線路は地底の川に接近した。そこでスロー・ミュータントと出会った。

ジェイクが最初のひとりを目にして悲鳴をあげた。

ガンスリンガーはハンドカーを漕《こ》いでいたので前方を見すえていたが、少年の金切り声を耳にして、さっと右側に視線を向けた。下手に、なにやら緑色の腐ったカボチャ提灯《ちょうちん》のようなものがほのかにうごめいている。そのときになって初めて、かすかな異臭に気づいた――不快で湿った臭いだ。

緑色じみた丸いものは顔だった――その異形のものを大いなる慈悲の心をもって見るならばの話だが。つぶれた鼻の上に昆虫のそれを思わせる小さな目がついていて、ふたりを無表情に見つめている。ガンスリンガーは下腹部から股間《こかん》にかけて不快なむずがゆさを感じた。人間の本能的な嫌悪感だ。かれはハンドカーを漕ぐ手をわずかに速めた。

妖《あや》しく光る顔が背後に消えた。

「あれはなんなの？」少年がガンスリンガーにこわごわ寄ってきた。「いったいあれは――」と言って、つづく言葉がのどにつまった。線路と闇に隠れて見えない川のあいだに、かすかに光を発する三つの異形のものがじっとこちらをうかがっている。

「スロー・ミュータントだ。襲ってはこないだろう。たぶん、こちらが驚いているように、やつらもびっくりしているだけ――」

三人のうちひとりが動きだし、よろめきながらハンドカーに向かってきた。その表情は、さながら飢えた阿呆《あほう》のようだ。かすかに光を発する全裸の身体は、吸盤のある触手を持つおぞましい軟体生物のそれへと変化していた。

ジェイクがふたたび悲鳴をあげ、驚いた犬のようにガンスリンガーの脚にすがりついた。

触手の一本がハンドカーの平らな床へ伸びてきた。ぬめった邪悪な臭いがした。ガンスリンガーはハンドルを放して銃をぬき、飢えた阿呆の額に鉛の弾をお見舞いした。異形のものはずり落ちるようにしてくずれ、鬼火のようなかすかな光は月食を見るようにしだいに薄れて消えた。銃を発砲したときの閃光《せんこう》がふたりの闇になれた網膜にまぶしく残ったが、これもまた未練がましく消えていった。熱く激しく鼻を刺す硝煙の臭いは地底の奥深い場所では異質なものに感じられた。

さらに多くのスロー・ミュータントがいた。あからさまに迫ってくるわけではなかったが、物言わぬおぞましい野次馬の群れのように、じりじりと線路に接近してくる。

「おまえに漕いでもらうかもしれんぞ」ガンスリンガーは言った。「できるか?」

「うん」

「ならば、待機していろ」

ジェイクはガンスリンガーのわきに立った。震えてはいなかった。だが、スロー・ミュータントのことは、流れ過ぎて行く風景の一部として目に入ってくるのはいたしかたのないこととして、その異形の姿を目で追ったり、じっくり見つめたりはしなかった。まるで、おのれの無意識が全身の毛穴から飛び出してきて本能的に我が身を防御するように、少年はパンパンにふくれあがった恐怖を精神的な遮蔽《しゃへい》空間として、その中に身を隠していた。ガンスリンガーは思った。この少年、〈触覚《タッチ》〉の才があるのなら、そうしたことも不可能ではあるまい。

ガンスリンガーは一定の調子を保って漕ぎつづけ、ハンドカーのスピードをあげることはしなかった。スロー・ミュータントはこちらの恐怖を嗅《か》ぎ取っているのにちがいない。だからといって、やつらがそれだけで満足するかどうかは定かではない。けっきょく、おれとジェイクは光の世界の生き物で健常者だ。そのことがやつらの憎悪の対象となっている。同じように、黒衣の男もやつらに憎しみをそそがれたのだろうか。いや、そんなことはあるまい。おそらく黒衣の男は、この暗黒の世界を闇の影のようにして、やつらに気づかれることなく通りすぎたのだろう。

ジェイクがのどをつまらせたような音を立てた。ガンスリンガーはあわてたようすもなく振り向いた。スロー・ミュータントが四人、よたつきながらハンドカーに迫ってきた——ひとりが昇降用の取っ手をつかもうとしている。

ガンスリンガーはハンドルを漕ぐ手を放し、ふたたび銃をぬいた。やはりあわてたようすもなく、むしろかったるそうな動作だった。そして先頭のスロー・ミュータントの頭を撃ちぬいた。そいつはため息のような、すすり泣きのような音を立てて、ニタリと笑った。そして両手がハンドカーの床の上にグニャリと投げ出された。まるで魚のようだった。それも死んだ魚だ。指は、さながら長いことぬかるみにつけておかれた手袋の指のようで、たがいにくっついていた。その死んだ魚のような手がジェイクの足を探りあてて引っぱりはじめた。

少年の絹を裂くような悲鳴が花崗岩《かこうがん》の子宮の中に反響した。

ガンスリンガーはあらためて相手の胸に弾丸を放った。そいつのニタリと笑う口元からよだれが流れはじめた。ジェイクが床から引きずり落とされそうになっている。とっさにガンスリンガーは少年の片腕をつかんだ。だが、逆にあやうくハンドカーの外へと持っていかれそうになった。異形のものは驚くほど力強かった。ガンスリンガーは三発目をもう一度頭にお見舞いしてやった。片目がロウソクの炎が消えるように吹っ飛んだ。それでも、そいつは引っぱりつづけている。ガンスリンガーとスロー・ミュータントは、はげしく身もだえるジェイクの身体を綱として、寡黙で熾烈《しれつ》な綱引きを演じた。食卓で鳥の鎖骨を引き合って吉凶を占うように、スロー・ミュータントは少年をぐいと引っぱった。まちがいなく、やつらにとっての吉とは、食事にありつけるということだ。

　ハンドカーの速力が落ちた。他のスロー・ミュータントたちが近づいてくる——足が不自由なやつ、足腰の弱いやつ、盲目のやつ。おそらくやつらは、ただ自分たちを治癒してくれて、この漆黒の闇の中からラザロのようによみがえらせてくれるジーザスを探しているだけなのだ。

　これでジェイクも終わりだ。ガンスリンガーはまったく冷静に考えた。このように命がつきるよう運命づけられているのだ。おれが手を放して逃げ切るにせよ、踏みとどまって闇に葬られるにせよ、少年にとってはここが終着点だ。

　ガンスリンガーは渾身《こんしん》の力をこめてジェイクの腕を引っぱり、スロー・ミュータントの腹に弾丸を放った。一瞬、スロー・ミュータントの手が少年の足首をさらにきつく締めあげた。ジェイクはいま一度、床の端へ引きずられた。そのとき、ぬかるみに漬かって泥まみれになった手袋に入っている死んだ魚のような手の握力がなくなった。スロー・ミュータントは、速度を失いつつあるハンドカーの背後の線路に顔面からくずれ落ちた。それでもまだ薄笑いを浮かべていた。

「見捨てられるかと思った」ジェイクはすすり泣いていた。「だって、もう……ぼくは……」

「おれのベルトをつかんでいろ。できるだけしっかりと」

ジェイクはガンスリンガーのベルトにしがみついて、大きく肩で息をついた。ハンドカーはスピードをあげた。スロー・ミュータントたちは後退して、遠ざかっていくふたりを見つめていた。そのうつけた顔は人間のものとは思えなかった（あるいは、人間に似せたできそこないの顔といったところか）。その顔は、信じがたい水圧のもとで生きている奇怪な深海魚にも似て、ほのかな燐光《りんこう》を発している。そこには怒りも憎悪もなく、なかば無意識ににじみだしたと思われる悔しそうな表情だけがあった。

「やつら、まばらになってきたな」ガンスリンガーは、下腹から股間にかけてのむずゆさが少し失《う》せてゆくのを感じた。「だいぶ減って――」

スロー・ミュータントが線路にいくつも小岩をのせていた。進路が遮断されてしまった。まにあわせのお粗末な細工だった。たぶん、取り除くのに一分もかからないだろう。それにしても、足止めをくうことにかわりない。だれかがハンドカーを降りて障害物をどかさなければならないということだ。ジェイクは情けないうめき声をあげて、ガンスリンガーに寄りそった。ガンスリンガーはハンドルから手を放した。ハンドカーは音もなく惰性で進み、やがて強い衝撃をともなって小岩に突きあたった。

スロー・ミュータントたちがふたたび近寄ってきた。ごく自然でまったく他意の感じられない様子だ。まるで、闇の迷宮をさまよっていたら、たまたま人が通りかかったので、どちらに進んだらいいのでしょうかと道案内をたずねようとでもいう雰囲気だった。やつらは大地の呪われた子宮に閉じ込められた街角の群集だ。

「襲ってくるかな？」ジェイクは落ち着いた口調できいた。

「それはありえん。ちょっと黙ってろ」

ガンスリンガーは線路上の小岩に目を向けた。いうまでもなく、スロー・ミュータントたちは体力がない。したがって、大きな岩石を運んでくることはかなわない。眼前で障害物となっているのは小さな岩ばかりだ。といっても、それで敵の狙いはじゅうぶんなわけで、ハンドカーを止めさせて、だれかを――

「降りろ。おまえがあの石をどけろ。おれが掩護《えんご》する」

「やだよ」ジェイクは小声で言った。「おねがいだから」

「おまえに銃をわたすことはできん。また、おれが石をどけながら撃つこともできん。おまえが降りて石をどけるしかあるまい」

ジェイクはおそろしさのあまり目を白黒させた。一瞬、内なる葛藤《かっとう》がそのまま身体にあらわれて震えあがったが、やがて線路に降りると、脇目もふらずにものすごい勢いで小岩を右に左に投げ捨てはじめた。

ガンスリンガーは銃をぬいて身構えた。

スロー・ミュータントがふたり、歩くというよりつんのめるようにして、パン生地のような両手を広げてジェイクに襲いかかった。二丁拳銃《けんじゅう》が火を噴いた。赤い閃光《せんこう》が一条の筋となって闇を切り裂き、その光の槍《やり》が針となってガンスリンガーの目を射た。少年は悲鳴をあげながらも、手当たりしだいに石を線路脇にどけつづけている。あたりに鬼火が踊り跳ねた。閃光に目をやられて狙いがつけづらい。最悪だ。すべてが影や残像と化している。

ほとんど燐光を発していないひとりのスロー・ミュータントが子取り鬼のゴムのような手でジェイクにつかみかかった。顔の半分を占領している目がぬめってギロギロしている。

ジェイクはふたたび絶叫して身悶《みもだ》えた。

ガンスリンガーは反射的に、錯乱している視覚に惑わされて両手がぶれないうちに発砲した。ジェイクの頭とスロー・ミュータントのそれとの距離はほんのわずかしかなかった。だが、倒れたのは後者のほうだった。

ジェイクは猛然と石を放り投げた。スロー・ミュータントたちは目に見えない境界線に迫っており、刻一刻と距離を狭めている。同時に、数もしだいにふくれあがっていた。

「よし、もういい。乗れ、早く」

ジェイクがハンドカーへ向かうと、スロー・ミュータントどもが襲ってきた。ジェイクが床に完全によじ登りきらないうちから、ガンスリンガーはハンドルを漕《こ》ぎはじめた。すでに二丁拳銃はホルスターにおさめていた。こうなったら尻《しり》に帆をかけて一目散に逃げるまでだ。ふたりが生きのびるにはそれしかない。

奇怪な手がハンドカーの床の表面をたたいた。ジェイクはガンスリンガーのベルトを両手でしっかりとつかみ、顔を背中に強く押しつけていた。

スロー・ミュータントの群れが線路に躍り出た。どの顔も思慮分別のかけらもなく、呆《ほう》けたような表情をしている。ガンスリンガーの体内にアドレナリンが沸騰した。ハンドカーは闇の中を飛ぶように突っ走った。とちゅう、四、五人の異形のものを猛スピードではねた。やつらは腐ったバナナがへたからもげるようにぶっ飛んだ。

死者がでるときに大声で泣いて報《しら》せる妖怪《ようかい》バンシーが徘徊《はいかい》するような夜にも似た静寂の支配する真っ暗闇の中を、ハンドカーはどこまでも突進した。

永遠とも思える時間が過ぎて、ジェイクは顔をあげて風の流れをまともに受けた。恐ろしかったが、どうなったか知りたかったのだ。銃の放った閃光が、まだ網膜に残像となってとどまっていた。闇以外なにも見えず、川の音以外なにも聞こえなかった。

「いなくなったよ」

ジェイクは不意に、闇の中で線路が終わっているかもしれないと思ってこわくなった。

線路のとぎれたところで、勢いあまってハンドカーもろとも宙に投げ出され、岩にたたきつけられて一巻の終わりになりかねない。ジェイクはこれまでいろんな車に乗ったことがあった。一度、気難しい父がニュージャージー州の高速道路を時速百五十キロで吹っ飛ばして、警官に止められたことがある。その警官は、助手席にいたエルマー・チェンバーズが夫の免許証といっしょに差し出した二十ドルを無視して、きちんとスピード違反の切符を交付した。しかし、このハンドカーでの疾走のような体験は初めてだ。前を見ても後ろを向いても、風と闇と恐怖しかなく、耳にとどくのは川のせせらぎだけだ。その音は、まるで含み笑いをしている声のように聞こえる——黒衣の男の声のように。ガンスリンガーの両腕は、さながら気の狂った人間工場のピストン機械のように動いている。

「いなくなったよ」ジェイクはもう一度こわごわと言った。しかし、その言葉は口にしたとたん風に吹き飛ばされた。「もう、スピードを落としてもだいじょうぶだよ。だいぶあいつらと離れたから」

しかし、ガンスリンガーは聞く耳を持たなかった。ハンドカーは未知の闇の中を揺れながら疾走した。

XI

その後は何事もなく、かれらは仮眠をとりながら、およそ三〝昼〟夜、ひたすらハンドカーを走らせつづけた。

XII

スロー・ミュータントの一件から四度目に目覚めたときのこと（道程《みちのり》は半分過ぎたのか、四分の三過ぎたのか、かいもく見当もつかなかったが、ふたりにはまだ先に進む力が残っていた）、床の下に鋭い衝撃音が伝わった。ハンドカーが大きく揺れた。かれらは遠心力で右のほうに投げ出されそうになった。線路がゆるやかに左折していたのだ。前方に光が見えた――それはあまりにもかすかで異様だったので、最初は地、風、火、そして水のいずれでもない、なにやらまったく新しい自然の要素であるかのように思われた。色もなかった。それが光だと識別できたのは、ひとえに自分たちの手や顔の輪郭が見えだしたからである。闇の世界に長期間いたかれらの視力は光に鋭敏になっていたので、光源に接近する五マイル手前から、それに気づいた。

「終点だ」ジェイクは言い切った。「もうすぐ外に出られる」

「いや」ガンスリンガーは妙に確信のある口調で言った。「ちがうな」

ガンスリンガーの言うとおりだった。かれらは光に近づいて行ったが、出口はいぜんとして彼方《かなた》にあった。

光源に接近したとき、かれらは初めて、左手の岸壁が遠く離れて、自分たちの線路が他のクモの巣状に入り組んだそれと合流したことがわかった。無数の線路が光にまばゆく輝いていたのだ。四方八方から寄り集まっている線路上には有蓋貨《ゆうがい》車や客車、軌道上を走るように改造された駅馬車などが放置されていた。その光景にガンスリンガーはぞっとした。まるで地底版サルガッソー海に閉じ込められた幽霊船団のようだ。

光はさらに強くなった。まぶしくて、目に痛みを少し覚えた。だが、光はゆるやかに強度を増していったので、やがて目は明るさの変化になれた。ふたりは深海からゆっくりと浮上する潜水夫のように闇から光の中へ出て行った。

近づくと、前方に巨大な格納庫が闇の中に広がっていた。建物から四角くもれている黄色い光から察するところ、おそらく出入り口は二十四あるようだ。人形の家の窓ぐらいに見えていた出入り口は、近づくにつれて十メートルほどの高さへと変化した。かれらは中央の入り口を通過した。頭上に文字が記されてあった。さまざまな言語だ、とガンスリンガーは推量した。そして最後に書かれていた一文が自分にも読めることがわかって驚いた。ハイ・スピーチ語の起源となった古代言語だ。それはこう記されていた。

〈10番線地上出口、ポインツ・ウエスト方面〉

建物内部はさらに明るかった。線路がいくつもの転轍器によって合流し接続されている。まだ機能している信号灯もあり、とぎれることなく赤、黄、青の点滅を繰り返していた。

せり上がった石組みの埠頭《ふとう》のようなところに数多くの客車が放置されていた。そのあいだを進んで行くと、やがてセントラル・ターミナルらしき場所に入った。ガンスリンガーはゆっくり減速してハンドカーを停めた。ふたりはあたりを見まわした。

「地下鉄みたいだね」

「地下鉄？」

「気にしないで。どうせおじさんにはわからないから。いまでは、自分でもなんのことだかわからないんだし」

そう言って、ジェイクはひび割れたプラットホームによじ登った。かれらは、かつては新聞や本を売っていたらしい売店、靴屋、銃砲店といった廃屋が建ち並んでいるのを黙って見つめた（ガンスリンガーは銃砲店でリボルバーやライフルを発見して狂喜した。ところがよく調べてみると、それらの銃身には鉛が埋められていた。しかしかれは、弓と重すぎて使い物になりそうもない矢の入った矢筒を背中に負った）。婦人服の店もあった。どこかでコンヴァーターが空気をかきまわしていた。まるで何千年もそうしてきたかのようだ——が、おそらくもうこれ以上長くはもたないだろう。その機械の回転音には摩擦音がまざっており、永久機関などというものは、いかに高度に制御されようとも、しょせんは愚者の夢であったことを想起させる。空気は人工的に調節されている匂いがした。少年の運動靴とガンスリンガーのブーツがうつろに反響した。

ジェイクが大声を張り上げた。

「ねえ！　ちょっと待って……」

ガンスリンガーが踵《きびす》を返して戻ってきた。ジェイクは本屋の店先に立って愕然《がくぜん》としている。店内の奥にミイラが仰向けになって大の字に倒れていた。金モールの付いた紺色の制服を着ている——どうやら鉄道員の制服らしい。ミイラの膝《ひざ》に保存状態のよい大昔の新聞紙が広がっている。だが、それはガンスリンガーが触れたとたんに塵《ちり》と化した。ミイラの顔はまるで古くてしなびたリンゴのようだった。ガンスリンガーは指先でそっと頰に触れた。それもたちまちくずれて塵となり、ポッカリと穴が開いた。その穴からミイラの口の中を覗《のぞ》くと、金歯がキラリと光った。

「毒ガスだ」ガンスリンガーはつぶやいた。「いにしえの人々はこんなふうになるガスを作っていたのだ。ヴァネイから聞いた話だが」

「その人、おじさんに武術じゃなくて教科のほうを教えてくれた先生だね」

「いかにも」

「毒ガス、きっと戦争で使われたんだよ」少年は暗く沈んだ声で言った。「毒ガスで殺したんだ」

「おまえの言うとおりだ」

ほかにも一ダースほどのミイラがあった。二、三体のミイラをのぞいて、みな金モール付きの紺色の制服を着ている。毒ガスは乗り物の出入りがもっとも少ない頃合を見計らって使用されたのだろう。おそらくはるか遠い昔、この駅は、いまは影も形もないどこかの軍隊とその大義のために軍事目標となったのだ。

そのように推量したガンスリンガーの心は重く沈んだ。

「そろそろ行くか」そう言うと、ガンスリンガーはハンドカーを停めてある10番線に向かって歩きはじめた。ところが、ジェイクは反抗的な態度をとってその場を動かない。

「ぼく、行かない」

ガンスリンガーは驚いた様子で振り返った。

少年の表情はゆがんで震えていた。

「おじさんは自分のほしいものを手にいれられないんだよね、ぼくが死なないと。だから、いまからは、ぼく、おじさんと離れて、ひとりで行動する」

ガンスリンガーは、この先自分がしでかす振舞いに対する自己嫌悪をおくびにも出さずにうなずいた。

「わかった、ジェイク。達者でな、がんばれよ」

おだやかな口調でそう言うと、ガンスリンガーは踵を返して、石組みの埠頭のような場所を横切り、ハンドカーにひらりと飛び乗った。

「おじさんはだれかと取引をしたんだ！」ジェイクはガンスリンガーの背中に向かって叫んだ。「ちゃんと、知ってるんだからね！」

ガンスリンガーはそれに答えず、ハンドカーの床に立っているT字形の柱の安全なところに弓をそっと立てかけた。

少年は拳《こぶし》をぎゅっと握り締め、苦悶《くもん》の表情を浮かべている。

子どもに空威張りしてみせてどうする気だ、ガンスリンガーは自分に向かってつぶやいた。何度も何度もジェイクは持ち前のすばらしい直感――〈触覚《タッチ》〉の才――で自分自身をこの状況に導いてきた。そのたびにおまえは何度もごまかしてジェイクをこの状況から引き出してきた。ジェイクにしてみれば、おまえの言いなりになるしかない。子どものかれに抗《あらが》うのはむずかしいからな――なにせ、この世界ではおまえしか知っている人間はいないのだから。

突然、単純な考え（天啓といってもいい）が浮かんだ。すべてをやめにして踵を返し、少年を連れて引き返すのだ。そして少年を新たな力の中心とする。そもそも〈暗黒の塔〉はこのように屈辱的でいやな思いをしてまで到達すべき目標ではあるまい？　自分の探索は、少年がもっと大きくなってから、もう一度はじめればいい。そのころには、黒衣の男など、遊び飽きた安っぽいねじ巻きの玩具《おもちゃ》のように投げ捨てることができるだろう。

ああ、そうだとも。ガンスリンガーは自嘲《じちょう》気味に思った。おっしゃるとおり。

同時に、かれにはわかっていた。ここから引き返すということはふたりにとって死を意味する──いや、死よりも最悪のことを。あらゆる文明の残骸《ざんがい》をあとにして、スロー・ミュータントとともに墓に閉じこめられるのだ。おそらく、父から譲り受けた二丁拳銃《けんじゅう》は、ふたりが亡くなったあとも、あの隠者のガソリン・ポンプ同様にバカげたトーテムとして後世に残されていくだろう。

少しは気概を示せ。ガンスリンガーは心にもなく自分を叱咤《しった》した。

ガンスリンガーはハンドルをつかんで漕《こ》ぎだした。ハンドカーは石造りの埠頭のようなプラットホームをゆっくりと離れた。

ジェイクが叫んだ。

「待って!」

そして、プラットホームを斜めに突っ切って、闇に向かうハンドカーの先まわりをした。ガンスリンガーはハンドカーを加速したい衝動にかられた。少なくとも、ひとりきりで置き去りにした少年がその後どうなったかわからないほうがましだと思ったからである。

にもかかわらず、ガンスリンガーはハンドカーに飛び乗ってきた少年を受け止めてやった。すがりつくジェイクの薄いシャツを通して、激しく躍る心臓の鼓動が伝わった。いまや最後のときは目前に迫っている。

XIII

川の音は大きくなり、夢の中にまで響きわたるようになった。ガンスリンガーは、ほんの気まぐれから少年にハンドルを漕ぐのをまかせ、そのあいだに出来損ないの矢を闇に向かって射た。矢には細い白糸が結ばれていた。

弓は信じられないほど保存状態がよかったにもかかわらず、具合は悪かった。弦《つる》は弾力がなく、狙いも定まらず、手のほどこしようがない。弦を張りかえたところで、本体が老朽化している。重い矢は闇の中を遠くまで飛ばなかったが、最後に射た一本が糸を引き戻してみると水に濡《ぬ》れていた。川までどのぐらいあるのとジェイクにきかれたが、ガンスリンガーはただ肩をすくめただけだった。ただし内心では、くたびれきった弓から放たれた矢が二十五メートル以上飛ぶはずがないと思った――川に達したのは偶然だろう。にもかかわらず、川の音はしだいに増してゆき、近づいていた。

廃墟《はいきょ》の駅をあとにしてから三度目に目覚めて進んでいると、ふたたび奇怪な光が現れた。ふたりは、なにやら不気味な燐光《りんこう》を発する岩をくりぬいたトンネルに入った。内壁の濡れた岩は幾千の星屑《ほしくず》をちりばめたようだった。それを少年はカセキと呼んだ。目にするものすべてが奇々怪々で、一種不気味なホラーハウスに迷い込んでしまったような超現実的な雰囲気を醸し出していた。

いまや獣の咆哮《ほうこう》のようになった川の音は、まわりを囲んでいる岩のおかげでさらに自然増幅されてかれらの耳に運ばれてきた。しかしながら、その水音は奇妙にも一定していた。両側の岩壁の幅が広がりはじめたので、ガンスリンガーはもうじき前方に渡河点が横たわっていると確信したが、それでも川の音は強まりも弱まりもしない。線路の登り勾配《こうばい》はさらに急になった。

線路は新しい光に向かって一直線に伸びていた。ガンスリンガーにとって、カセキの群れは、収穫祭の縁日でときおり売られていた沼気《スワンプ・ガス》を封じこめたガラス管のように思えた。ジェイクにとっては、それは果てしなく続くネオンサインのように見えた。いずれにせよ、その明かりのおかげで、長い間ふたりを幽閉していた岩壁が、前方の暗黒の深淵《しんえん》に向かってせり出している二つの半島となってとぎれているのがはっきりとわかった――川は大きな深い裂け目の底を流れていたのだ。

線路はその深淵をまたいで、悠久の昔に建てられたかもしれない橋脚に支えられて、彼方《かなた》へとつづいている。その信じがたいほど遠い距離の前方に針先ぐらいの光の点が見えた。燐光でもなく、蛍光でもなく、まさしくそれは太陽の光だった。黒布に開けられた針の一刺しほどの光だったが、かれらにとっては、きわめて重大な意味を持っていた。

「停まって」ジェイクは言った。「ちょっと停めてよ、おねがいだから」

なぜと問うこともなく、ガンスリンガーはハンドカーを停止させた。川の流れが前方の足下からたえまない轟音《ごうおん》となって反響している。濡れた岩壁の人工光が不意にいまわしいものに思えた。ガンスリンガーは生まれて初めて閉所恐怖症を体験した。一刻も早くここから脱出したい、この生き埋め状態から解放されたいという気持ちが強まり、ほとんど抑えがたくなった。

「このまま進むんだね？　それがあいつの狙いなの？　ぼくたちがハンドカーに乗ったままここを……渡って……落下するのが？」

そうではないことをガンスリンガーは知っていたが、こう答えた。

「やつのたくらみがなんなのかわからん」

ふたりはハンドカーを降りると、足元に気をつけながら千尋の谷の縁に近づいた。登り勾配がつづいていたが、突然、あるところで地面がとぎれ、線路だけが闇を横切って前方にのびていた。

ガンスリンガーは膝《ひざ》をついて崖《がけ》の下を覗《のぞ》いた。鋼鉄のガーダーやストラットが複雑な幾何学模様を描きながら川の轟音に向かって下っているのが、かろうじてぼんやりと見えた。深淵を横断する線路のみごとなアーチを支える橋脚だった。

ガンスリンガーは、時と水の作用が一致協力して鋼鉄の橋脚にあたえた深刻な影響を想像した。まだどれだけの重みにたえられるのだろう？　あとわずか？　ほとんどだめか？　それともまったく使いものにならない？　不意にミイラの顔が念頭に浮かんだ。一見しっかりしていた筋肉組織は、ちょっと指先で触れただけで灰のようにもろくもくずれ去った。

「歩いてわたるぞ」

ふたたびジェイクが尻込《しりご》みするのをなかば期待してのガンスリンガーの発言だったが、少年はすすんでかれの先に立つと、溶接された羽根板を落ち着いたようすでまたぎ、着実な足取りで線路の上を歩きだした。ガンスリンガーは、ジェイクが足を踏み外した場合に助けられるよう身構えながら、少年のあとにつづいた。

ガンスリンガーは汗が顔を伝い流れるのを感じた。橋脚は腐っていた。まさに腐り果てていた。はるか下の激流が目に見えない張り綱をわずかに揺らしており、鉄橋の不気味な動揺が足に伝わってくる。死を賭《か》けた綱渡りとございい、じっくりごらんあれ、安全ネットはありません、まさに空中歩行でござい。

一度だけガンスリンガーはかがみこんで、自分たちが歩いている枕木を調べた。金属製の枕木はボロボロの状態で錆《さ》びに覆われていた（そのわけを顔に風を受けて理解した――新鮮な空気だ。それは腐食の友。同時に、それは自分たちが地上への出口にかなり接近しているということでもある）。拳をたたきつけると、枕木は不気味に震えた。また一度、足の下で鋼鉄の部材が崩壊寸前の悲鳴をあげたこともあった。だが、いまさらあともどりはできない。

もちろんジェイクは、ガンスリンガーより優に百ポンドは軽いので、橋の腐食が劇的に進行していないかぎり安全にわたりきれるだろう。

いまやハンドカーは背後の闇に溶けこんでいる。左手のプラットホームは二十ヤードほどの長さがあった。右側のそれより長かったが、そのプラットホームも背後に見えなくなり、深淵に乗り出しているのはガンスリンガーとジェイクだけになった。

最初、太陽の小さな光の点は、ふたりを嘲笑《あざわら》うように一向に近づいてこなかった（ひょっとすると、かれらが接近する速度にあわせて後退しているのかもしれない――なかなかお茶目な魔法だ）。だが、しだいにガンスリンガーは気づいた。光の点はより明確に大きくなっている。とはいえ、かれらは光の点よりはるか下方にいて、いぜんとして線路は上り勾配のままだった。

ジェイクが驚きの声をあげ、急に横によろけて両腕をゆっくりと大きくふりまわした。ふたたび前にちゃんと歩きだすまでに、かなりの時間をそのようによろけていたように思われた。

「もう少しで落ちるとこだった」ジェイクは抑揚のない声でそっと言った。「穴があるよ。谷底へ近道したいんじゃなければ、またいだほうがいいね。サイモンが言う、大きくひとまたぎしろ」

それはガンスリンガーも知っているジェスチャー・ゲームだ。ただし、かれの世界では、母君が言う、と呼ばれている。ガンスリンガーは子どものころ、カスバートやジェミー、アランといっしょにそのゲームをしたが、いまはそのことに触れず、黙って穴をまたぎこえた。

うか？〃と言うのを」

「だめだよ、もう一度」ジェイクは微笑まずに言った。「忘れてるよ、〃よろしいでしょ

「すまん。が、いまはやり直している場合ではない」

ジェイクが踏んだ枕木はほとんど落ちてしまい、錆びたリヴェットに留められている端がかろうじてぶらさがっているだけだった。

先はまだまだ上り勾配だった。悪夢の中にいるようで、実際より長く歩かされているように思える。空気自体も濃密になって重苦しく感じられる。ガンスリンガーは、歩いているより泳いでいるような気がした。何度も何度もかれの意識は、鉄橋とその下の川のあいだに広がっている恐ろしい空間へと舞い戻り、いまわしい妄想をふくらませた。脳内では戦慄《せんりつ》すべき空間が細部にいたるまで鮮明に映し出されていた。同時に、自分が転落する状況まで手にとるようにわかった。錆びた鉄が身悶《みもだ》えて悲鳴をあげると、自分の身体《からだ》がぐらりと横に傾き、とっさに腕を伸ばすが指はむなしく宙をつかみ、ブーツは腐食して信用のおけない鋼鉄をいたずらに踏み鳴らす——そして落下する。宙をくるくる回転しながら、失禁して股間《こかん》に生温かいものを感じ、顔で風を切り、驚愕《きょうがく》している人間のカリカチュアよろしく髪が逆立ち、瞼《まぶた》はめくれあがっている。その間に、かれの絶叫をもしのぐ速さで黒い水面がせりあがってくる——

足の下で鋼が金切り声を放った。ガンスリンガーは体重を移動させながら、いそがずあわてず、腐食してもろくなった箇所をまたぎ越えた。その間一髪の際、転落すること

は念頭から消し去り、自分たちはどのぐらい距離をかせいだのか、あるいは、あとどのぐらい残っているのかといったことも考えなかった。また、ジェイクが使い捨ての駒にすぎないことや、いまや自分の誇りは売り出し中であること、少なくとも、ほとんど商談に入っているなどといったことも考えなかった。ああ、手っ取り早く交渉がまとまってしまえば、どんなに楽なことか！

「枕木が三本ぬけてるね」ジェイクが冷静な口調で言った。「跳び越えるよ。ほら！よいしょ！　やった！」

ガンスリンガーは一瞬、日の光をさえぎる少年の影を見た。ジェイクは、背中を丸め両腕を翼のように広げたぶざまな格好で跳躍した。もし失敗して転落しても、それで宙を飛べるとでもいうように。少年が着地すると、その体重を受けて鉄橋全体が酔っ払っているようによろめいた。鋼鉄の梁《はり》が抗議のうめき声をあげ、なにか下のほうにあるものが落下し、鋼鉄に激突してけたたましい音をたててから水しぶきをあげた。

「ぶじにわたったのか？」

「うん。でも、かなり腐っててあぶない。だれかさんの考えみたいに。おじさんはこっちにこないほうがいいと思う。ぼくだからだいじょうぶだったけど、おじさんじゃ、むり。戻りなよ。いますぐ引き返して、ぼくのことは気にしないで」

冷静な口調だが、声は興奮してうわずっている。さぞや心臓が激しく鼓動していることだろう。ちょうど、先だってプラットホームからハンドカーに飛び移って、ガンスリンガーに抱きとめられたときのように。

ガンスリンガーは破損した箇所をまたぎ越した。わずか大またの一歩で。大きくひとまたぎしなさい。母君、そうしてもよろしいですか？　はい、どうぞ。といったゲーム感覚だった。少年はどうすることもできずに震えていた。

「戻ってよ。ぼく、おじさんに殺されたくない」

「ジーザスという男の愛にかけて、さっさと歩け！」ガンスリンガーは声を荒らげた。

「ここでぐずぐず立ち話をしていると、橋が落ちるぞ！」

少年はふらついた足取りで歩いた。震える両手を前に伸ばし、指を開いている。

ふたりは勾配《こうばい》を登りつづけた。

橋の腐食はさらにひどくなっていた。枕木の一本や二本が欠けているのはあたりまえで、ときには三本もぬけ落ちている。何度もガンスリンガーは、いまにも枕木がすっかりなくなっている場所に出くわし、しかたなく引き返すか、もしくは、千尋の谷を下にレールの上を綱渡りよろしくわたらなければならないのではないかと危惧《きぐ》した。

ガンスリンガーは前方の太陽の光に目をすえて歩きつづけた。

光は色彩を帯びはじめていた——青だ。そして接近するにしたがって、その光はカセキの燐光《りんこう》とまざりあって淡くなっていった。あと五十メートルか、百メートルか？　距離は判然としなかった。

かれらは歩きつづけた。そしていま、ガンスリンガーは枕木から枕木へと踏んでいく自分の足に目を落とした。ふたたび顔を上げると、それまで光点と見えていたものが穴になっていた。しかもそれはただの光ではなく、地上への出口だった。いよいよゴールは目前と迫った。

あと二十五メートル。たいしたことはない。ほんの二千五百センチ。どうにかたどりつけそうだ。たぶん、まだ黒衣の男に追いつけるだろう。おそらく、輝く太陽の下に出れば、心に咲いた邪悪な花も萎《しお》れ、万事うまくいくのではあるまいか、そうガンスリンガーは思った。

だしぬけに日の光がさえぎられた。

ガンスリンガーはハッとして、地中の巣から外界をじっと見つめるモグラのように顔を上げた。日光を吸収してしまった人影が立ちはだかっていた。かろうじて、肩口と仁《に》王立《おうだ》ちになった両脚の狭間《はざま》に空の青が小バカにしたように覗《のぞ》いている。

「やあ、諸君！」

黒衣の男の声がかれらの耳に届いた。その皮肉たっぷりの陽気な声は自然が創った岩石ののどの中で増幅され大音量となって反響した。ガンスリンガーは尻のポケットに手をやって顎骨《がっこつ》を探した。なかった。もはや不要とばかりに、いつかどこかで捨てたのだった。

黒衣の男がかれらの頭上で笑った。その声が満潮の岩窟《がんくつ》に打ち寄せる波のように反響した。ジェイクが悲鳴をあげてよろめき、またもや両腕を風車のようにふりまわした。

かれらの足元の一部が破損してぬけ落ちた。線路が夢の中の出来事のようにゆっくりとねじれて傾き、少年の身体が宙に投げ出された。片手が闇の中でカモメのようにひるがえって上に伸び、そして橋脚をかろうじてつかんだ。千尋の谷に宙吊《ちゅうづ》り状態になったジェイクは、恐怖に半狂乱になってガンスリンガーを見上げた。

「たすけて」

黒衣の男の大声が少年の嘆願を圧した。

「もうお遊びはおしまいだ。さあ、こっちへ来い、ガンスリンガー。さもなくば、二度とおれに追いつけんぞ」

チップはテーブルに出そろった。一枚をのぞいてカードはすべて開かれた。片手で橋脚にぶらさがっている少年は、生きたタロット・カードだ。その絵は、〈吊《つ》るされた男〉。罪なくして難に遭い、冥界《めいかい》の海に沈もうとしているフェニキアの船乗りだ。

待ってくれ、いましばらく待ってくれ。

「どうする、おれは行くぞ?」

黒衣の男の声はとほうもなく大きく、ガンスリンガーの思考をかき乱した。

「たすけて。たすけてよ、ローランド」

橋脚は悲鳴をあげながら、さらにねじれはじめ、大きく横に傾いていく。

「ならば、もう行く」

「待て！　行くな！」

ガンスリンガーの脚はかれをとらえていた精神的金縛り状態を突破して不意に跳躍した。ぶらさがった少年の頭上を跳び越えると、その勢いを受けて光に猛進した。光がガンスリンガーの心の網膜に〈暗黒の塔〉を影絵のように浮かびあがらせた……。

不意にあたりは沈黙に閉ざされた。

黒衣の男はすでに立ち去っていた。橋脚があちこちで破断し、ついに深淵《しんえん》に向かってゆっくりと崩壊しはじめた。ガンスリンガーは破滅の縁で光に照らされている岩角に飛びついた。そのとき、背後の不気味な静寂の中、はるか下のほうからジェイクの声が聞こえてきた。

「じゃあ、行きなよ。ぼくはここで死んでも、別の世界がいくらでもあるから」

そのとき橋脚が完全に破断し、鉄橋が全壊した。間一髪のところで、ガンスリンガーは身体を引き上げ、光と新鮮な空気、そして新たな〈カ〉の現実を求めて勾配を這《は》い登った。そして自分が双面の神ヤヌスでないことが残念でならないといった表情で背後に首をひねった——が、そこにはなにもなかった。深くて重い沈黙がたれこめているだけだった。ジェイクは奈落《ならく》の底に落下しながら声ひとつたてなかった。

やがてローランドは立ち上がると、岩だらけの急斜面に身体を引き上げた。その斜面を下った先の緑豊かな平原に両脚を広げて大地を踏みしめた黒衣の男が腕組みをしてガンスリンガーを待ち受けていた。

ガンスリンガーは酔っ払っているようにふらついた。顔色は幽霊のように青ざめ、カッと見開かれた両目は焦点が定まらずに左右に泳いでいる。力のかぎりをつくして最後に岩場を這い登ったおかげでシャツは砂塵《さじん》で真っ白だった。この先もまだまだ精神的堕落が待ち受けているのだろう、とガンスリンガーは思った。それにくらべれば、ジェイクを見捨てたことなど些細《ささい》なことだ。にもかかわらず、おれは今回の出来事からたえず逃れようとするだろう。回廊を走り、町を通過し、寝床から寝床へと逃げまわるのだ。少年のうらめしそうな視線を避け、その顔を女陰に押しつけたり、さらなる殺しに手を染めたりするだろう。ところが、これでひと安心と、ようやくの思いで部屋に戻ると、その顔がロウソクの炎越しにこちらを見つめているというわけだ。おれはジェイクになり、ジェイクはおれになってしまったのだ。おれは自分の創りだした人狼《じんろう》となりはてた。深い夢の中で、おれはジェイクとなり、かれの異国の都市の言葉でこう語るだろう。

これが死というもの。そうなの？　ほんとうに？

ガンスリンガーは黒衣の男が待つ場所に向かって岩だらけの斜面をふらつく足取りでゆっくりと下っていった。まっとうな日の光の下で見ると、線路はすっかり磨滅しており、まるではなからここにはなかったかのようだった。

黒衣の男は快活な笑い声をあげながら両手の甲で頭巾《ずきん》を押し上げた。

「さて」黒衣の男は大声で言った。「これで終わりというわけではないぞ。始まりの終わりといったところだ、え？　よく来たな、ガンスリンガー！　前進あるのみ！　実に見上げた態度だ！」

ガンスリンガーは目にもとまらぬ早業で二丁拳銃《けんじゅう》をぬいて十二発撃った。筒先の閃光《せんこう》が太陽をもかすませ、銃声は背後の岩肌の急斜面に跳ね返った。

「これは、これは」黒衣の男は声をあげて笑いながら言った。「なんとまあ乱暴な、恐れ入った。これからおれたちはふたりで大いなる魔法を行なうのだ、おまえとおれとでな。おれを殺せば、おまえは自分を殺すことになるのだぞ」

黒衣の男はガンスリンガーと向き合ったまま薄笑いを浮かべてあとずさりし、手招いた。

「さあ、こっちだ、おれについて来い。母君、よろしいでしょうか？　はい、そうしなさい」

ガンスリンガーは破れたブーツで黒衣の男のあとにしたがい、話し合いの場所に向かった。

第五章　ガンスリンガーと黒衣の男

I

黒衣の男はガンスリンガーを話し合いのために太古の処刑場へ導いた。ガンスリンガーはすぐにその場所がどこだか悟った。ゴルゴタだ。髑髏《どくろ》の堆積《たいせき》からなる地。白骨化した頭蓋骨《ずがいこつ》がかれらを無表情に見上げていた——ウシ、コヨーテ、シカ、ウサギ、バンブラーなどの動物の骨もあった。餌をついばんでいるところを殺された雌キジの、雪花石膏《アラバスター》のシロフォンのような骨があるかと思えば、おそらく野犬にいたぶられて殺されたと思われるモグラのちいさくて華奢《きゃしゃ》な骨もある。

ゴルゴタは山のなだらかな斜面の窪地《くぼち》にあって、そこからさらに下ると、傾斜はゆるやかになり、ユリ科の植物ユッカの仲間ジョシュアや丈の低いモミの木が茂っているのが見える。天空は、ガンスリンガーがこの十二カ月のあいだ見たこともないほどおだやかな青色に染まっており、さほど遠くないところに海があることを告げる漠然とした雰囲気があった。

いま、おれは西の果てにいるぞ、カスバート。ガンスリンガーは驚嘆の念を抱いて思った。ここが〈中間世界〉ではないとしても、そこと隣接している場所にちがいない。

黒衣の男は年代もののアイアンウッドの丸太に腰かけた。かれのブーツは土埃《つちぼこり》とこの場所の骨粉とで真っ白になっている。黒衣の男はふたたび頭巾をかぶっていた。しかし、ガンスリンガーは相手の四角張った顎《あご》の先と下顎の輪郭の陰影をはっきり見てとった。

頭巾の陰になっている唇がニヤリとゆがんだ。

「薪《まき》を集めてこい、ガンスリンガー。山のこちら側はおだやかだが、この高さでは、まだ寒さが身にしみる。それに、ここは死の場所だからな、え？」

「きさま、ブッ殺してやる」

「いいや、そうはいかん。おまえにはできん。だが、イサクの思い出に薪を拾い集めてくることとならできるだろうよ」

ガンスリンガーは黒衣の男の言う意味がわからなかった。かれは調理場の下働きの小僧のように無言で薪を集めにでかけた。かなり手こずった。山のこちら側には悪魔草《デヴィル・グラス》はまったく生えていず、アイアンウッドは硬すぎて燃えない。ほとんど石のようになっていた。それでもようやく一抱えの薪らしきものをかき集めた。それらは分解した骨に埋もれていて、小麦粉をまぶしたように真っ白だった。太陽は一番高いジョシュアの梢《こずえ》に傾き、真っ赤に燃えながら悪意に満ちた無関心さでふたりを見つめていた。

「すばらしい！　たいした男だ！　言われたことをきちんとこなす！　なにをやらせてもうまい！　いや、実に感服した！」

黒衣の男はのどを鳴らして笑った。ガンスリンガーは薪を相手の足元に放り出した。骨の粉が大きく舞い上がった。

黒衣の男は驚きもせず、飛びすさりもしなかった。単に悠然と火を起こしにかかっただけだった。ガンスリンガーは、象形文字（今回は目のまえで）が形作られていくのを魅入られたように見つめていた。その作業がおわると、そこには高さ五十センチほどの複雑な二連の井桁《いげた》ができあがった。黒衣の男は、たっぷりとした袖口《そでぐち》から先細りのすらりとした形のよい手を空に向かって高く上げ、人差し指と小指を立てて伝統的な邪眼祓《じゃがんばら》いの印を結んで勢いよく振りおろした。すると青い炎の閃光が走り、薪に火がついた。

「マッチは持っている」黒衣の男は愉快そうに言った。「が、おまえが魔法をよろこぶと思ってな。ほんの余興だよ、ガンスリンガー。さあ、夕飯を作ろう」

黒衣の男が長着の裾《すそ》をふると、丸々と肥えたウサギが落ちて出てきた。

ガンスリンガーは黙ってウサギのはらわたをぬいてから串《くし》に刺して焼いた。日が落ちるころには香ばしい匂いが立ち昇ってきた。黒衣の男が話し合いのために選んだ場所の頭上に紫色の影がひもじそうに漂っていた。ウサギの肉がキツネ色に染まるころ、ガンスリンガーは飢えが腹の中で激しく暴れまわるのを感じた。しかし、肉がすっかり焼きあがると、かれは串ごとそっくり黒衣の男に黙って手わたした。そして自分はほとんどからっぽのナップザックから最後の干し肉を取り出した。それは塩辛く、口の中がヒリヒリするほどで、涙のような味がした。

「つまらん意地を張るな」黒衣の男は腹を立てながら同時におもしろがっているような口ぶりで言った。

「よけいなお世話だ」ビタミン不足でできた口内炎に干し肉の塩気が染みて、ガンスリンガーは苦虫を嚙《か》みつぶしたように唇をゆがめた。

「妖術《ようじゅつ》のかかった肉がこわいのか？」

「ああ、そうだ」

黒衣の男は頭巾をうしろにずらした。

ガンスリンガーは黙って相手を見つめた。ある意味では、頭巾をとってあらわにされたその顔には不安にさせられるほどがっかりした。端整な普通の顔立ちだったのだ。畏《い》敬《けい》の念を抱かせるほどの時をくぐりぬけ、大いなる神秘に精通している男を示す印も特異性も見あたらない。髪は黒くて長く、ぐしゃぐしゃにもつれからまっている。秀でた額の下で漆黒の瞳《ひとみ》が爛々《らんらん》と輝いている。鼻はこれといった特徴がない。唇は厚くて肉感的だ。肌は日焼けするまえのガンスリンガーと同じで青白かった。

ガンスリンガーはようやく口を開いた。

「もっと年老いているかと思った」

「なぜだ？　おれは不死者同然の身、おまえ同様にな、ローランド——少なくとも、いまのところは。おまえの期待にそうような顔にすることもできたが、おれは――持って生まれた顔を見せてやりたいと思ったのだ。見ろ、ガンスリンガー、夕焼けだ」

すでに日は沈んで、西の空は燃えるような夕映えに染まっていた。

「これから永劫《えいごう》の時かとも思われるほど長きにわたって、おまえは日の出を拝むことはあるまい」

ガンスリンガーは地底洞窟《どうくつ》の暗黒を想起してから空を見上げた。星座が満天に広がっていた。

「そんなことはどうでもいい」ガンスリンガーはつぶやくように言った。「いまは」

II

黒衣の男は目まぐるしい速さでカードを切った。カードは大きくて、裏に複雑な模様が描かれている。

「タロット・カードだ、ガンスリンガー。まあ、そのようなものだ。普通のカードにおれの創案した絵札をまぜてある。さあ、よく見ていろ」

「なにを?」

「おまえの未来を占ってやる。七枚のカードを一枚ずつめくり、他のカードと関連づけて置いていく。おれがこれをやるのは、ギリアドがまだ健在でご婦人がたが西側の芝でクロケーに興じていた時代以来のことだ。それに、おまえのような男の未来を読むのは初めてだ」黒衣の男の声にふたたび嘲《あざけ》りの響きが忍び寄った。「おまえはこの世界で最後の冒険者だ。最後の十字軍戦士だ。さぞかし鼻が高いことだろうよ、ローランド！　にもかかわらず、おまえはいま自分がいかに〈暗黒の塔〉のそばにいるのかわかっていない。探索を再開しようというのだからな。世界はおまえの頭のまわりをめぐっているのだぞ」

「どういう意味だ、再開するだと？　おれは一度も探索をやめたことはない」

その言葉を聞いて、黒衣の男は腹の底から大笑いした。だが、なにがそんなにおかしいのかは言おうとしない。

「ならば、おれの運命を占え」ローランドは声を荒らげた。

最初のカードがめくられた。

「吊《つ》るされた男だ」黒衣の男は言った。日が暮れて、かれはふたたび頭巾《ずきん》をかぶっている。「ほかのカードとの関連性をぬきにすれば、この絵札は力を表している。死ではない。おまえ、ガンスリンガーは吊るされた男だ。奈落《ならく》を眼下に、たえず目的に向かって前進する。すでにおまえは、その奈落に旅の仲間を落とした、そうだな？」

ガンスリンガーはなにも言わなかった。二枚目の絵札がめくられた。

「船乗りだ！　このくっきりとした眉《まゆ》をよく見ろ。髭《ひげ》のない頬、傷心の目。おぼれかけているところだな、ガンスリンガー。なのに、だれも命綱を投げてやらない。これはジェイクだ」

ガンスリンガーは顔をしかめたが、黙ったままだ。

三枚目の絵札がめくられた。マントヒヒが若者の肩に乗ってニタリと笑っていた。青年は恐怖に顔をゆがめてそらしている。よく見ると、マントヒヒは鞭《むち》を持っていた。

「囚《とら》われ人だ」

火影が揺れて、苦悶《くもん》している若者の顔に影を投げかけた。そのために絵札の青年は言葉にできぬ恐怖に身悶《みもだ》えているかのように見える。ガンスリンガーは目をそらした。

「いささか気が動転したかな？」黒衣の男は、いまにも噴きだしそうなようすで言った。

四枚目の絵札をめくった。ショールをかぶった女が糸車をまわしていた。ガンスリンガーのかすんだ目には、女は作り笑いを浮かべながら、同時にすすり泣いているように映った。

「影の女だ。彼女はふたつの顔を持っているように見えないかな、ガンスリンガー？そのとおり。彼女は少なくともふたつの顔を持っている。そして青い皿を割るのだ！」

「どういう意味だ？」

「おれにもわからん」

黒衣の男のその言葉は——少なくともこの場合は——真実を語っているようにガンスリンガーに思えた。

「どうしておれにこうしたものを見せる?」

「黙れ!」黒衣の男は強い口調で言い放ったが、顔は笑っていた。「質問をせずに、ただ見ていろ。たんなる無意味な儀式だとでも思えばいい。それで自分の心が落ち着き、慰められるならな。教会に行くようなものだと思え」

黒衣の男はクスクス笑いながら五枚目の絵札をめくった。

ニヤリと笑っている死神が骨張った指に大鎌を握っていた。

「死だ」黒衣の男はありのままを述べた。「だが、おまえには関係ない」

六枚目がめくられた。

ガンスリンガーはそれを見て、腹がもぞもぞするような奇妙な期待感を覚えた。恐怖と歓喜のいりまざった、なんとも形容しがたい気持ちだった。吐き気を抑えながらダンスを楽しんでいるような気分だ。

「塔だ」黒衣の男は声を落として言った。「塔が出たな」

ガンスリンガーを意味する吊るされた男のカードは中央に置かれていた。つづく四枚の絵札は中心星をめぐる衛星のように四隅のそれぞれの頂点に配置されている。

「そのカードをどこに置く?」

黒衣の男は塔の絵札を吊るされた男のそれの上に重ねた。

「どういうことだ?」

黒衣の男は答えなかった。

「どういう意味だ？」

ガンスリンガーは声を張り上げた。

黒衣の男はなにも言わない。

「くそっ、ゲス野郎め！」

やはり返事はない。

「そうやって、かってにとぼけているがいい。ならば、七枚目のカードは？」

黒衣の男はつぎの絵札を開いた。青く澄んだ空に太陽が昇っており、そのまわりでキューピッドや小妖精《スプライト》たちが戯れている。日光を受けて広大な野原が真っ赤に輝いている。バラか血か？　ガンスリンガーには見わけがつかなかった。おそらく、その両方だろう。

「七枚目の絵札は生命だ」黒衣の男はそっと言った。「だが、おまえには関係ない」

「その絵札はどこに置く？」

「いまはおまえの知るべきことではない。おれとて同じこと。おれは、おまえが探し求めている偉大なる者ではないのだ、ローランド。そのお方のたんなる使者にすぎん」

そう言って、黒衣の男は生命の絵札を消えかけている焚《た》き火にぞんざいに投じた。絵札は縁から焦げていき、そりかえり、パッと火を噴いて燃えあがった。ガンスリンガーは心臓がすくみあがって氷のようになるのを感じた。

「もう寝ろ」黒衣の男はぶっきらぼうに言った。「ひょっとすると、夢かその手のものを見るかもしれんぞ」

「銃ではしくじったが、この手で始末してやる」

そう言うなり、ガンスリンガーは足腰に蓄えたみごとなバネをきかせて焚き火を跳び越え、相手につかみかかろうとした。だが、バカにしたような薄笑いを浮かべた黒衣の男が視野いっぱいにふくれあがったと思ったら、がらんどうの長い回廊をすべるように後退していった。世界が黒衣の男のせせら笑いに満たされ、ガンスリンガーは落下し、死に、眠りについた。

ガンスリンガーは夢を見た。

Ⅲ

宇宙は虚空だった。なにも動かない。なにもなかった。

ガンスリンガーは困惑しながら浮いていた。

「光あれ」

黒衣の男の冷淡な声がして、あたりに光が満ちた。ガンスリンガーは傍観者的立場から見て、光はすごくいいものだと思った。

「上には星々に満ちた闇を、下には水を」

黒衣の男が命じたとおりになった。ガンスリンガーは果てしない海を漂った。頭上では、星々が輝いているが、かれの長き人生を導いてきたおなじみの星座はまったく見あたらない。

「陸地よ」

黒衣の男が誘《いざな》うと、陸地が現れた。それは激しく震動しながら水の中から浮き上がってきた。赤く乾いてひび割れた不毛の大地だった。火山が思春期の醜い少年の顔に吹き出るにきびのように切れ目なくマグマをほとばしらせた。

「よし」黒衣の男は言った。「準備は整った。では、植物を生やそうか。木と草と野原を」

あたりに草木が生い茂った。ここかしこに恐竜が徘徊《はいかい》している。咆哮《ほうこう》し、威嚇《いかく》し合い、互いに貪《むさぼ》りあっている。また、沸騰して泡立つタールの淵《ふち》にはまっている恐竜もいる。巨大な熱帯雨林がいたるところに生えている。大きなシダがのこぎりのような葉を風にそよがせている。双頭のカブトムシが這《は》っている葉もある。これらすべての光景をガンスリンガーは見てとり、なおかつ、自分が気宇壮大な存在であることを感じた。

「こんどは人間を誕生させようか」

黒衣の男はおだやかな口調で言った。だが、ガンスリンガーは落下した……上方に落下した。広大にして肥沃《ひよく》な大地の地平線がしだいに弧を描きはじめた。そうなのだ。地球は丸いとみなが言っていたではないか。教科の師ヴァネイは、世界が変転するはるか以前からそのことはすでに証明されていたと述べていた。それを実際にこの目で目撃す

ると は——。

さらにはるか遠く、高くへガンスリンガーは落ちていった。驚嘆に見開かれた目に大陸がその輪郭を現した。そしてたちまち渦巻く雲に覆われてしまった。世界は胎盤のような大気に包まれていた。その肩口に太陽が顔をのぞかせはじめ——

ガンスリンガーは叫び声を発し、片腕で両目をかばった。

「光あれ！」

その声はもはや黒衣の男のものではなかった。それは大音響で響きわたり、果てなき空間をあますところなく満たした。

「光を！」

ガンスリンガーはかぎりなく落下しつづけた。

太陽が小さく遠ざかった。運河のある赤い星がガンスリンガーのかたわらを旋回しながら通過した。その周囲をふたつの衛星が狂ったように公転していた。石が帯状に旋回している地帯を通り越すと、ガスが沸き立つ惑星があった。あまりにも巨大なために形状を保つことができず、扁球《へんきゅう》状になっていた。さらに落下すると、氷のかけらでできた輪に囲まれた宝石のように美しい星を過ぎた。

「光を！　あらしめよ——」

さらに三つの惑星を通過した。最後の惑星からかなり遠ざかると、漆黒の闇の中で水と石の小さな塊が光沢を失った硬貨ほどの輝きもない太陽のまわりを回っていた。

その先もまた闇だった。

「やめろ」

ガンスリンガーの放った言葉は弱々しく、響きをもたずに闇に吸いこまれた。あたりはどんな闇よりも暗く、漆黒よりも黒かった。これにくらべたら、人の心の暗黒など昼の光のようだ。あの山中の地底世界の闇などたんなる光の表面の染みにすぎない。

「もういい。たのむ、もうやめてくれ。これ以上――」

「光を！」

「もうたくさんだ。やめてくれ、後生だから――」

星々が収縮しはじめた。星雲がひとつに寄り集まり、光り輝く染みとなった。宇宙全体がガンスリンガーのまわりに引き寄せられてくるかと見えた。

「たのむからやめてくれもうたくさんだたすけてくれ――」

ガンスリンガーの耳元で黒衣の男がやさしくささやいた。

「ならば、考えなおせ。〈暗黒の塔〉のことなどきれいさっぱり念頭から消し去れ。我が道を行け、ガンスリンガー。そして自分の魂を救う仕事に着手するのだ」

ガンスリンガーは気力を奮い起こした。自分に突きつけられた究極の選択に戦慄《せんりつ》し、闇に包まれてひとり震えた。だが、勇気をかき集めると、決定的な答えを相手に突きつけた。

「ことわる！」

「ならば、光あれ！」

たちまち光が溢《あふ》れて、ハンマーのようにガンスリンガーをたたきのめした。強力な原初の光だった。その大いなる輝きの中では意識をたもつことは不可能に近かったが、失神する寸前、ガンスリンガーはなにかをはっきりと目にした。かれが宇宙の根源の意味と信じているなにかを。光に目を刺し貫かれて正気を吹き飛ばされる刹那《せつな》、ガンスリンガーは死にもの狂いで意識にしがみつき、自己の内部に深く降下して避難所を探した。

ガンスリンガーは光とそれ自身に内包されている禁断の知から逃げたおかげで、我に返ることができた。我々のなかでも一部の人がそうするように。優れた人間がそうするように。

Ⅳ

いぜんとして夜だった――同じ夜なのか、日数を経た別の日の夜なのか、ガンスリンガーにはにわかには判然としなかった。黒衣の男にすさまじい勢いで飛びかかった場所で上体を起こし、ウォルター・オディム（ローランドの旅の途上で、だれかに教えられた黒衣の男の名前だ）がすわっていたアイアンウッドに目を向けた。黒衣の男の姿はなかった。

とてつもない絶望感に押し流された――ああ、ふりだしに戻って初めからやり直しか――そのとき、背後で黒衣の男の声がした。

「ここだ、ガンスリンガー。おまえのそばはごめんだな。寝言がうるさくてかなわん」

黒衣の男はクスクス笑いながら言った。

ガンスリンガーはよろめきながら立て膝《ひざ》をついて振り向いた。焚《た》き火は燃えつきて灰に埋もれた熾《お》き火となっており、薪《まき》の燃え殻がおなじみの崩壊模様を描いていた。黒衣の男はそのかたわらに腰をおろし、ウサギの脂のしたたる骨をしゃぶっているところだった。

「おまえは実によくやった。おまえの父親にはどうしてもあの幻視を見せることができなかった。かれはいつもよだれを垂らしながら目覚めたものだった」

「何だったんだ、あれは？」そうたずねたガンスリンガーの声はふるえて言葉がはっきりしなかった。立ちあがろうとすると、がっくりと膝をついてしまいそうだ。

「宇宙だ」

黒衣の男はそっけない口調で言った。そしてげっぷをして、骨を焚き火に投じた。骨は輝いたかと思ったら黒ずんだ。ゴルゴタの上空で風が嘆き悲しんでいるような音を立てて吹いた。

「宇宙？」ガンスリンガーはぼんやりとした口調で言った。なじみのない言葉だったからである。かれは最初、相手が詩を暗誦《あんしょう》しているのかと思った。

「おまえは〈暗黒の塔〉を探している」黒衣の男は質問ともとれる口調で言った。

「ああ」

「そいつはむりだな」黒衣の男は言って、非情な笑みを浮かべた。「おまえが自分の魂を質草にしようと、自分自身を完全に売りわたしても、大いなる意図を気にかける者なんぞおらん。おまえは夢の中で狂気のとば口まで行った。〈暗黒の塔〉は、おまえから世界の半分を奪ってしまうぞ」

「きさまはおれのことをなんにも知らん」ガンスリンガーは落ち着いた口調で言った。

黒衣の男から冷ややかな笑みが消えた。

「おれはおまえの父親をひとかどの人物にしてやり、そして破滅においやった」黒衣の男は意地悪く言った。「また、マーテンとして母親に接近し――おまえが常に疑っていたことは本当だったのさ、そうじゃないか？――おれの女にした。おまえの母親は、おれに柳のようにしなだれかかったよ……とはいえ（これはおまえにとってせめてもの慰めかもしれんが）、彼女はけっして堕落したわけではなかった。ともあれ、そうしたことはあらかじめ記されていたことで、それが現実となったのだ。おれは、〈暗黒の塔〉をいま現在支配しているお方に仕える下っ端にすぎない。そして地球は、その王の赤い手にゆだねられているのだ」

「赤だと？　なぜ、赤なんだ？」

「気にするな。いまは王のことを話す気はない。まあ、このまま探索を続行するのであれば、いやでももっと多くのことを知ることになるだろうがな。一度あることは二度ある。これは始まりではなく、始まりの終わりなのだ。このことは肝に銘じておけ……と言ってやっても、どうせおまえは忘れてしまうがな」

「言ってる意味がわからん」

「ああ、そうだろうとも。おまえにはぜったいに理解できん。想像力に欠けるやつだからな。おまえは、その手のことになると右も左もわからんのだ」

「おれはなにを見たんだ？　夢の最後に目にしたものは？　あれはなんだ？」

「おまえにはどのように映ったのだ？」

ガンスリンガーは黙ってじっくり考えた。タバコを吸いたかったが一本もなかった。黒衣の男は、黒魔術であれ白魔術であれ、タバコを出してガンスリンガーにふるまってくれることはなかった。あとになって、ガンスリンガーは自分のバッグの奥にタバコが残っていたことに気づくが、それはまだまだ先の話である。

「光に満ちていた」ようやくガンスリンガーは口を開いた。「強烈な白い光。それから――」

ガンスリンガーは言葉を切って黒衣の男を凝視した。かれは前かがみになって身を乗り出しており、その顔には偽りも隠しもできぬほどありありとした異質な感情が刻印されていた。畏怖《いふ》、もしくは驚異の表情である。おそらくそのふたつの感情は同一のものだろう。

「さては、きさま、知らないのだな」ガンスリンガーは言って、笑みを浮かべはじめた。「死者を甦《よみがえ》らせる偉大なる妖術《ようじゅつ》使いさんよ。あんた、知らないんだ。このいかさま魔術師め！」

「知っている。だが、わからないのだ……それがなにかは」

「白い光だ」ガンスリンガーは繰り返した。「それから、草の葉だ。たった一枚の草の葉にすべてがつまっていた。そしておれは極小の存在だった」

「草か」黒衣の男は目を閉じた。その顔はやつれて見える。「草の葉。それはたしか？」

「いかにも」ガンスリンガーは眉《まゆ》を寄せた。「ただし、紫色だった」

「なるほど。では、ローランド、スティーブンの息子よ、おれの話を聞きたいか？」

「ああ」

かくて黒衣の男は語りはじめた。

V

宇宙は〈偉大なる全〉であり、かぎりある精神がそれを理解するには、あまりにも矛盾に満ちている。生あるものの頭脳には生なきものの頭脳を思い描くことができない――

—まあ、できると思われているかもしれんが——かぎりある精神には無限を把握することはできないのだ。

　宇宙の存在という凡庸な事実がすでに、実利主義者とロマン主義者の双方を敗北に追いやっている。今日のように世界が変転するようになる何百世代も前のこと、人類は、現実という大きな石柱からわずかなかけらをけずりとる科学力と技術力を達成した時代があった。とはいえ、科学（お望みなら、知識と言ってもよい）の偽りの光は一握りの先進国でしか輝かなかった。その件に関しては、ある企業（もしくは秘密結社）が先達となった。ノース・セントラル・ポジトロニクス社だ。しかし、有効利用できる現実が膨大に増殖したにもかかわらず、それで洞察力を身につけた人間は驚くほど少なかった。

「ガンスリンガー、われらのはるか昔の祖先は、癌と呼ばれる腐敗する病を撲滅したのだ。不老不死もあと一歩というところまで達成した。月面を歩いたこともあった」

「そんなたわごと、だれが信じる」ガンスリンガーはにべもなく言った。

　それに対して黒衣の男はただ微笑み、こう答えた。

「別に信じなくともよい。だが、それが事実であることにかわりはない。祖先は他の数多くの驚くべき玩具《がんぐ》を発明ないしは発見した。ところが、そうした豊富な知識は人類にほとんど、もしくはまったくといってよいほど洞察力をもたらさなかった。人工授精——冷凍された精子から赤ん坊を誕生させるのだ——の驚異に関する偉大なる詩は創作されなかったし、太陽熱で走る自動車を讃《たた》える叙情詩が書かれることもなかった。現実の真なる法則を理解したものはほとんどいないようだった。新しい知識は常にこれまでいじょうの畏敬《いけい》すべき神秘をもたらした。脳に関する新たな生理学上の知識は霊魂の存在の可能性を少なくしたが、そのぶん人間の生まれついて持った探究心はますます霊魂の存在を信じるようになった。わかるか？　もちろん、わかるまい。おまえの理解力の限界に達しているからな。だが、気にするな——どうでもいいことだ」

「ならば、なにが言いたい？」

「宇宙最大の神秘は生命ではなく、その規模だ。宇宙の大きさ、広さが生命を包みこんでいる。そして〈暗黒の塔〉が宇宙の規模を包みこんでいるのだ。驚異ともっとも近しい子どもが父親にたずねる。ねえ、空の上にはなにがあるの？　父親はこう答える。暗い空間だよ。すると子どもはつづけてこうたずねる。その向こう側は？　銀河宇宙だな。そこを越えると？　別の銀河系さ。そこの向こうは？　だれも知らない、と最後に父親は答える。

どうだ、わかるか？　宇宙の規模は人知を超えているのだ。魚にとっては、自分のいる湖が全宇宙だ。この魚が宇宙の果てである銀色の水面から釣り上げられ、新たな宇宙へ出たとしたらどうだ？　その別の宇宙では息ができず、光は青くて頭がおかしくなりそうだ。鰓《えら》のない二本脚の大きな生き物に捕まってしまい、窒息しそうな箱に閉じ込められ、上から濡《ぬ》れた雑草をかぶせられ、けっきょく死んでしまう。そのような魚は、いったいどのように思うだろうか？

あるいは、エンピツの芯《しん》の先を拡大してながめてみてもいい。どこまでも拡大していくと、感動的な驚くべき事実に気づく。エンピツの芯は塊ではないのだ。芯は何兆という悪魔の惑星のようにめまぐるしく回転する原子からなりたっている。緻密《ちみつ》な塊と見えたものは、実は、引力によってつなぎとめられた原子のゆるやかな網のようなものにすぎない。それらの実際の大きさを見ると、たがいの原子のあいだに横たわる距離は五キロ、それとも海峡を隔てたほど、いや、永劫《えいごう》ほどもあるかもしれない。原子自体は、原子核とそのまわりを回転する陽子と電子とで構成されている。さらに詳細にながめれば、原子の内部には微粒子がある。で、さらに微粒子の内部はどうだ？　タキオンか？　無か？　もちろん、そんなことはない。この宇宙で無というものはない。とことん突きつめていけば、究極の目的、最終地点に出くわすと考えるのは愚の骨頂、終わりはないのだ。

宇宙の果てまで落ちていったら、塀があって、『行き止まり』と記されているか？　ありえん。ヒヨコが卵を内側から見るように、宇宙が丸くて固いものに覆われていることに気づくかもしれん。そしてその殻をつついて穴を開けたら（あるいはドアを発見するかもしれない）、まぶしさにたえられないほど強い光が射しこんでくるのではないだろうか？　そしてわれわれの全宇宙が草の葉にのったひとつの原子の一部分にすぎなかったことを発見するのでは？　となると、一本の小枝を燃やすことは、いくつもある永劫の中のひとつの永劫を灰にする行為であると考えざるをえないのでは？　人間はひとつの無限の中に位置するのではなく、複数の無限の総体としての無限の中で存在しているのではあるまいか？

おそらくおまえが見たのは、われわれの世界が全宇宙の中でどのような位置をしめているかということ――つまり、この世界は草の葉を形作るひとつの原子にすぎないのだ。われわれが認識できるものすべてが、目に見えないウィルスからはるか彼方《かなた》にあるオリオン座の馬頭星雲にいたるまで、なにもかもが一片の草の葉の中にあるとしたらどうだ？　しかもその葉は、悠久の時の流れの中で、ほんの一季節しか生きていないとしたら？　その葉が鎌でかられたらどうなる？　葉が枯れはじめると、腐敗はわれわれの宇宙にも、われわれ自身にも侵入してきて、すべてを黄色から茶色へとひからびさせるのではないか？　おそらくそれはすでにはじまっている。世界は変転してしまった、とわれわれは言うが、実際に世界はひからびはじめているのかもしれん。

このような観点から考えれば、われわれ人間はなんてちっぽけな存在なんだろうな、ガンスリンガーよ！　神はすべてを見わたしているといわれるが、とるにたりないブヨの数多くの種の中のどうでもいいひとつの種のために正義を実際に行なったりするだろうか？　広大な宇宙空間に浮遊する水素原子よりもなおちいさいスズメ一羽の落下するのが神の目に映るだろうか？　もし、そうだとしたら……そのような神の本質とはなんだろう？　神はどこにいるのか？　無限を越えて生きるなんてことがどうして可能なのか？

モヘイン砂漠のことを考えてみろ。おれを追って渡ってきた広大な砂漠のことだ。その砂漠の砂のどのひとつぶにも一兆の宇宙――世界ではない、宇宙だぞ――が内包されていることを想像してみろ。そしてその宇宙のひとつひとつにもまた別の宇宙の無限が封じこめられているのだ。われわれは一片の草の葉のささやかな高みからそれらの宇宙をながめている。ブーツで砂をひと蹴《け》りすれば、何十億、何百億の世界が終わることのない破滅の連鎖の中で闇の中に消し飛ぶのだ。

宇宙の規模だ、ガンスリンガー……重要なのは、大きさや広さだ……。

さらに一歩推し進めて考えてみよう。すべての世界、すべての宇宙がひとつの中心、ひとつの支柱で出会っていると思え。それが〈暗黒の塔〉だ。塔の内部には階段がある。おそらく至高の存在のもとへとつながっているのだろう。その階段をてっぺんまで登る勇気がおまえにあるか、ガンスリンガー？　果てなき現実を超越したその高みのどこかに、〈部屋〉があるとして……。

まあ、おまえにはむりだな」

ガンスリンガーの意識に、その言葉が響きわたった。

おまえにはむりだな。

VI

「すでにその階段を登った者がいる」ガンスリンガーは言った。

「だれだ？」

「神だ」ガンスリンガーは静かに言った。が、その目は異様な輝きを放っていた。「神がその階段を登った……あるいは、きさまの言う王が……もしくは……まだ、てっぺんにある〈部屋〉にはだれもいないとか？　どうだ、預言者？」

「おれは知らん」黒衣の男の平凡な顔を恐怖がよぎった。コンドルの翼のようにしなやかな影だった。「さらには、知りたくもない。そいつを知ることは賢明ではないかもしれないからな」

「殴り殺されるのがこわいのか？」

「たぶん、こわいのだろうな……知ることによって生じる責任が」

黒衣の男はしばらく黙っていた。いつまでたっても明けない夜だった。天の川が頭上に絢爛《けんらん》と広がっていたが、きらめく集合体のあいだに横たわる空虚を思うと恐ろしい。この墨を流したような空がまっぷたつに裂けて光が激流のように射し込んできたらどうだろう、とガンスリンガーは思った。

「火をたけ」ガンスリンガーは言った。「さむい」

「自分でやれ」黒衣の男は答えた。「執事たるおれは、今夜は非番だ」

Ⅶ

ガンスリンガーはしばらくうとうとしていたが、ハッとして目を覚ますと、黒衣の男が不穏な目つきでむさぼるようにこちらを見つめていた。

「なにをそんなに熱心に見ている？」ガンスリンガーはコートがよく言っていたセリフを思い出した。「姉ちゃんのケツか？」

「おまえを見ているにきまってるだろうが」

「なら、よせ」ガンスリンガーは象形文字をつきくずして火をおこした。「そうやってじろじろ見られるのは気にくわん」

そう言って、ガンスリンガーは曙光《しょこう》を求めて東に顔を向けた。だが、この夜はどこまでもつづいていた。

「光が待ち遠しいようだな」

「おれは光の世界で生まれたからな」

「おお、そうだったな！　そんな当然のことを忘れてしまって面目ない！　だがな、まだ話すことが山ほどある、おれとおまえとでな。そうするようにおれは言いつけられているのだ、我が王にして主人であられるお方に」

「その王とはだれだ？」

黒衣の男は薄笑いを浮かべた。

「ならば、ほんとうの話をしようか、おまえとおれとでな。もう嘘はたくさんだろ？

それにグラマーもな？」

「おれはずっとほんとうのことを話してきたつもりだ。それにグラマーとはなんだ？」

黒衣の男はローランドがまったく答えなかったかのように一方的に話をつづけた。

「男同士、真実を打ち明けよう。友人としてではなく、等しい立場にあるもの同士として。めったにない機会だぞ、ローランド。対等な立場にある敵同士こそが真実を明かしあうのだ。おれはそう思っている。友人たちや恋人同士は果てしなく嘘をつく。相手のことを気づかうあまりに。なんとくだらん！」

「よし、おれはくだらん人間ではないからな、これからはたがいに腹を割って話そうか」ガンスリンガーは、その夜、それまでさほど口数が多かったわけではない。「まず手はじめに、グラマーの意味をくわしく説明してもらおうか」

「魔法のことだ、ガンスリンガー！　我が王の魔法によって今夜は長引かせられ、おれたちの話し合いがつくまでまだまだ明けることはない」

「どのぐらいかかる」

「長く。それ以上のことは言えん。おれにもわからんのだから」黒衣の男は焚《た》き火のそばに立った。熾《お》き火がその顔に陰影をつけた。「きけ。おれの知っていることならなんでも答えてやる。おまえはおれに追いついた。その褒美だ。まさか追いつけるとは思わなかったぞ。だが、おまえの探索はいま始まったばかりだ。さあ、たずねるがいい。そうこうやりとりをしているうちにおれたちの話の眼目に近づくだろうよ」

「おまえの王はだれだ？」

「おれは一度も会ったことがないが、おまえは会わずにはすまない。しかし、その王と会うまえに、まずは〈不老の異邦人〉と会わなくてはならない」黒衣の男は悪意のない笑みを浮かべた。「そして倒さなくてはいけないのだ、ガンスリンガー。だが、思うに、おまえの知りたいのは、そのことではないな」

「会ったこともないのに、どうして王であり主人でもあるそいつのことを知っている？」

「夢の中に現れるのだ。かつて若者の姿でやってきたこともある。おれがまだ遠い僻地《へきち》で貧しく人知れず生活をしていたころのことだ。何世紀もまえに、主人はおれに仕事をあたえ、報酬を約束してくれた。もちろん、青二才だったころのおれは、いまのこの最高の職務にありつくまでにいろいろと使い走りをやらされたものだ。ちなみに、最高の職務とはおまえのことだ、ガンスリンガー。おまえはおれの理想のお仕事なのさ」黒衣の男は忍び笑いをもらした。「どうだ、どこかのだれかさんが本気でおまえのことを気にしているんだぞ」

「その〈異邦人〉、名前はあるのか？」

「ああ、名づけられている」

「なんという名だ？」

「レギオン」黒衣の男は声を落として言った。どこか東の方で起こった崖《がけ》くずれがかれの声を断ち切り、ピューマが女の絶叫のような遠吠《とおぼ》えを発した。ガンスリンガーは身震いし、黒衣の男は眉《まゆ》をしかめた。「しかし、それもまた、おまえがたずねたいことだとは思えん。遠い先のことを考えるなんて、おまえらしくないからな」

　ガンスリンガーは自分の質問すべき問いがなんであるか知っていた。この夜のあいだじゅう、そのことがずっと念頭にひっかかっていた。それを言うなら、何年も前からだ。その疑問が唇の内側で外に出たくて震えていたが、かれは言葉にはしなかった……まだ、いまのところは。

「その〈異邦人〉は〈暗黒の塔〉の使者か？　おまえと同じような？」

「そうだ。かれは〈ダークルス〉にして〈ティンクツ〉。あらゆる時代に遍在している。しかし、そのかれよりも偉大なるお方がいらっしゃる」

「だれだ？」

「もうそれいじょうきくな！」黒衣の男は叫んだが、叱りつけるつもりが懇願するような声音になっている。「おれは知らない！　知りたくもない。〈終焉《しゅうえん》世界〉のことを話すのは、自分自身の魂の堕落を語るに等しい」

「〈不老の異邦人〉の背後に〈暗黒の塔〉があり、その塔の内部になにかがあるのだな？」

「そうだ」黒衣の男はささやいた。「だが、そんなことではないだろう、おまえが知りたがっているのは？」

黒衣の男の言うとおりだった。

「よし、わかった」ガンスリンガーはそう言ってから、ついに世界最古の疑問を口にした。「おれは成功するのか？　事を成就できるのか？」

「その質問に答えたなら、ガンスリンガーよ、おれはおまえに殺される」

「おれはおまえを殺す定めにある。おまえはおれに殺されなければならないのだ」

ガンスリンガーは腰の二丁拳銃《けんじゅう》に両手を伸ばした。

「そんなことをしても扉は開かれんぞ、ガンスリンガー。永遠に閉じてしまうだけだ」

「おれはどこへ向かえばいい？」

「西から旅立ち、海へ出ろ。その世界の果てがおまえの探索行の始まりの場所だ。かつておまえに助言をあたえてくれた男がいた……おまえが打ち負かした男が」

「ああ、コートだな」ガンスリンガーは苛立《いらだ》ちながら口をはさんだ。

「待てという忠告だったたな。まずい助言だ。当時すでに、おまえの父親に対するおれの謀反計画は進行していたのだから。父親はおまえを異国へ旅立たせ、そしておまえが戻ってきたときには——」

「その話は聞きたくない」

ガンスリンガーの頭の中では母親の歌う子守り歌が聞こえていた。ねんねんころり、可愛い赤ちゃん、あなたの籠《かご》をここに持ってきて。

「ならば、これはどうだ。おまえが戻ってきたとき、すでにマーテンは西へと向かっていた。反乱軍に加わるために。そのようにだれもが語っていた。で、おまえもその話を信じた。ところが、かれとある魔女がおまえに罠《わな》をしかけたところ、おまえはみごとにそれにはまった。素直な少年だよ！　当時、マーテンは姿を消してひさしかったが、ときおりおまえにマーテンの姿をほうふつとさせる男がいたのを覚えているか？　僧服を着て悔悛者《かいしゅんしゃ》のように剃髪《ていはつ》した男が――」

「ウォルター」ガンスリンガーは声にならぬ声で言った。これまでのところかなり深く物思いにふけっていたのだが、それでもいま耳にした露骨な真相には驚かされた。「おまえだったのか。そうか、マーテンは館《やかた》から姿を消したわけではなかったのだな」

黒衣の男はクスクス笑った。

「なんなりとお申しつけください」

「すぐにでも殺してくれるわ」

「そいつはあんまりだ。なにしろ、すべてはずいぶん昔のこと。いまはたがいに話し合う時だ」

「おまえはまったく立ち去らなかったのだ」ガンスリンガーは愕然《がくぜん》として繰り返した。

「姿を変えただけだったのだ」

「まあ、すわれ」黒衣の男は誘った。「これからおれ自身の話を語って聞かせよう、おまえの聞きたいだけな。おまえ自身の話は、思うに、長くなりそうだ」

「おれは自分のことなど話さんぞ」ガンスリンガーは不平がましくつぶやいた。

「だが今夜、おまえはそうしなければならんのだ。たがいに理解し合うためにな」

「なにを理解しようというのだ？　おれの目的か？　そいつは先刻承知だろう。〈暗黒の塔〉を見つけ出すことだ。おれは誓いを立てている」

「おまえの目的ではない、ガンスリンガー。おまえの精神構造を知りたいのだ。着実で頑固で粘り強い精神構造を。そのような精神を持って生きている人間と出会ったことがない。古今東西の歴史を振り返っても、おまえのような精神構造はめずらしい。おそらく、開闢《かいびやく》以来の珍種だ。いまは語らいの時。いくつもの歴史を語る時だ」

「ならば、話せ」

黒衣の男はたっぷりとした長着の袂《たもと》をふった。小さな銀紙の包みが転がり出て、消えかけている残り火に光った。

「タバコだ、ガンスリンガー。一服したらどうだ？」

ウサギの肉は拒むことができたが、これにはあらがえなかった。ガンスリンガーはもどかしげに銀紙の包みを開けた。上等な刻みタバコが入っていて、びっくりするほどしっとり湿った緑の木の葉もあった。これほどのタバコは十年ぶりだった。

ガンスリンガーはタバコを二本巻くと、香りをよくするために吸い口を嚙《か》み切った。

そして一本を黒衣の男に差し出した。ふたりはそれぞれ焚《た》き火の小枝をとりあげて火を吸いつけた。

ガンスリンガーはうまいタバコの煙を肺いっぱいに吸いこんだ。目を閉じて、タバコの香りをしみじみと味わう。それから満足げに長々とゆっくり煙を吐いた。

「うまいだろ?」

「ああ、極上だ」

「味わってくれ。この先、当分の間、それが最後の一服となるかもしれんからな」

ガンスリンガーはその言葉を平然と聞いていた。

「よし。では、話を始めようか。まず、知っておくべきことは、〈暗黒の塔〉は常に存在していたということ。そして、そのことを知っていて、権力や富や女などよりも〈暗黒の塔〉に憧《あこが》れた若者たちもまた常に存在した……その塔へといたるドアを探す若者たちが常に存在した……」

Ⅷ

そして夜を徹して語られた。どれだけの話(あるいは、どれだけの真実)が語られたかは神のみぞ知ることだが、あとになって思い起こすとガンスリンガーは、ほとんどなにも覚えていなかった……それにかれの異様に実際的な精神にとっては、語られた話はさして重要であるようには思えなかった。黒衣の男はガンスリンガーに海へ出るようにいま一度勧告した。海まではここから西へ三十キロたらずの平坦《へいたん》な道のりで、そこでかれは〝召喚〟の力を授かるだろう、と黒衣の男は言った。

「いや、正確に言うとそうではない」黒衣の男はタバコの吸殻を焚き火に投げ捨てながら言った。「どのような力であれ、おまえに授けようと思うやつはいない、ガンスリンガー。それはもともとおまえにそなわっているのだから。このようなことをおまえに言わざるをえないのは、あの犠牲になった少年に対する供養の気持ちも手伝ってのことだが、これは定めでもあるからだ。すなわち、自然の摂理だ。水が低きに流れるように、だれかがおまえに真相を語る。この先、おまえは三人の者を召喚することになっている……が、おれにはかかわりのないことだ。それにおれは知りたいとも思わん」

「三人」ガンスリンガーは妖魔《ようま》の予言を想起しながらつぶやいた。

「それからが楽しいドンチャン騒ぎのはじまりだ！　だが、さらばだ、ガンスリンガー。おれの役目はこれにて終了。鎖はいまもまだおまえの手の内にある。自分の首をしめないように注意しろ」

なにやら外部の力に強請させられてローランドは言った。

「もうひとつ言うべきことがあるのではないか？」

「ああ、そうだった」黒衣の男は吸いこまれそうなほど澄んだ瞳《ひとみ》でガンスリンガーを見つめながら微笑むと、片手を突き出して言った。「光あれ」

あたりに光があふれた。今回の光ばかりはありがたかった。

IX

燃えつきた焚き火のかたわらで目覚めたローランドは、自分が十歳ほど年をとっていることに気づいた。黒々としていた髪はこめかみのあたりに白いものが見えはじめ、晩秋のクモの巣のように灰色がかっていた。顔の皺《しわ》は深くなり、肌もかさかさになっている。

自分で拾い集めた薪《たきぎ》の残りは石のようになっており、黒衣の男は朽ちた黒い長着をまとった笑う骸骨《がいこつ》となっていた。髑髏《どくろ》塚《づか》ゴルゴタにいまひとつ白骨がつけくわえられたというわけだ。

果たして、ほんとうにそうか？　疑わしいぞ、ウォルター・オディム……どうだかあやしいものだ、かつてはマーテンだった男よ。

ガンスリンガーは立ち上がり、あたりを見まわした。そしてすばやい身のこなしで、どういうわけか気づけば十年の長きにわたって続いた前夜の語らいの相手の亡骸《なきがら》（それがほんとうにウォルターの白骨死体だとしての話だが）にかがみこんだ。かれはにやついているウォルターの顎骨《がっこつ》をむしりとって尻《しり》の左ポケットに押しこんだ――どこかで必要ないと思って捨ててしまった顎骨のちょうどよい代わりだ。

「おまえはいくつ嘘を語った？」

ガンスリンガーは問うた。山ほどどっさり。そう確信していた。が、それらの嘘がまんざらでもないのは、そこに真実がまざっていたからだ。

〈暗黒の塔〉。行く手のどこかでおれを待っている――それは時間と空間の中心点にそびえたっている。

ふたたびガンスリンガーは西へ向かった。日の出を背に受けて海を目指しながら、自分の人生の大きな節目をひとつ乗り越えたことを悟った。

「おまえが好きだったよ、ジェイク」ガンスリンガーは声に出して言った。

関節《ふしぶし》のこわばりもすっかりぬけたので、ガンスリンガーはさらに足を速めた。その日の夕方までには陸地の果てに到着した。かれは、右に左に果てしなく広がる砂漠のような白浜に腰をおろした。波が際限もなく寄せては返していた。夕日が広大な海面を黄金色のだんだら模様に染めていた。

ガンスリンガーはそこにすわったまま、顔を沈み行く日の光に向けていた。自分の夢をうつらうつら思いながら、星々がまたたきはじめるのをながめた。かれの目的はそよとも揺るがず、決意は固かった。こめかみのあたりが薄くて灰色になった髪が風になぶられた。父から受け継いだ白檀《びゃくだん》の銃把に彫りのある拳銃《けんじゅう》は、油断のならぬ殺意を秘めて腰のホルスターにおさまっている。かれは孤独だった。しかし、だからといって寂しいと嘆くわけでもなく、あえてそれを無視するわけでもなかった。闇が降臨し、世界は変転した。ガンスリンガーは予言で告げられた三人の〝召喚〟のときを待った。そして〈暗黒の塔〉にまつわる長い夢を見た。いつの日か黄昏《たそがれ》どきに角笛を吹き鳴らしながら、おれは塔に乗り込むのだ。想像を絶する最後の戦いをするために。

訳者あとがき

1 〈ダークタワー〉シリーズについて

大ベストセラー作家スティーヴン・キングのライフワークと称すべき〈ダークタワー〉シリーズ（全七巻＋別巻『鍵穴《かぎあな》を吹き抜ける風』）をお届けします。キングが本シリーズを構想したのは、まだかれが大学生だった一九七〇年のこと。それから断続的にではありますが、執筆し続けて最終巻の第一稿を完成させたのは二〇〇二年でした（ただし、刊行は二〇〇四年）。つまり三十二年の歳月が費やされているのです。この事実ひとつをとっても、本シリーズに対するキングの愛着と意気込みと並々ならぬ執念が感じられます。

また、ホラーは言うまでもなく、SF、ファンタジー、ミステリー、ラヴ・ロマンス、ウエスタン、冒険小説など、あらゆるエンターテインメントの要素が盛り込まれ、あまつさえポストモダン小説的深みまである本シリーズですが、同時に自由奔放な想像力と巧みなストーリーテリング、緻密《ちみつ》なマルチ・プロット、多彩なマルチ・キャラクターを自在に駆使する、当代随一のページターナー本創作者であるキングの作家としての技量と才能が遺憾なく発揮されていて、文字どおりキング・ワールドの集大成といった感があります。
それだけではありません。本シリーズはキング・ワールドの中枢を占める作品なのです。つまり、かれの他の作品は、この超大作〈ダークタワー〉から派生したものにすぎないということ。言い換えれば、最終的に他のキング作品のおおかたは、〈ダークタワー〉の物語世界に収束されるということです。このことは、シリーズ第Ⅳ巻『魔道師と水晶球』の「著者あとがき」でつぎのように語っていることからも明らかです。

「これまでにわたしは想像力の太陽系を満たすに足る数々の長篇と短篇を書いてきたが、ローランドの物語は我が木星である――それは他の惑星を矮小化《わいしょう》し（少なくとも、わたしの見るところでは）、奇怪な大気、狂乱の風景、そして強烈な引力を備えた場所なのだ。他の惑星を矮小化する？　思うに、実際には、それ以上のことがその木星にはある。わたしは最近になって理解し始めたのだが、実際のところ、ローランドの世界（あるいは、複数の世界）はわたしが創造した他の世界すべてを内包している。〈中間世界〉には、ランドル・フラッグやラルフ・ロバーツ、『ドラゴンの眼』の流浪の少年たち、さらには『呪われた町』の咎《とが》められるべきキャラハン神父のための場所がある。（中略）すべてはこの木星に収斂《しゅうれん》していくように思える。それも当然のこと。最初にローランドの狙撃手《そげきしゅ》としての青く澄んだ陰鬱《いんうつ》なまなざしの下に夢見られた〈中間世界〉ありき、なのだから」

といったぐあいに、本シリーズは最初に述べたようにキングのまぎれもないライフワークなのです。ここで、この超大作シリーズの物語世界を簡単に記しておきましょう。

物語の主人公は、最後の拳銃使い《ガンスリンガー》と呼ばれるローランド・デスチェイン。ガンスリンガーとは、われわれの世界で言えば中世の騎士のようなもの。そう、この物語は現実世界ではなく、異次元世界で繰り広げられます。

シリーズの前半では、主として〈中間世界《ミッド・ワールド》〉が舞台となります。その異世界は〈男爵領〉と呼ばれる一種の都市国家が集まってできており、われわれの現実世界ととてもよく似ています。実際のところ、アメリカの西部開拓時代を想起させます。ただし、過去には超ハイテクノロジーの支配していた時代もあったようで、その遺物がいたるところに見られます。ローランドが生きている社会が前近代的文明に逆戻りし、風景が荒廃しているのは、各地での内乱、核戦争の頻発、および時間空間の〝変転〟のためのようです。

そのような破滅後の終末世界にあって、ガンスリンガーことローランドは〈暗黒の塔〉を探して流浪の旅をしています。中世の騎士が聖杯を探索するようなものです。ただし、ローランドの場合、事は重大です。というのも、〈暗黒の塔〉とは、すべての時間と空間、そして全宇宙と次元（この中にはわれわれの世界も含まれる）を支配し、調和と均衡を保っている、一種の車輪の中心部《ハブ》にほかならないからです。いまや、そのハブ＝塔が何者かの悪意によって崩壊の危機にあるのです。

かくてローランドは悪の根源を突き止めて倒し、〈暗黒の塔〉を修復して保全するために、あてどのない探索行をしているというわけです。〈暗黒の塔〉は、言ってみれば、万物の創造の拠点です。いくつもあるすべての世界がそこから誕生し、最終的にはそこに収斂していくのです。〈中間世界〉は言うまでもなく、われわれの現実世界も、そしてキングの創作した他の作品の世界も。

というわけで、〈ダークタワー〉シリーズは、キングの他の作品と直接、ないしは間接的に関係があるのです。それはキャラクターであったり場所であったり事件であったりします。

具体的に作品名をあげると、『シャイニング』とその続編『ドクター・スリープ』、『ザ・スタンド』、『IT』、『不眠症』、『呪われた町』、『ドラゴンの眼』、『ローズ・マダー』、『アトランティスのこころ』、『骨の袋』、『回想のビュイック8』、そしてリチャード・バックマン名義の『レギュレイターズ』やピーター・ストラウブとの合作『タリスマン』と『ブラック・ハウス』などなど。もちろん、中篇や短篇にもありますし、そもそも他の長篇でも、奇怪かつ邪悪な事件の発端の原因は、〈暗黒の塔〉が崩壊し始め、時間空間が〝変転〟したためなのです。

十九世紀フランスの文豪バルザックは自作のすべてを〈人間喜劇〉の名のもとにひとつの作品と見なしていましたし、そのひそみにならったゾラも〈ルーゴン＝マッカール叢書《そうしょ》〉として自分の作品をひとまとめに考えていました。その伝でいくと、キングの全作品は、さしずめ〈ダークタワー〉サイクルと言っても過言ではないのです。その中心をなすのが本シリーズです。まるで万物の創造の根源に屹立《きつりつ》する〈暗黒の塔〉のように、この超大作はキング・ワールドの中心にそびえ立っているのです。

2　本書『ガンスリンガー』について

『ガンスリンガー』(THE GUNSLINGER 1982)は、当初、SF小説専門誌〈ファンタジー&サイエンス・フィクション〉に五回にわたって掲載されました。年月号はつぎのとおり。

「ガンスリンガー」THE GUNSLINGER(七八年十月号)
「中間駅」THE WAY STATION(八〇年四月号)
「山中の神殿」THE ORACLE AND THE MOUNTAINS(八一年二月号)
「スロー・ミュータント」THE SLOW MUTANTS(八一年七月号)
「ガンスリンガーと黒衣の男」THE GUNSLINGER AND THE DARK MAN(八一年十一月号)

したがって本書は、基本的にはローランドを主人公とした連作中篇集です。もちろん、長篇としても読めるのですが、はっきり言って、キング本来の書き下ろし長篇とくらべると、結構が弱いことはいなめません。

とはいえ、〈暗黒の塔〉に取り憑《つ》かれた殺戮《さつりく》マシーンことローランドの少年時代、〈中間世界《ミッド・ワールド》〉の過去、宿敵である黒衣の男や続巻でローランドの旅の仲間となるキャラクター、そして、〈暗黒の塔〉とは何かといったことが語られていて、この長大な物語世界に参入するための基本的なバックグラウンドが提供されています。

ただし、その提示のされかたが断片的であったり、フラッシュバックやフラッシュフォワードが多用されていたりするために、続巻を読んで初めて意味がわかるものが多いのです。一種の伏線になっているわけで、その点が読者によっては、他のキング作品と比べると、本書を読みづらいとかむつかしいとか思わせる要因となっているようです。

それと、ここだけの話ですが、キングは最終巻の第Ⅶ巻を書き終えた時点で、全体の〝調和と均衡〟を取り戻すために物語の最初に戻って細部を修復し書き直しをしていますが、そのさい、気宇壮大な世界観、多彩な人間ドラマ、そして巻を重ねるごとに複雑怪奇になっていくこのストーリーの結末をさまざまな形でほのめかしてもいるのです。

たとえば、冒頭にこのような文章があります。

「ガンスリンガーは、つかのまのめまいに襲われつづけていた。船首で揺られているような感覚のおかげで世界がうすっぺらなものに思え、事物をすかし見ることができるような気分にさせられた」

こうした一見なんでもないような文章が曲者《くせもの》なのです。なぜ、ガンスリンガーは、つかのまのめまいに襲われつづけているのか？　おっと、ネタバレは禁物。と言っても、最終巻を読んで初めて、ナルホドそういうことかと納得する類《たぐい》のものですが。とにかく、精読の価値ありです。要するに、本書はシリーズ最終巻まで読んでから再読すると、納得の一冊なのです。もちろん、本書だけでも十分おもしろいと思います。宿場町タルでの虐殺など、まさにホドロフスキー監督のカルト映画『エル・トポ』を彷彿《ほうふつ》とさせるではありませんか！

これまで、〈ダークタワー〉シリーズと呼んできましたが、厳密に言うと（キング自身が述べていることですが）、このキング版『指輪物語』とでも称すべきエピック・ダークファンタジーはシリーズではなく、いわば、傑作『グリーン・マイル』のように長篇を分冊した作品なのです。七部構成（それと別巻一冊）の『ダークタワー』という一冊の大河小説なのです。したがって、一冊目の本書は長篇のプロローグにあたるパートです。

正直言って、本格的に物語が展開されるのは第Ⅱ巻『運命の三人』以降のことです。本書を真冬の早朝にドライヴに出かけることにたとえれば、いま愛車に乗ってエンジン・キーを差し込んだところでしょうか。II巻目でエンジンを始動させて温め、III巻目『荒地』でようやく出発するといった感じです。

しかし、楽しみにしていた長時間のドライヴ（奇怪な町並みと悪夢のような風景が堪《たん》能《のう》できます）に出かけるためには、まず車に乗らなければなりません。ともあれ、ローランドの探索行の仲間〈カ・テット〉といっしょになって、これであなたも長大な冒険の旅に出発する準備ができました！

3　本シリーズの映画化について

当初キングは、〈ダークタワー〉シリーズに関して、「この作品は、映画化させない」と公言していました。ところが、シリーズが完結したのちには態度が一変します。なんと、二〇〇七年に映画化権を、たったの19ドル（〈ダークタワー〉シリーズではお馴染《なじ》みのナンバー）で売ったのです。その相手は、J・J・エイブラムス監督。TVドラマ・シリーズ『LOST』（二〇〇四–二〇一〇）で一躍名を馳《は》せた監督・脚本家・製作者です。ところが、エイブラムスは二〇〇九年に、〈ダークタワー〉映画化の権利を放棄します。そして、『スター・トレック』（二〇〇九）や『スーパー8』（二〇一一）、『スター・ウォーズ　フォースの覚醒《かくせい》』（二〇一五）などの超大作映画を監督することになります。

ついで、〈ダークタワー〉シリーズの監督として、二〇一〇年にロン・ハワードが自ら名乗り出ました。『ビューティフル・マインド』（二〇〇一）でアカデミー賞監督賞を受賞した一流の監督です。製作・配給はユニバーサル。しかも、シリーズ七作を映画公開しつつ、同時に映画では語りきれないエピソードをTVドラマ化するといった、未曾《みぞう》有の映像プロジェクトでした。全米公開予定日は二〇一三年五月。しかし、この時点ではまだ、その壮大なプロジェクトに対してユニバーサルからゴー・サインは出ていませんでした。

やがて、主人公のローランド役にヴィゴ・モーテンセンやハビエル・バルデムの名前があがりだします。そして後者のバルデムに決定したという噂が流布します。ところが、二〇一一年七月にユニバーサルがこの企画から降りてしまいます。莫大《ばくだい》な製作費にビビってしまったのです。ついで、二〇一二年三月にワーナーが〈ダークタワー〉シリーズに関心を示します。今回はローランド役にラッセル・クロウの名があがりました。しかし、同年の八月には、ワーナーも〈ダークタワー〉映画化・TVドラマ化をあきらめます。その後もパラマウントやライオンズゲート・エンターテインメントなどが候補にあがりますが、ことごとくポシャります。

それでもロン・ハワードはくじけませんでした。さまざまな映画スタジオやTV製作会社に企画を持ってまわりました。その結果、二〇一五年四月にソニー・ピクチャーズ・エンターテインメントとMRC（メディア・ライツ・キャピタル）が共同で製作・

配給することが発表されました。今回、ロン・ハワードは監督からプロデューサー側にまわっています。

新監督はデンマークの映画監督・脚本家ニコライ・アーセルです。我が国ではあまり知られていませんが、『ミレニアム　ドラゴン・タトゥーの女』（二〇〇九）の脚本や『ロイヤル・アフェア　愛と欲望の王宮』（二〇一二）の監督として、海外で高い評価を得ています。二〇一五年八月の時点では、全米公開予定日は二〇一七年一月十三日でした。そして、まず〈黒衣の男〉役にアカデミー賞主演男優賞に輝くマシュー・マコノヒーが決定。ついで、主人公のローランド役は黒人のイドリス・エルバになりました。これには誰もが驚きました。なぜなら、〈ダークタワー〉シリーズの大方の読者にとって、ローランドのイメージは、マカロニ・ウエスタンの名作『荒野の用心棒』や『夕陽のガンマン』に登場するクリント・イーストウッドだったからです。

ともあれ、二〇一六年四月に南アフリカで撮影は開始されました。その時にはすでに、本国での公開予定日は二〇一七年二月十七日に延期されていました。その後も、二〇一七年七月二十八日、八月四日と二度にわたって延期されています。

さて、映画化作品の内容ですが、これは詳細を語ることができません。というのも、本シリーズのネタバレを含むことになってしまうからです。つまり、映画版は原作のⅠ巻目から順を追って語られるわけではないのです。主としてシリーズ後半のストーリーが描かれます。しかも、極秘に入手したシナリオによると、主人公はジェイク少年のようです（実際のフィルムでは、それが改変されているかもしれませんが）。

製作側の意図としては、〈ダークタワー〉のコアなファンだけでなく、シリーズのことをまったく知らない人たちにもわかりやすくするためのストーリー作りをしたようです。いわば、映画版は、〈ダークタワー〉シリーズの第二ステージといったところでしょうか。原作の最終巻の終わったところから始まる新たな物語です。したがって、映画を百倍楽しむためには、原作シリーズを読破しておく必要があると言えるでしょう。もちろん、原作を知らなくとも映画はそれ自体で鑑賞できる作品になっているはずです（現時点ではトレイラーさえ登場していないので確かなことは言えませんが）。

ちなみに、TVドラマ・シリーズは二〇一八年に放送予定。こちらは、ローランドが少年の頃のガンスリンガー修業時代の出来事がメインで、第Ⅳ巻『魔道師と水晶球』が原作になるとのこと。いずれにしろ、今から映画版もTVドラマ版も楽しみです。

〈ダークタワー〉シリーズ

Ⅰ　『ガンスリンガー』
The Gunslinger (1982)（改訂増補版 2003）

Ⅱ　『運命の三人』
The Drawing of the Three (1987)（改訂増補版 2003）

Ⅲ　『荒地』The Waste Lands (1991)

Ⅳ　『魔道師と水晶球』Wizard and Glass (1997)

Ⅳ-½　『鍵穴を吹き抜ける風』The Wind Through the Keyhole (2012)

Ⅴ　『カーラの狼』Wolves of the Calla (2003)

Ⅵ　『スザンナの歌』Song of Susannah (2004)

Ⅶ　『暗黒の塔』The Dark Tower (2004)

外伝　「エルーリアの修道女」
The Little Sisters of Eluria (1999) 新潮文庫『第四解剖室』所収

本書は二〇〇五年十二月に刊行された『ダーク・タワーI
ガンスリンガー』（新潮文庫）を加筆・修正したものです。

スティーヴン・キング（Stephen King）
1947年メイン州生まれ。高校教師やクリーニング工場でのアルバイトのかたわら、執筆を続ける。74年に『キャリー』で長編デビューし、好評を博した。その後、『呪われた町』『シャイニング』など、次々とベストセラーを叩き出し、「モダン・ホラーの帝王」と呼ばれる。代表作に『ＩＴ』『ミザリー』『グリーン・マイル』などがある。「ダークタワー」シリーズは、これまでのキング作品の登場人物が縦断して登場したり、事件が重なったりする、著者の集大成といえる大作である。全米図書賞特別功労賞、O・ヘンリー賞、世界幻想文学大賞、ブラム・ストーカー賞など受賞多数。

風間賢二
1953年東京生まれ。幻想文学研究家・翻訳家。『ホラー小説大全』で第51回日本推理作家協会評論部門賞受賞。主な著作に『スティーヴン・キング　恐怖の愉しみ』『ダンスする文学』『ジャンク・フィクション・ワールド』『NHKカルチャーラジオ 文学の世界 怪奇幻想ミステリーはお好き？』など。訳書にスティーヴン・キング『人狼の四季』、ジェフ・ニコルスン『装飾庭園殺人事件』、カレン・テイ・ヤマシタ『熱帯雨林の彼方へ』、アメリカン・コミック「ウォーキング・デッド」シリーズほか多数。

ダークタワー I

ガンスリンガー

スティーヴン・キング　風間賢二《かざまけんじ》＝訳

平成29年 1月25日　初版発行
平成29年 5月20日　再版発行

発行者●郡司 聡

発行●株式会社KADOKAWA
〒102-8177　東京都千代田区富士見2-13-3
電話 0570-002-301（カスタマーサポート・ナビダイヤル）
受付時間 9:00〜17:00（土日 祝日 年末年始を除く）
http://www.kadokawa.co.jp/

角川文庫 20116

印刷所●株式会社暁印刷　製本所●本間製本株式会社

表紙画●和田三造

ISBN978-4-04-104962-4　C0197

角川文庫発刊に際して

角川源義

第二次世界大戦の敗北は、軍事力の敗北であった以上に、私たちの若い文化力の敗退であった。私たちの文化が戦争に対して如何に無力であり、単なるあだ花に過ぎなかったかを、私たちは身を以て体験し痛感した。西洋近代文化の摂取にとって、明治以後八十年の歳月は決して短かすぎたとは言えない。にもかかわらず、近代文化の伝統を確立し、自由な批判と柔軟な良識に富む文化層として自らを形成することに私たちは失敗して来た。そしてこれは、各層への文化の普及滲透を任務とする出版人の責任でもあった。

一九四五年以来、私たちは再び振出しに戻り、第一歩から踏み出すことを余儀なくされた。これは大きな不幸ではあるが、反面、これまでの混沌・未熟・歪曲の中にあった我が国の文化に秩序と確たる基礎を齎らすためには絶好の機会でもある。角川書店は、このような祖国の文化的危機にあたり、微力をも顧みず再建の礎石たるべき抱負と決意とをもって出発したが、ここに創立以来の念願を果すべく角川文庫を発刊する。これまで刊行されたあらゆる全集叢書文庫類の長所と短所とを検討し、古今東西の不朽の典籍を、良心的編集のもとに、廉価に、そして書架にふさわしい美本として、多くのひとびとに提供しようとする。しかし私たちは徒らに百科全書的な知識のジレッタントを作ることを目的とせず、あくまで祖国の文化に秩序と再建への道を示し、この文庫を角川書店の栄ある事業として、今後永久に継続発展せしめ、学芸と教養との殿堂として大成せんことを期したい。多くの読書子の愛情ある忠言と支持とによって、この希望と抱負とを完遂せしめられんことを願う。

一九四九年五月三日